その一秒先を信じて

シロの篇

秀島 迅

イラスト　456

デザイン　坂野公一（welle design）

目次

プロローグ

「おし、これで一人ぼっちじゃなくなったよ」

そんなふうにアカが初めて話しかけてくれたときのことは、いまでもよく覚えている。

幼稚園に入った直後。早くもざわざわ賑わい始めているクラスの輪に溶けこめなくて、一人ぽつんと教室の隅に取り残された僕の横にちょこんと腰を下ろし、微笑みながら、そんなふうに声をかけてくれたんだ。

僕はすぐには言葉の意味がわからなくて、あっけにとられたように、しばし無言でアカの顔を見つめた。

すると、あいつはニヤッと笑いかけてきた。

それからしどろもどろな自己紹介をして、お互いの名前についてあれこれ言い合った。

「ツキギ、シロウね。へえ、四と六でシロウっていうんだ。面白え」

僕の名を聞いて、あいつは大きな瞳の黒目をくりくりさせ、けらけら笑った。

愛嬌のある丸顔に浮かぶ素朴な笑みと朗らかな性格に、直感で親しみを覚えた。

「ヒライ、アカツキ――。アカツキっていうの、珍しい名前だよね。なんかかっこいい」

下の名を遠慮がちに僕が褒めると、あいつはちょっと顔をしかめた。

「あんま好きじゃない、自分の名前。変わってるし。言いにくいし。意味わかんないし。

弟はアキラっていうんだけど、そっちのほうがよかった」

「そお？　僕はいいと思うな。四と六でシロウより、ぜんぜんましだよ」

すると、あいつはまたも愉快げに笑って、訊いてくる。

「兄弟、いないの？」

「あ、いるよ。兄ちゃん。ひとつ上。イチロウっていうの」

「へえ、いいなあ。俺も兄ちゃん、ほしかった」

「いいでしょ。僕の兄ちゃん、超かっこよくて優しいんだよ」

「すっげー」

「じゃ、今度、みんなで一緒に遊ぼうよ。ザリガニ釣りに行ったりして」

「え、マジで？」

「うん」

そんな感じで打ち解けてって、僕らは初めての会話で盛り上がった。

陽気で活発なあいつ。臆病で気弱な僕。

正反対の性格なのに、ほぼ初対面なのに、妙に気が合った。

「あ、いいこと思いついた！」

突然、はっとしたようにアカの声が弾ける。

「な、なに？」

「ね、俺ら、今日からあだ名で呼び合おうよ」

「あだ名?」

「そ。俺のこと、アカツキだから、アカって呼んで。でもってシロウはシロ。アカとシロ。どう? すげえいいでしょ?」

「アカと、シロ? なんかへんなの。ただの色でしょ」

「えー、それがいいじゃんか。言いやすいし、それにコンビの仲間って感じがするしさ。よし、決めた。今日からお前のこと、シロって呼ぶから。な、シロ」

　またもニヤッと笑みを浮かべながらアカは得意げな顔になる。

　内心じゃ、跳び上がりたいくらいうれしかったんだ。

　いま、仲間って言ってくれた。そのひと言で胸がわくわくときめいてくる。

　今朝、幼稚園に行く前、家でさんざんだだをこねて、お父さんや兄ちゃんを困らせた。行きたくない行きたくない絶対に行きたくないって、じたばた暴れた。

　それでお父さんにほっぺを叩かれ、さらに大泣きした。

　友だちなんてできるわけないし、悪い子にいじめられるって思ってたから。

「お母さんがいればよかったのに。よそのおうちみたいにお母さんに幼稚園連れてってほしかったのに。なんでうちにはお母さんがいないの?」って当たり散らすように泣き叫んだら、もっと強くお父さんにほっぺをぶたれた。痛くて悲しくてこわくてしょうがなかった。今日は最悪な一日だって思った。絶対に嫌なことが起きるってビクビクしていた。

　それがこんなふうに、すぐ友だちができるなんて。

「わ、わかったよ。オッケー」

うれしさをうまく表現することができず、僕はたどたどしく声を返してつづける。

「じゃ、アカ。今日からよろしくね」

あいつを初めてあだ名で呼んだ。少しどきどきした。照れくさい気持ちもあった。

アカは満足そうに肯く。

「おう、シロ。よろしくな」

この日を境に、憂鬱だった幼稚園が楽しみに変わっていった。

いつだってアカは一緒で、「こいつ、シロっていうんだ。俺の一番のダチだから」って、自分の知り合いに紹介してくれた。

臆病者の僕を、外の世界へと連れ出してくれたんだ。

そんなまっすぐで物怖じしない性格のアカが頼もしかったし、羨ましかった。

もしあいつがいなかったら、僕の幼少期はまるで違った、色褪せた思い出しか残っていないはずだ。

あいつ。アカ——平井暁。

僕。シロ——月城四六。

ずっと友だちで、仲間でありつづけることを約束し合った。四歳のときだ。

そのアカを手ひどく裏切ってしまったのは、それから四年後のことだ。

第一部

一

「シロ」

すぐ隣を歩いていたアカが呼ぶ。強張った声が僕の足を止める。

真横に顔を向けると、きらきら眩い夏色の視界の先に不吉な光景が映りこむ。

小学校からの帰り道。公園の大きな欅の下。同じ三年生で隣のクラスの金井が三人の男子に囲まれていた。金井がいじめられっ子なのは同学年の間では有名な話。取り囲む男子は、近くにある私立の小学校の上級生だろう。

公園脇の細い道路で足を止めて見ているアカと僕に、向こうの連中も気づく。

その一瞬、悪寒が走る。けど三人のうち二人は、いかにも弱そうな僕らの存在など気にもとめない。すぐに金井へ目を戻し、頭を叩いたり、肩を突いたり、足を蹴ったりする。

一人だけ、一番背の高い男子が両手をポケットに入れたまま、じっとこっちを睨んでる。邪魔だ。消えろよ。威嚇する鋭い目がそう警告していた。

「い、行こうよ——」幼馴染みのか細い二の腕を摑んで小声で言う。けどアカは動かない。

　そればかりか、こっちを睨みつづける男子に両目を据えて睨み返している。

「ちょ、早く。ヤバいって、アカ。なにやってんだよ」

「あれ、二組の金井だよな」

「——そ、そうだけど」

「別の学校の奴らに、いじめられてるよな」

「そ、そうだけどさ——」声を返しながら、気が焦れてくる。まっすぐな性格のアカはもの凄く正義感が強い。体が小さくて華奢で、ケンカが強いわけでもないのに、曲がったことが大嫌いだ。特に、困ってたり泣いてたりする誰かのためなら、自分を犠牲にしてでも闘うタイプなんだ。幼稚園の頃からそれは変わらない。そんなアカのまっすぐな勇気が羨ましかった。これまでいったい僕はどれだけアカの勇気に助けられ、救われてきただろう。自分の気持ちや思いをうまく表現できず、感情のままに行動する不器用な奴だけど、そういうひたむきなアカの強さに僕は憧れていた。

　その一方で気持ちが揺れる。いまはこの場から離れたい。巻き添えだけはごめんだ。

「助けるぞ」

「え？」

あっという間にスイッチが入る。それがアカだ。梅雨明けの、七月。緑濃い色鮮やかな欅の大樹に向かってあいつは疾走する。一陣の風のように。

眩しいくらい輝いて映る白シャツの背を見つめるだけで僕は動けない。この場に立ちすくみ、かすかに震える拳を握りしめるくらいしかできなかった。


端からわかってたことだけど、さんざんだった。

三人がかりでアカはボコられた。殴られ蹴られ、何度地面に倒されたかわからない。

それでもアカは屈することなく、そのたびに起き上がった。

ありったけの大声を張り上げ、自分より大きな上級生たちに立ち向かっていく。

そんな三人は初めのうち、無謀な闘いを挑んでくるアカを、面白がるようにからかいながらいたぶってた。表情が強張ってきたのは、一人のパンチがアカの顔面にもろに当たった直後から。鼻頭へまともに入って、血が噴き出した。でもアカは片膝を地面に突いただけで踏ん張った。すぐに立ち上がった。顔半分が血まみれになりながらも、足を前へと踏み出す。両手の拳をぐいと構えて。無鉄砲なまでのその執念というか気魄に、三人は明らかに引いていく。

「かかってこいよ。まだ負けてねえぞ」

真っ赤に染まった口を開いてアカが吠える。両目が炎みたいに燃えてる。

じりじりと前へ進むアカ。対して三人は硬直したように微動だにしなくなる。

そのまま数瞬、睨み合う格好になった。

「うわあぁぁ！」いきなり一番背の高い男子がヒステリックにわめきながら動いた。長い両腕を真横からぶんぶん振り回すようにして、闇雲にパンチを連続して繰り出す。

ごぐっ。固くて鈍い音が鳴る。

「あ！」僕は短く叫ぶ。力任せの左の一発がアカの横っ面を捉えた。

ほぼ同時、ぐらっと上体が揺れたかと思うと、両手をだらんと垂らしながら、アカは力尽きたように地面へ崩れ落ちていく。そのまま気絶したみたいに動かなくなる。

「ひっ――」

アカを殴り倒した男子が奇声を上げる。まさか昏倒するほど強烈な一撃が決まるとは思ってなかったみたいだ。三人はいっせいに走り去っていく。すでに金井の姿はない。アカが公園に切りこんでいったとき、「早く逃げろ」と告げてまっ先に逃がしてたから。

この場には大の字で倒れて動かないアカと、僕だけが残された。

おそるおそるアカに近づく。ケンカが終わっても、恐怖で両膝の震えが止まらない。おそろしさに心が負け、結局、僕は最後までずっと道路脇に棒立ちのままだった。幼馴染みが寄ってたかってボコられてたのに、手助けすることも、助けを呼ぶこともできなかった。惨めさと情けなさとふがいなさで胸がいっぱいになる。負けるとわかってても立ち向かっていくアカの強い心と勇敢さにおののく。臆病者の僕なんか絶対に真似できない。

これまでも校内でアカの正義漢ぶりを何度も目にしてたけど、死にもの狂いのこんなガチなケンカは生まれて初めて見た。

「ちっきしょう」

ふいに声がした。いつの間にかアカは仰向けのまま、両目を見開いてた。

と、みるみるふたつの瞳に透明な悔し涙がたまっていく。

「強くなりてえなあ。めっちゃ強く――」

湿った声でアカが吐く。苦しそうに。悔しそうに。残された力を振り絞るようにして。

僕はなにも言えない。ただ立ちすくんだ状態、気まずい思いでアカから目を逸らす。

そうして、いましがたアカが綴った言葉を心でなぞってみる。

強くなりたい――臆病で気弱でも、気持ちだけはおんなじだ。強くなれば、いじめっ子を挫いて正義を貫けるんだ。悪い奴らを叩きのめすことができるんだ。

強くさえなれれば世界は変わる。きっと。きっと。きっと――僕だって強くなりたい。

だけどその想いは、やっぱり声になることなく、胸の内側でこだまして消えた。


アカが起き上がったのは、それから数分後のこと。

僕の存在なんか無視するようにその場を立ち去ろうとする。慌てて僕はアカの後ろを追うように歩き始めた。しばらくお互いが無言で歩道を進んだ。

バス通りに出る手前、アカはぴたりと足を止める。

「ついてくんなよ!」

背を向けたまま、きつい口調で叫ぶ。ビクンッと僕は全身が固まる。

「だ、だって——」口ごもりながら言い訳を探す。

直後、アカは向き直り、さらに怒った声をぶつけてくる。

「たしかに俺、ケンカ弱いかもしんないけどな」

ふたつの目が真っ赤だ。鼻先も赤い。歩きながらまた泣いてたんだ。そんな悔しいんだ。いや、違う。これは悔し涙なんかじゃない。友だちを助けようともしなかった、裏切り行為が許せなくて流す怒りの涙なんだ。幼馴染みだからそれくらいわかる。

「もし俺がお前だったら、仲間がやられてるの、ぜってえ黙って見てねえし」

ぎりぎりと僕を睨みつけ、ぐいと拳で涙を拭い、喉を震わせてアカはつづける。

「俺はお前みたいな負け犬じゃねえし——」

硬い声色が涙で湿っていく。「そんなんで悔しくないのかよ——なあ、シロ」

そう問い詰められ、心がズキンと痛む。

「俺は絶対に強くなってやるからな。でもって、お前みたいな負け犬の顔はもう見たくねえ！　だから、もうついてくんなよ！」

「と、友だちでしょ。僕ら」

狼狽えながら、なんとか僕は必死に声を出して縋ろうとすると、

「友だちってのは、ピンチのとき助け合うもんだろ!!」

もうなにも言い返せなかった。四年以上ずっと一番の友だちだったアカから絶交宣言さ

れ、頭がまっ白になる。アカはふたたび背を向けると、一気に駆け出した。

夏の太陽が照りつけるなか、ゆらゆら陽炎に揺られ、みるみる小さくなっていく後ろ姿を、僕はただ茫然と目で追うしかなかった。光溢れる道を疾走するあいつを。

負け犬――その一語だけが鼓膜にじんじんじんじんじん残って響きつづけた。


それ以来、アカとの間には、見えない壁というか、深い深い溝ができた。やましさと気後れと自己嫌悪で混乱したまま、事件の翌日も、その翌日も、僕は意識的にアカを避けた。クラスが違うことをこのときばかりはありがたく感じた。アカもまた明らかに僕を避けていた。家が近かったから、普段なら通学路で会うはずなのに、まったく姿を見かけない。そればかりか廊下や校庭でも顔を合わせることがなくなった。

アカが転校した。

突然、耳を疑う話を聞かされたのは八月上旬のお盆前の登校日のこと。

「え？　月城、知らなかったの？　お前ら、あんな仲良かったのに」

一組にいる知り合いの男子を通学途中で見つけ、さりげなくアカのことを訊いたところ、終業式前に突然、瀬戸内海の島に引っ越したとあっさり告げられた。

「なんか、家の問題みたいな、ごたごたがあったらしいよ。ま、噂だけどね」

ずん、と僕の気持ちはひどく重くなった。ぽっかりと心に大きな穴が開いた。いままで以上に激しい後悔が押し寄せてくる。

アカを見捨てたこと。アカを傷つけたこと。アカを裏切ったこと。それらを修復する機会は、突然にして永遠に消え失せた。ひと言もなく引っ越したってことは、やっぱ最後まで僕のこと、許せなかったんだな、とも考え、胸が潰されそうになる。

アカに会いたい。会ってちゃんと謝りたい。

もくもく入道雲が浮かぶ青い空を仰ぎながら、沈んだ想いで下唇を嚙みしめる。

そのとき思い出す。近所の河川敷で開かれる、再来週の花火大会の約束を。友だちになってから毎年必ず一緒に観に行ってた。夏の夜に華々しく散る花火が、僕らは大好きだ。まっ暗な夜闇に浮かぶ一輪の花が、一瞬で花畑になるような、そんな光の渦が、アカも僕も大好きだった。

でも、もう二人で行けないんだ。

あの事件が起きるまで、同じ小学校に入学した僕らはすごく仲が良かった。むしろ幼稚園時代より、さらに親しくなっていた。だけど、それは単純にいいことだけじゃない。僕らには誰にも言えない、負の共通点があった。

家庭問題。アカは生まれたときから父親がいない家庭で育った。ぼろアパートでのけっして裕福じゃない生活。重い病気でほとんど寝たきりの弟。そういう難しい悩みをいくつか抱えてるみたいだったけど、アカは僕に深く話そうとしなかった。

僕もまた微妙な家族の事情を抱えていた。父親は有名な建築家で自宅は大きかったけど、本当の母親がいなかった。僕を産んだ直後に死んだらしい。

小二のとき、新しい母親が我が家にきた。そうして僕には一朗という年子の兄がいた。がっしりとした体格で背が高く、父親譲りの凜とした整った顔立ち。学力優秀なうえに運動神経抜群。リトルリーグでピッチャー兼四番バッターとして活躍していた。

父親ばかりか新しい母親も、そんな長男に期待を寄せ、わかりやすいほど溺愛した。次男の僕には正反対だ。生まれつき身体が小さくて、病気がち。勉強は中の上。取り柄は足が速いことくらい。たったひとつ違いなのに、兄はいつも数十歩先を歩いていた。

僕は親から特別な愛情や関心を示された記憶がほとんどない。そんな自分の居場所がない家庭環境をアカに知られたくなくて、小二になってからは家に誘わなくなった。

優等生の兄がちょっとずつおかしくなっていったのは、新しい母親がきた頃からだ。

初めて手を上げられたのは、家の廊下ですれ違いざまだった。「ウゼえんだよ」そう言われて頭を叩かれた。冗談のつもりか、たまたま虫の居所が悪かったのかはわからない。そんなことこれまで一度もなかったから、戸惑いを隠せなかった。

数日後。朝、洗面所で顔を洗っていると、今度はいきなり背中を蹴られた。僕は痛みよりも驚きで声を失った。びっくりして振り返ると、兄は僕を睨みつけ、「あ、文句あるか？」と冷たい語調を向けてきた。僕はただ首を振るしかなかった。

それからというもの、突発的に兄からの意味不明の攻撃がつづいた。

最初のうちは、面白半分で弟をからかってるんだと思おうとした。本気で殴る蹴るレベルじゃなかったし、単発の一撃にとどまったから。あまり深く考えないようにした。

それに、とも思った。兄は都内トップクラスの一流私立中学の受験のため、いくつも塾をかけもちし、週末には必ず模擬テストを受けていた。勉強が大変な焦りやイライラを紛(まぎ)らすように、弟の僕に軽いちょっかいを出してるだけだって、自分に言い聞かせた。

これは暴力なんかじゃないし、じゃれ合ってるだけだし——。

そう信じつづけ、心に湧(わ)き上(あ)がる、じんわりとした恐怖を抑えこもうとした。

僕が小学六年生に上がる前の三月上旬。幻想はあっけなく崩壊する。

「シロウ、ちょっとこいよ」

珍しく兄に呼ばれた。声は玄関のほうから。僕はリビングでテレビを観(み)ていた。平日の夕方前。二人きりの家。兄が呼びかけてくれるなんて、めったにないことだった。何事かと僕はすぐに玄関へと向かった。けど、そこに兄の姿はない。

あれ？　足を止めて今度は僕が兄を呼ぼうとした、次の瞬間だ。

ゴッ。凄(すさ)まじい衝撃が後頭部に走る。激痛で思わずひざまずく。つづけて肩のあたりに強い打撃を受ける。なんとか痛みをこらえ、顔を上げる。兄がぬっと目の前に立っていた。のっぺりした表情で僕を見下ろしている。そういう顔を初めて見た。

その一瞬、兄が背後から殴りかかってきたと理解する。これまでの攻撃とはまるで違う、本気の暴力だ。ずきずき痛む頭で僕はひどく混乱する。

「や、やめ――」そこまで言いかけたところ、躊躇いなく大きな右拳が打ち下ろされた。僕は動けない。左頬に拳がめりこむ。あまりの威力に僕は吹っ飛んで倒れ、床に背中を打ちつける。つん、ときな臭いものが鼻の奥でこみ上げてくる。

「ち、ちょ、にい、ちゃん――、や、やめ――」

声が途切れて言葉にならない。めりっ。今度は左脇腹に激痛。右足の甲で蹴られた。ごふうっ――僕は息ができなくなって玄関口のタイルにうずくまる。間髪容れず背中に蹴りを見舞われる。なかば無意識に両手で後頭部を庇う。蹴りなのかパンチなのかわからない猛打が連続する。兄はひと言も発しない。ただただ暴力がつづく。

いま起きている現実が悪夢か幻だと信じたい。優等生の兄が意味なく弟に暴力を振るうはずない。そう思いながら必死で耐えるしかなかった。

でも、一方的な暴行が止む気配はまるでない。

DV。家庭内暴力。最近、ニュースでよく見聞きする単語がうっすら浮かぶ。

そのとき、これまで無言だった兄が突然叫び出す。

「この、負け犬が！　おら！　抵抗してみろよ！　殴り返してこいよ！　おらオラァ！」

裏返った金切声は狂気を感じさせた。いっそう攻撃が激しくなっていく。

直後だ。後頭部を両手で庇うガードの上から、ひときわ強烈な衝撃がガゴッと響いた。

その一撃で、僕は虫みたいに丸まったまま意識を失った。

兄が第一志望の私立中学の受験に失敗した翌日のことだった。

家族が寝静まった深夜、全身の痛みに耐えながら自分の部屋のベッドに横たわってい
た。

母親には気分が悪いと言って、夕食は断った。兄の顔を見るのも怖かった。

眠れなかった。眠れるわけなかった。突如として暴力を振るってきた兄。

瞼（まぶた）を閉じると、いきなりドアが開き、ふたたび兄が襲いかかってきそうで身の毛がよだつ。静寂のなか、兄が発した金切声が鼓膜の奥でこだまする。

兄が壊れた。そういう現実に底知れぬ恐怖を感じていた。親に言おうという考えはない。溺愛する長男が受験に失敗しただけじゃなく、心が壊れてしまったと知れば、父と母はどれほどショックを受けるだろう。

でも、と思う。完全に兄はキレた。これまでくすぶっていたなにかがついに爆発したんだ。あの暴力は今日だけじゃない。もしかすると、いや絶対に、これから僕を標的にしてくる。そういう不安がじりじり押し寄せてくる。

だとしたら、僕はどうなるんだ？　つづけざま脳裏をよぎるのは不吉な予兆だった。

ＤＶで殺されたり、自殺したりするという、残酷で悲惨なニュースはいまや珍しくない。親が子を平気で殺す時代だ。ぞっとする。もしかしたら明日、さらに逆上してキレま

くった兄が、僕をどうにかするかもしれない。全身が震えてくる。

けど、僕になにができる？　抵抗したところでかなうわけないし。

「く、くそっ」

怒りと悔しさがこみ上げて、思わず憤りが声になって出る。

負け犬——ふいにアカがぶつけた言葉が兄の言葉に重なる。

もう二年以上前の夏の日の放課後の事件が頭に浮かんだ、次の瞬間だ。

「強くなりてえなあ。めっちゃ強く——」

苦しそうに、悔しそうに、残された力を振り絞るようにして、湿った声で吐くアカの言葉がどこかから聞こえてきた気がした。

虚(うつ)ろな目を僕は見開く。そうだ。あのとき、僕だってアカと同じように思ったんだ。

強くなりたい——強くさえなれれば世界は変わるって。

深く息を吐いて、考える。身を守る方法はひとつだ。迷ってる場合じゃない。

とはいえ、こんな臆病で気弱な僕なんかが強くなれるのか——もう一人の自分が告げる。生まれて一度もケンカしたことないんだぞ。それに背の高さも体つきも格差がある兄と闘って勝てるわけないだろ。

首を振る。臆病な気持ちを追いやる。そして自らに問う。

負け犬のまま、怯えつづけて、この先も無抵抗でやられっぱなしでいいのか？

「嫌だ。負け犬は嫌だ。強くなってやる。強くなるんだ、絶対に」

僕は自分自身に訴える。

「勇気だ。勇気を出せよ、シロ！」

頭のなかには、どれだけ殴られ蹴られ、何度地面に倒されても、屈することなく起き上がってくるアカの姿があった。

一階のリビングに置いてある母親のタブレットをこっそり部屋に持ち運ぶ。ブラウザを開いてネット検索していく。

キーワードは『格闘技』。空手、合気道、柔道、テコンドー、サバット、レスリング、ムエタイ――闘う方法は想像を超えるほど無数にあった。

とはいえ正しい選択肢がどれなのか、サイトを見ただけで素人の僕にわかるわけない。しかも独学で習得などできるのか。先生も、コーチも、師匠もいなくて。そんなことを考え出すと、早くも決意が弱気で揺らいで萎（しぼ）んでいく。

いいやできる。絶対に。勇気だ。勇気を出せ。可能性はゼロじゃない。

僕は根気よく格闘技について調べつづけた。

鍛（きた）え抜かれた男たちが闘うサイトの映像を見つめ、自分なりに闘い方を想像してみる。

兄との身長差は二十センチ。組んで勝てる相手じゃない。接近戦になる前に、あいつの猛攻を止め、一瞬で倒さなきゃならない。そうやってイメージを膨らませていくにつれ、体の小さな自分には空手などの打撃系が向いていることがなんとなくわかる。

　まさか弟が抵抗してくるとは思ってもいないはず。勝機はそこしかない。油断して突進してきたところ、必殺の一撃でやっつけてやる。そんなことを考えながら、思いつくキーワードを打ちこんでは検索していくうち、偶然それはヒットする。

〝最強　小学生〟

　リターンキーをタップし、白い画面に浮かび上がる一番上の文字列を見て、僕は固まってしまう。

『小学生天才最強ボクサー　平井暁君の挑戦』

　幼馴染みの名前に、不似合いな文字『小学生天才最強ボクサー』。

　あ、あの、アカが？　信じられない思いで、ふたたび画面をタップする。

　タブレットのモニターで躍動するアカは、まるで別人のように生まれ変わっていた。

　僕の目は一瞬で釘づけになる。動画元は関西ローカルテレビ局の夕方のニュース番組。

　アカは黒いボクシンググローブを両手にはめ、上半身裸で、真紅のハーフパンツを穿いている。カメラが寄って表情を捉える。奥二重の黒く大きな瞳は昔の面影を残していたけど、濃かった眉毛はほぼ剃られてある。長かった黒髪は短く刈られ、銀色になっていた。丸みを帯びていた幼げな輪郭はシャープなまでに研ぎ澄まされている。

なにより驚いたのはアカの体だ。鍛え上げられ、筋張った上腕。筋肉で盛り上がる両肩。鎧のように堅そうで、しなやかな胸板。呼吸のたび複雑に縦横に深く割れる腹筋。

そして精悍なアカの両目には、獰猛な獣を思わせる強靭さが宿っていた。

大人びたその変わりように、ごくんと息を呑む。とても同じ小学五年生には見えない。

アカは無言でサンドバッグを叩く。鋭く重いパンチが連続して繰り出される。

ドッ。ゴッ。グッ。ドドッ。ビシュ。殴るたびサンドバッグが激しい悲鳴を上げる。

カットが切り替わる。いきなりゴングが鳴る。アカは四角いリング上を、躍るようにリズミカルに動き回る。滑らかなスピードで回りながら軽やかにステップを踏む。

僕が注視したのは相手選手。アカより頭ひとつ分は背が高い。肩幅や骨格の大きさもまるで違う。兄の一朗と僕よりも体格差がある。

無茶だ。勝てるわけない。そう思いつつ、目は二人の闘いを真剣に見つめる。

開始早々、相手選手に一歩も退くことなく、アカは優勢に攻めつづける。

上下左右、縦横無尽に打つパンチはもの凄いスピードで、面白いように当たる。

「おし、入った！　止まんな止まんな！　一発当てたらつづけんかい！」

「アカ、もっと速う動かんかいっ！　タイミングを大切に。おっ、そうそう！」

リング外でロープ越しにトレーナーらしき大人が、関西弁みたいな言葉で厳しく怒鳴る。三十歳くらいで、鋭い顔つきをした男だ。

展開は早かった。一瞬、横顔が画面に映りこむ。

一分も経たないうち、アカは勝負に出た。相手選手は防戦一方になる。

と、いきなりアカがダンッと前足を一気に踏みこんで、距離を詰める。

ほぼ同時、ここぞとアカは強烈なパンチを左右上下左右上下と連続して殴りつける。

速すぎて見えない。それでも数発が相手選手の顔面や腹部へもろに入ったのがわかる。

ゴグッ、グジッ、ゴガッ、ドドッ——重い打撃音がタブレットのなかから轟く。

数秒後、相手選手はロープを背にしたまま、膝から崩れ落ちてダウンした。

激しい打ち合いは、アカの一方的な猛打の嵐で終わった。

「来月、神戸で開催されるボクシングのアンダージュニアの全国大会に、まだ小学五年生の平井君が関西代表として出場することが正式決定しました。日本ボクシング連盟における公式戦は、十五歳以上でなければ出場不可能でしたが、二〇〇九年より小中学生向けの公式戦として『幼年ボクシング』構想を打ち出し、各地で大会が開かれるようになったものです。ちなみにアマチュアボクシング界における〝幼年〟は、中学生以下を意味します。そんななか、まだ十一歳の平井君の全国大会出場は、史上最年少の天才最強ボクサーとして話題になっています。ゆくゆくは世界を目指す器と、専門家の間でも実力への評価は非常に高く、オリンピックか、はたまたプロのリングで世界王者か、と、アマチュアボクシング関係者やプロ育成ジムから、熱い期待とスカウトの目が集まっています」

直後、ふたたび画面が切り替わる。

アカの顔がアップで映る。『アンダージュニア大会　関西代表　平井暁君（小五）』。

画面右下の赤いテロップにそう書いてある。すかさず女性レポーターが訊く。

「平井君、将来の夢はなんでしょう？　オリンピックの金メダル？　それともプロに転向して世界チャンピオン、かな？」

うっすら額に汗を浮かべたアカは、カメラにまっすぐ顔を向ける。その表情は、かつて三人の他校生にボコられ、大の字で倒れて涙をこぼしたアカじゃない。

「俺は絶対に強くなってやるからな」

最後に告げた言葉通り、こいつは有言実行を果たしたんだ。モニターに映るアカの双眸には一点の光だけを見つめるような、揺るぎない信念が感じられた。二十代の女性レポーターからの問いに対し、数瞬の間を置き、奥二重の黒い瞳を据え、アカは静かに答える。

「強くなりたい。もっともっと、強くなりたい。ただそれだけです」

初めて口を開いたアカの声は、凄みを含んだ大人びた語調だった。

背骨が震える。頭の奥がじんじん痺れてくる。

なにかが、こんこんと自分の胸の内からこみ上げてくるのがわかった。

二

なにからどう始めればいいか、まるで見当がつかなかった。とりあえずネットでボクシングの練習法を調べる。基礎体力、瞬発力、持久力、心肺機能を鍛えること。走る。縄跳び。筋トレ。この三つがボクサーを強くする礎だと書いてあった。

明日から朝五時に起床して走ることにする。強くなることとはかけ離れている気もした。正直、半信半疑だったけど実践してみるしかない。

これがアカも辿った途。心の拠り所はそこだけだった。

アラームが鳴る。ベッドから起き上がり、ジャージに着替え、ウィンドブレーカーを羽織る。寝静まった自宅をそろりと出る。日の出間際の空がうっすら明るくなっていく。凜とした空気に満ちた住宅街、僕は深く呼吸してアスファルトに片足を踏み出してみる。瞬間、空気が動いて頬に風が触れる。悪くない。悪あがきかもしれないけど、悪くない。最初から諦めるより、最後まで諦めたくない。そう思えた。

一歩一歩、前へ進んでいく。ゆっくりと流れる景色を見ながら息をするたび、なにかが始まったような気がする。こういうのって生まれて初めてだ。

十一歳の春だった。


基礎体力。瞬発力。持久力。心肺機能——路面を蹴りながら何十回も心で繰り返す。

ハア、ハア、ハア、ハア、ハア、ハア、ハア、ハア、ハア。すぐに呼吸が苦しくなる。肺と心臓が痛くなる。その距離、片道五キロ。三十分もあれば走り切れると思ってた。甘かった。足だけはそれなりに速いと思いこんでたけど、まったく持久力がなかった。

四十分以上かけ、後半はよぼよぼな足取りになりながらも、なんとか河原に着いたとたん、気持ち悪くなって胃のなかのものを全部吐き出す。とはいっても胃液だけ。苦しくて目が涙でかすむ。内臓が破裂しそうだ。大腿が震えて膝に力が入らない。

ぺたんと草むらにへたりこむ。寒気がしてしばらく動けなかった。

どれくらいの時間が経っただろう。気がつけば東の空に太陽が昇っている。

虚ろな頭で思い出す。奥二重の黒い瞳を据え、静かに答えたアカのことを。

じんわり、やる気が湧いてくる。

へこたれてたまるかよ。強くなるんだ、絶対に。勇気だ。勇気を出せ、シロ！

自分に活を入れ、なんとか立ち上がって呼吸を整える。試しに左拳を打ってみる。

動画で見たアカのパンチとは比べものにならないけど、二発三発としゃにむにパンチを連続して打ちつづける。見えない壁を殴り破って、叩き壊すように。

　翌朝も五時にアラームが鳴る。

ベッドから起き上がると、全身が筋肉痛で軋む。身体の隅々に乳酸がたまっている。ハンパない疲労感。外は小雨が降りしきっていた。それでもジャージに着替え、ウィンドブレーカーを羽織る。鈍色の空から落ちる霧雨を顔に受け、黒く濡れたアスファルトをたどたどしく走り出す。一歩が鉛のように重い。

　歯を食いしばって、まっすぐ河原を目指す。

幸い昨日はＤＶに晒されることはなかった。両親がいないとき、僕もまた家を出て、外で時間を潰した。強くなるまではそうやってできるだけ兄を避けるしかなかった。

前に進め、進むんだ。冷たい逆風に逆らいながら、必死で足を踏み出す。

やがて気持ちと肉体が少しずつ熱を帯びてくる。

その翌日も、翌々日も、僕は走る。

ひたすら走り、筋トレに打ちこむ。

吐き気と寒気は八日目で消えた。全身を覆う痛みはいまだ残る。

トレーニング開始後の二週間はとにかく辛かった。何度やめようと思いかけたかわからない。心が挫けそうになると、精悍で不敵なアカのあの映像を見つめた。

間もなく四月も半ばを迎え、新緑の季節が訪れる。

毎朝、僕は町を駆け抜けた。両親には体を鍛えるためジョギングを始めたと伝えていた。

突然の朝トレを兄は冷ややかに観察しているはずだ。でも、特になにも言ってこない。

お前みたいな負け犬があがいたところで、なにができる？　そう嘲笑ってるに違いない。

この俺ですらなにも達成できなかったんだぞ。そう罵りたいに違いない。

約四週間、毎朝走りつづけるうち、片道三十分もかからず河原に着くようになった。

汗だくでストレッチをこなした後は筋トレメニューを消化する。それらを終えると、顎の位置まで両拳を上げ、右手と右足を前にしてファイティングポーズを取る。

僕は左右のパンチを繰り出す。ネットで学習した見よう見まねのシャドーボクシング。眼前の相手とのファイトを仮想した実戦練習だ。パンチの種類はジャブとストレートだけ。左利きの僕は、ボクシングの打撃の基本である右ジャブと、左ストレートをひたすら鍛えると心に決めた。

真下から突き上げるアッパーは難易度が高すぎて打てなかった。肘を鉤のように直角に折ったまま、真横から打ち抜くフックも同じだった。できるだけ短期間で兄を打ち倒すほど強くなるには、とにかくシンプルな必殺技を極めて、完璧にマスターするしかない。大きな体で突進してくるあいつの出鼻を挫き、一撃で仕留めなきゃ勝てない。

勝負は一瞬。ボクシングには一秒で勝てる劇的なワンパンチがある。たった一秒で勝負をひっくり返せる。それがボクシングだとネットに書いてあって、すごいと思った。

僕は目の前に兄が立っているとイメージし、毎日五百本のジャブとストレートを打ち抜くことをノルマにする。始めて数日は二百本も打たないうち、両腕と肩の筋肉、肘関節が悲鳴を上げた。ビリビリと激痛を帯びて痺れまくる。シャーペンを握るのも辛かった。それでも僕は歯を食いしばって、へなへなパンチを打ちつづけた。

変化を感じたのはパンチの練習を始めて二週間がすぎた頃。急に筋肉や関節や腱の痛みが消えていった。それだけじゃない。パンチにスピードが乗ってきた。拳で風を斬る音が心なしか鋭くなった気がした。シャドーボクシング開始後四週間目には、信じられない急激な肉体の進化を実感する。合計千本のパンチを朝の練習時間内に打ちこめるようになった。

基礎体力、瞬発力、持久力、心肺機能——それらが僕の内側に宿り始めてきた。

トレーニングを開始して約二ヵ月半。パンチのパワーまで明らかに変化してくる。

打った瞬間、ビッ、ビシュッと空気を震わせる確かな手応え(てごた)を拳骨(げんこつ)で覚える。

気がつけば、か細かった身体にうっすらとしなやかな筋肉がつき、体重が三キロも増えていた。

「坊主(ぼうず)、毎朝毎朝、飽きもせず、ようやっとるな」

ジャブ、ジャブ、ストレートのコンビネーションを繰り返していると、突然、背後から声をかけられた。驚いて振り返ると、すぐ後ろに無精髭(ぶしょうひげ)の男が立っていた。

いつの間に——まったく気づかなかった。

男は視線が合うと、微妙に表情を崩して笑う。

年齢は三十代くらい。いや、もっと若いかも、いいや、もっと上? 年がわかりにくい、不思議な風貌(ふうぼう)だ。そして精悍な顔立ちなのに、どこか崩れた印象がある。普通の会社員とは明らかに人種が違う、独特の雰囲気を感じた。

黒い短髪の細面で、笑いかける顔でも妙に目つきが鋭い。日焼けした肌が野性的な感じをさらに強調している。服装は、黒いTシャツにグレーのジョガーパンツ。足元は白いスニーカー。半袖(はんそで)からのぞく鍛え上げられた二の腕や、Tシャツの上からでもわかる引き締まった体躯から、アスリートであることは明らかだ。

「けど、それっぽくできとるつもりかもしれんが、構えからしてまるでダメや。それやと憎い相手を一撃で殴り倒すの、絶対に無理やし、返り討ちに遭うのがええとこやで」

無骨な見かけに似合わず、よく通る声でしゃべる。そう思いつつ声を返せない。ボクシングを熟知しているような口ぶりに僕は驚いていた。それだけじゃない。『毎朝毎朝、飽きもせず』って言った。僕を見ていたってことだ。

「流行らんで、いまどき。ボクシングでリベンジとか。時代やないやろ。ははは」

僕はいきなり現れた男を上目遣いで見る。

そのまま向かい合った格好で数瞬が流れる。僕はその場から動くことができない。

謎めいた男だけどなにかが心に引っ掛かった。惹きつけられるような存在感がある。それに、どこかで見たような気もするけど思い出せない。

「そんなに強くなりたいか？」

一拍置いて男はつづける。「俺が教えてやろか。ボクシング」

本気か冗談か区別がつかないことを言う。でも、その顔はマジだった。

「口がきけんのか、坊主」

僕は押し黙ったまま、あらためて男にじっと見入る。

すると気持ちを読み取ったみたいに男が訊いてくる。

「お？　俺が本当にボクシングできるか、疑っとんのか？　坊主のくせして、いっぱしやな。だったら試してみるか？」

挑発するように男はニヤッと笑いながら、自然な感じで両拳をすっと構える。

「坊主が必死で練習しとるボクシングみたいなの、相手してやるで。いまここで」

ボクシングみたいなの。そうおちょくられ、気恥ずかしくなると同時、カッとする。

な、なんだ——上から目線で、人を小馬鹿にした言い草が癪に障る。

大人だからってナメんじゃねえぞ。やってやる！　春からの特訓の成果を試してやる。

ばくばく跳ねる心臓を胸の奥に感じながら、僕もまた拳を構えて男に向き合う。

刹那だ。

ピシュッ。

鋭く空気を斬り裂く音が轟いた。目の前にいた男の姿がふっと消えたかと思うと、真横からぐいんと僕の右サイド三十センチ近くまで接近していた。

その右拳がぴたりと僕の顎の手前、ぎりぎり二センチのところで止められてある。

「死んどるぞ、坊主。いまの一秒で」

それは神の声にも聞こえた。

◇

五月下旬のその朝以来、僕らは河川敷の空き地で会うようになる。お互いに多くを語ることなく、ボクシングの練習がスタートした。俺のことはレンと呼べ。フルネームすら名乗ることなく、男は言った。僕の名前も学校も住んでいる町も訊こうとしない。

「なんで、僕なんかにボクシングを教えてくれるんですか？　しかも、タダで」

コーチをやってやると言われたとき、思わず僕は質問してみた。

すると、レンさんはニヤッとわずかに笑いながらこう返した。

「いつか話したる。坊主が強くなったと、俺が感じたときにな」

練習が始まった日、基本中の基本であるファイティングポーズから徹底的に直された。

「坊主、構えてみろ」

「は、はい」

言われるがままファイティングポーズを取る。即座にレンさんはズバズバと切り出す。

「まず、足。まるでなっとらん！」ひと目見るなり、厳しい言葉が浴びせられる。

「膝の柔らかさがまるでない。構えの基本は、相手にパンチを打たれても、ダメージを緩和してバランスが維持できるよう、いつだって両膝を軽く曲げとくこと。同時にフットワークしやすい、足のバネを活かせる状態をつねにキープすんのが重要や」

言われて気づく。たしかに僕の両膝はほぼ伸び切った状態だ。しかも強いパンチを打とうと意識しすぎるため、ガチガチに力んで固くなりすぎていた。

「それから、前足！」

指摘しながらレンさんは、僕の右足をぴしゃりと平手で軽く打つ。

「踵が浮いとらん。それやとパンチを打つとき一番大切な踏みこみが一瞬でできんぞ。それだけでなく相手の攻撃に対して、即座にディフェンスの体勢が作れん」

「は、はい――」

言われた通りに僕は踵を浮かせてみる。レンさんは厳しい声を止めない。

「両足が開きすぎ。歩幅はつねに肩幅を維持しろ。そのスタンスポジションが一番上体を安定させる。さらにや。前後の体重バランスは前足六割、後ろ足四割と意識せい。スピーディに動くにはやや前傾を守ること。でないと反応が遅れて、先の先が取れん」

「は、はい――」

次々と飛んでくる鋭い指摘に戸惑いつつ、ひとつひとつの細かな指示を理解しようと懸命に頭を働かせ、僕は言われた通りに両足を修正していく。

「上半身の構えもてんでなっとらん！」さらに真剣な口調になってレンさんはつづける。「前に構える右拳は、目よりやや低い位置や。顎を守るようにな。前拳のガードが下がったらアウトやぞ」

「は、はい――」

「両腕。力は肩から抜け。右腕は肘を脇腹に触れるくらいまで寄せろ。ボディをガードする意味がある。左拳は顔面の下半分をつねに守ること。そして顎はグッと引きこめ」

「は、はい――」

「視線はいつだって相手をまっすぐ見とけ。大切なのは両目や。どんなパンチが襲ってきても絶対にビビるな。目をつむるな。パンチは最後まで見切ること。そのためには動体視力が求められる。動くモノを視界で認識する能力や。これを鍛えて向上させんことには絶対に強くなれん。ボクサーにとって命やぞ」

「は、はい——」

矢継早に告げられる訓(おし)えを慌てて脳に刻みつつ、僕は入念にファイティングポーズを身体に覚えこませていく。

突然始まった、正体不明のレンさんとの二人三脚の猛特訓。最初は戸惑いながらも、いつしか本物のボクシングに魅せられていく。

レンさんの指導は的確かつ緻密(ちみつ)で、しかも上達させるための理論が徹底していた。けっして中途半端(ちゅうとはんぱ)は許されない。段階的なステップをひとつずつ、きちんとクリアしなきゃ次は教えてもらえない。逆に進歩すると、どんどん新しい技術を叩きこんでくれる。教われば教わるほど伸びていくのが自分でも手に取るようにわかる。

それになにより、この人についていけば強くなれる。僕はそう信じた。

いっさいの妥協を許さない、ただならぬ情熱が子どもの僕にも伝わってきた。

「パンチはジャブとストレート。坊主はこのふたつだけ覚えればよし」

ファイティングポーズと並行して、パンチの指導に入るとき、レンさんは断言した。

「え？　ほかのパンチは？」

「いまの坊主に高度なのを教えたところで、身にはならん。ボクシングはじっくりと丹念に基本の上に基本を積み重ねるしかない。ジャブとストレートだけあれば十分勝てる」

「でも、せっかくレンさんが教えてくれるんなら、フックやアッパーも打てるようになりたいんですけど――」

独学では難易度が高すぎたそれらのパンチも教えてほしくて口にしたところ、

「百年早いわ、ボケ！」

きつくなじられ、「それにな」とレンさんは真剣な目つきになって言葉を継ぐ。

「本当に強いボクサーっちゅうのは、ジャブとストレートだけでどんな相手にも打ち勝つ。そのふたつのパンチさえあれば世界ナンバーワンになれる」

レンさんが言うと、不思議な説得力がある。僕はただ無言で肯くしかない。

「まずはジャブからや。坊主のジャブを見たところ、まるで手打ちになっとる。つまり、ジャブでもっとも大切なキレとスピードが乗っとらんわけや」

厳しい表情でレンさんはそこまで話して、いきなりファイティングポーズを取る。と、目に見えないくらい速いジャブを僕の眼前で打ちこんだ。

ビュッと鋭く風を斬る音が響く。

「す、すごい――」

一瞬で僕は言葉を失う。ファイティングポーズのままでレンさんは話しつづける。

「ジャブには、速いジャブ、強いジャブ、連打のジャブの三種類がある。だが、とにかくジャブに求められるのは、さっきも言ったようにキレとスピードや。速さがすべて。素早いジャブが打てるようになればおのずとパワーも乗る」

　ビシュッ、ビシュッ。言い終わるタイミングでさらに速いジャブ二発をレンさんは連続して打つ。

「肩甲骨の力みを抜いてリラックスした状態から、肩、肘、拳の順で動くイメージを描き、直線の軌道で一気に貫く。ただし肩を前に繰り出しすぎると、スピードが半減するばかりかパンチ力もなくなる」

　レンさんはそう解説し、まなざしを僕に向ける。

「ジャブには相手との間合いを計り、向かってくる相手を寄せつけない牽制の役割がある。さらに大切なのは、次の一撃につなげること。それこそジャブを打つ最大の目的や」

　僕は一言一句を逃さないように記憶しながら、レンさんの話に耳を傾ける。

「ジャブの後の一撃。それが左ストレートや。ストレートは多くのボクサーにとって必殺の一撃になる。通常、利き腕での決めのパンチを指すから、右利きなら右ストレート、坊主のように左利きなら左ストレートや。足、腰、腕から拳へとパワーを伝導させ、最大限の破壊力でまっすぐ相手を打ち貫くこと。偉大なチャンピオンの多くは、ジャブにつづく強烈なストレートのワンツーパンチ相手選手をKOしてきたといっても過言ではない」

　言い終えた瞬間、とんでもなくパワフルで強烈な右ストレートを打つ。速すぎるジャブにも驚いたけど、全体重を乗せた一撃が空気を斬り裂く轟音は格段に迫力があった。しかもそれでいて、ジャブ以上に速かった。

僕は想像する。この人は若い頃、とんでもなく強いボクサーだったんじゃないかって。

「だが、どれだけ速くて破壊力のあるジャブやストレートが打てても、強いパンチを相手にヒットさせるためには足さばき、フットワークがなければ無理や」

ふたたびファイティングポーズのまま、顔だけを動かして僕に言葉を向ける。

「ボクシングはな、足を止めて打ち合う競技やない。素早く相手の懐に入ってパンチを繰り出したり、相手から距離を空けたりするには、華麗なフットワークを習得せなあかん。あらゆる攻撃や防御に直結する、前後左右への自在な動きを徹底的に体で覚えろ」

今度は小刻みなダンスステップを踏むみたいに、レンさんは縦横無尽に動き始める。地面の上を滑らかに躍るように動き回り、左右のパンチを次々と繰り出していく。

その見事な足さばきを見ながら、アカを思い出す。

あいつも四角いリング上を踊るように動き回り、滑らかなスピードで軽やかにステップを踏んでは、力強いパンチをビシバシ打っていた。

「前へ移動するフロントステップ、後ろへ移動するバックステップ、横へ移動するサイドステップ、でもってこうやって前足を軸にして、グルッと大きく方向転換するピボット」

しゃべりながらレンさんの引き締まった体軀がスルスルと向きを変える。

瞬間移動するみたいに自由自在に体勢がばんばん切り変わっていく。

「す、すごい——」

またも神業に近い動きを目前で披露され、思わず声を漏らしてしまう。

次々とレンさんは本格的なボクシング技術を僕に直伝する。片時も気が抜けない、集中力と理解力と記憶力、そして高度な身体能力が要求された。ちょっとでもミスると、容赦なく本気で怒る。一方で、教え通りにマスターすると、満面の笑みを浮かべる。

すっごく不思議な人だと思う。ボクシングに関しては、とても無邪気で純粋な人なんだ。見ず知らずの小学生に真剣にボクシングを教えて指導する情熱を隠そうともしない。そればかりか、絶対に強くするという強烈な気合いや執念を、真正面からぶつけてくる。父親をはじめ学校の先生でも、僕はこういう大人を見たことなかった。

強くなりたい――それだけを一心に願い、僕は必死で食らいつき、学んでいった。習得できないテクニックは、何百回と反復して身体に滲みこませるしかなかった。

レンさんの教え方は、執念という心構えを僕に植え付けた。執拗に執拗に鍛錬を積み上げること。努力の継続こそが才能にほかならないと教わっているみたいだった。

それでいてどれだけ一緒にすごす時間が増えても、ボクシング以外の会話はほぼない。相変わらず僕の名前すら訊こうともしない。意識的に距離を置いているようにも思えた。

「ええな、ボクシングはたった一秒で勝負が決まるんやぞ！」

毎日毎日、同じことを繰り返し、頭と体に叩きこまれる。僕は肯き、その言葉を信じる。そうして気がつけば、早朝の河原で毎朝四千発以上もの右ジャブと左ストレートを打ちこめるようになっていた。躍るようなフットワークにタイミングを合わせて、上下左右に打ち分ける複雑なコンビネーションを繰り出し、1R三分間のシャドーボクシングをじつに10R以上も余裕でこなせるようになっていた。

ズサッ。ビシュッ。ズバッ。鋭いパンチが風を生み、空気を斬り裂く音が響く。胸、腹、肩、腕、大腿のいたる部分に、無数の筋肉の線が浮かび上がる。片道五キロの走りこみは二十分足らずで終わる。どれだけ動いても、まだまだ動けると実感できるくらい身体能力がぐんぐん伸びる。練習に練習を重ねるほど全神経が研ぎ澄まされていく。

やがて季節は移ろい、いつしか真夏の気配を日の出直後の風に感じる。

レンさんとの猛特訓に明け暮れた五月から早二ヵ月以上が経過した。

三

中学一年生で引きこもりの一朗は、横にも縦にもさらに体が大きくなっていた。

できる限り家で二人きりになるのを避けてDVを免れていたが、母がリビングで長電話しているタイミングや、いつの間にか外出していたときを狙い、ゲリラ的に突然殴りかかってくる。

兄の暴力のことは、やはり両親に言う気にはなれなかった。

壊れかけている家庭を、僕から壊すのがおそろしかった。

僕さえ我慢すれば、兄が元通りになって、いつか普通の家庭に戻れるんじゃないか。

ボクシングの猛練習をしながらも、矛盾した希望を抱いているもう一人の自分がいた。

それでも僕は以前より格段にダメージを受けなくなる。これもレンさんのおかげだ。

「ええか、絶対に手は出すなよ。俺がGOサインを出すまでは。ディフェンスの練習や思て深い傷を負わんよう相手の攻撃の一挙手一投足をよく見ろ。どんなに殴られようと絶対に両目は開けたままや。で、攻撃パターンを見切れるよう、動体視力を磨くんや」

僕が加虐を受けていることを見抜いたレンさんは、防御法、特に致命傷を防ぐテクニックを念入りに教えてくれた。「空でかわしつづけると相手はますます逆上する。身で受けて肉だけ斬らせてやれ。己の肉だけや。骨だけは絶対に斬らせるな。ええな?」

レンさんの目つきは、相変わらず闘いに執着する真剣な凄みを感じさせる。そのくせ僕を痛めつける相手のことや僕自身のことは、やはりなにひとつ訊いてこない。レンさんの興味と目的はただひとつ。僕を強くすること。いや違う。正確には、ボクシングで強い者を育てること。ただそれだけ。そういう本能がレンさんを動かしているんだ。

僕はそんな愚直な気質が嫌いじゃなかった。むしろ信用できると感じていた。

厳しくも真剣に、小学生の僕なんかに向き合ってくれるレンさんは、たしかに謎めいた大人だけど、特別な信頼感と感謝の念を抱くようになっていた。

いつの間にか真っ青な空が高くなり、蟬しぐれが聞こえなくなった。

変わることなく厳しい練習の日々がつづく、八月下旬の夏休み中だ。

猛練習の合間の小休憩。河川敷の草むらの斜面に座っていると、レンさんが切り出す。

「そろそろええんちゃうか。いまの坊主なら、イケるで」

突然のGOサイン。まじまじと横に座るレンさんの顔を見る。

レンさんもまた顔を動かして僕を見ていた。

「今日あたり、やったれ」

「い、いいんですか？」震える胸の内をひた隠しながらつづけて訊く。

「僕、勝てるんですか？」

レンさんは河原に舞い始めた無数のとんぼにまなざしをすがめ、ゆっくりと顎を引く。

「勝てる」

彫りの深い横顔で、はっきり言いながら、右手の人差し指と中指の二本を立てる。

「これでいける。右ジャブ。左ストレート。ワンツーの二発や。相手が突進してきたら、ここを狙え」今度は左手で自分の鼻と唇の間の真ん中を指差す。

「人中（じんちゅう）という急所や。延髄を機能停止させる。いまの坊主の左拳がまともに入ったら、どんなに図体（ずうたい）のでかい奴でも動けんようになる。下手すると死ぬかもしれんがな。ははは」

本気とも冗談ともつかないことを、レンさんは笑いを含みながら平然と言ってのける。

「俺はめったに選手を褒めん。だが、坊主には別格の才がある。俺の教え子のなかでも、一番の才能を持つ奴に匹敵するレベルや」

いままで一度もかけられなかった褒め言葉を聞き、僕の気持ちは波打つ。

「本気で言ってるんですか？」

「ああ、俺は冗談なんか言わん。それが坊主にボクシングを教える気にさせた理由や」

僕はレンさんの目を見つめる。

「ずっと前に訊いてきたやろ。なんでボクシングを教えてくれるんですか？　って」

思い出す。いや、忘れるわけない。初めて出会った朝のことを。

「坊主は強くなった。どんな奴を殴り倒そうとしてるのか知らんし、俺には興味もないが、いまの坊主に勝てる子どもは、まずおらんやろな」

「で、でも僕は――」

つい声が詰まってしまう。まるで実感が湧かないし、絶対に兄に勝てる自信もない。

それに、とこの期に及んでやっぱり考えてしまう。

別人のように変わり果てたとはいえ、血のつながった家族である兄を殴り倒していいのかと、臆病で気弱な性格が邪魔する。いまさらながら心が揺れてしまう。心根が強いアカなら絶対にこんな甘いこと、考えもしないんだろうな、とも思ってしまう。

「問題は、それやな」

なにかを見透かしたみたいに、レンさんがため息混じりに言葉を吐く。

「そ、それって？」

「坊主。ボクシングで強くなるっちゅうんは、パンチとかディフェンスとかフットワークがうまくなるだけやないぞ」

「どういう意味です？」

「どういう意味もなんも、いまの通りよ。自分の胸に訊いてみんかい」

レンさんはその先を語ろうとせず、よっこらせ、と草むらから腰を上げる。

「今日の練習はもう終わりや。たまには早上がりしよ。俺も年や。ちょい疲れたわ」

そう言ってレンさんは少し笑うと、踵(きびす)を返して草むらの斜面を上っていく。

「あ、あの、待ってください――」

僕もまた立ち上がりながら、慌ててレンさんの背中に向けて声で追う。

するとレンさんが振り返る。これまでにない真顔で。

「坊主。絶対にボクシングはやめるなよ。それだけはよう覚えとけ。苦しめば苦しむほど、もがけばもがくほど、お前は大化けする。絶対に試練を乗り越えるんやぞ」

言い終わるとレンさんはふたたび背を向ける。

僕は立ちすくんだまま、もうなにも言えなかった。


「おらああぁぁるるらああぁぁ！」

中途半端な早上がりの朝練習が終わって自宅に戻り、玄関でスニーカーを脱いだとき、突然、奥のリビングから現れた兄が金切声を発しながら殴りかかってきた。

奇襲。近頃は引きこもってほとんど部屋から出てこない。それでいて両親がいないと、家のなかを徘徊(はいかい)する。僕が狙われるのはそういうタイミングだ。

つまりいま、この家には兄と僕の二人きりだということ。

その一瞬、これまでになく僕は妙に落ち着いていた。

「勝てる」レンさんにきっぱり言い切られたとき、すぐには実感できなかった。けど、いまこうして兄と対峙してみて、不思議と負ける気がしない。恐怖は微塵もない。魔法にかけられたみたいに腹が据わっている。僕は突進してくる兄を見つめる。

小学生の頃とは別人のように変わり果てた兄。聡明さが消えた青白い顔。ぶくぶく太って不健康にむくんだ身体。眩しいくらい自信に満ちていたかつての表情は見る影もない。

いったいどうして、こんなふうになってしまったんだ。あの兄ちゃんが。

なんで僕への暴力なんだ？ なぜ血のつながった弟をそんなに痛めつけられるんだ？

ふつふつと湧き上がる疑問符を振り捨て、僕はレンさんに叩きこまれたファイティングポーズをすっと取る。

GOサインが出るまでいっさい封印してきたボクシング。左利きの僕は右手と右足が前。ふたつの拳をぎゅっと握る。鼻から深く息を吐き、両肩の力を解く。

猛進する兄。対して僕からはまったく動いていかない。

両足を止め、真正面に立って勝負を挑む。

みるみる距離が縮まっていく。二メートル。一・五メートル。一メートル——。

次の兄の一歩で一メートルを切る、そこで初めて僕は右足をぐいと踏みこんでいく。

同時に右拳を突き出す。ビシュッ。右ジャブ。

迷いなくまっすぐ打ちこめた。鍛え抜かれ、研ぎ澄まされた先制打を。

後ろから思い切り振りまわしてくる、力任せの横殴りな右パンチが届くより数段素早く、直線最短距離を一気に貫く右ジャブが、兄の顔面にクリーンヒットする。

グジァッ。左側口角に拳骨が突き刺さる。生まれて初めて生身の人を殴った感触がビリビリと腕から脳へと伝って刻まれる。予想だにしてなかった弟の鋭いパンチをもろに受け、兄の大きな体軀がのけぞり、両足がビクンと立ち止まる。

なにが起きたんだ――そんな驚愕と動揺が色濃く満ちる面持ちでフリーズする兄。

裂けた唇からみるみる血が溢れる。唾液と混ざり合って、だらりと垂れていく。

次は左ストレート。これで終わる。決めの一撃で仕留めてやる。

僕はパンチを繰り出そうと、たたみかけるようにグイと上体を前に出そうとする。

え！

う、動かない――ぎゅっと握りしめた左拳が、腕が、肩が、全身が微動だにしない。

まるで筋肉が凍てついたように、意思に反してぴくりとも動こうとしない。

なんでだ？　なんでだ？　なんでだ？　なんでだ？　なんでだ？

一瞬で頭の芯がカッと熱くなる。脳が痺れる。体中の血液が逆流する。混乱と焦燥で視界がぐらぐら揺れていく。それでも懸命に、必死で自分に訴え、命令する。

なんでなんだ！　どうして動かない？　動け動け動け動け動け動け、動くんだ！

何千回も何万回も打ちまくって猛練習し、体の芯に浸透するほど、完璧に覚えこませた左ストレートが打てないなんて——どういうことだ？

顎先まで滴る鮮血。弟の一撃を喰らって驚愕の表情を浮かべた兄は目の前で棒立ちのままだ。右ジャブ一発で決定的に流れは変わった。主導権は僕が握った。

だけど、打てない。次の一撃を。そこで初めて僕は悟る。

「下手すると死ぬかもしれんがな」とまでレンさんが言い切ったパンチを、実の兄に打てるわけがないんだ、と。どんなに僕をいたぶろうと、兄は兄だ。

幼い頃は優しかった。いつも遊んでくれた。手をつないで公園に行った。お風呂に一緒に入った。眠れない夜は同じベッドで眠った。そんな思い出が、とどめを刺す左ストレートをぴたりと抑止し、封印していた。

「ざけやがって！　この負け犬野郎があああああ！」

突如だ。凄まじい怒号でハッとする。

遅かった。怒髪天を衝く鬼のような面で逆上した兄が大振りの右パンチで殴りかかってきた。僕は動けない、頬から横顎にかけて衝撃が走る。

ガゴッ!!

頭蓋が震える。僕は吹っ飛ばされて壁にぶち当たり、そのまま仰け反って廊下へ倒れこむ。消えかける意識のなか、レンさんがなにを言いたかったか、わかった気がする。

「坊主。ボクシングで強くなるっちゅうんは、パンチとかディフェンスとかフットワークがうまくなるだけやないぞ」

ぷつっ――――そこで意識が途切れた。

◇

翌朝、いつものように朝五時にアラームが鳴る。

「いつつつっ――」

ベッドから上体を起こそうとしただけで、昨日の朝、兄に殴打された顔面に激痛が走る。そうっと指先で触ると、骨に熱がこもっているのがわかる。なんとか痛みをこらえて起き上がり、洗面所で歯磨き(はみが)する。うぐっ――口内がずきずき痛む。あちこち切れている。うがいすると、真っ黒に濁(にご)った血の塊(かたまり)が、白い洗面台にぼたぼた落ち、どろりと流れていく。強烈に疼(うず)く顔面の痛みをこらえ、ジャージに着替え、家を出る。

これしきの怪我で練習を休むわけにはいかない。そう思いながらもアスファルトを蹴るたび、鈍痛が顔を捉える。首や肩の筋肉までギシギシ軋む。

それでもいつも以上のピッチで走って河原へと向かう。「勝てる」とレンさんのお墨付きをもらったのに勝てなかった。ワンツーの決めの左ストレートが打てなかった。

なんでだ？　この三ヵ月、ずっとレンさんを信じて猛練習に励(はげ)んできた。

なのに、どうして僕は勝てなかったんだ？　なんで左ストレートが打てなかったんだ？

訊きたい。問い詰めたい。教えてほしい。

悶々と考えながら僕はまっすぐな道を走りつづけた。

河原に到着して拍子抜けする。いつもは先に待ってるはずのレンさんの姿がない。こんなこと、これまで一度もなかった。

仕方なく日課の練習メニューを一人で始める。そのうちやってくるだろう、と思いながら。ストレッチ。ロープスキッピング。筋トレ。百メートルダッシュ。シャドーボクシング。顔面の痛みをこらえ、練習に集中する。刻一刻と時間がすぎていく。

だけど、いつまでたってもレンさんは現れない。体を動かしながら、だんだん気持ちが焦れる。結局、全トレーニングメニューをこなしてもレンさんは姿を見せなかった。

僕は河川敷の草むらの斜面に座って、辛抱強くレンさんを待つことにした。

昼近くまでその場にとどまったけど、とうとうレンさんは現れなかった。

なにか急用でもできたのかもしれない。そう考えようとした。

けど、翌日も、その翌日も、翌々日も、レンさんは姿を見せなかった。

やがて夏休みが終わろうとしていた。とうとうレンさんとは会えなかった。ただでさえ夏の終わりは切ないのに、この八月の終わりは特別寂しかった。

九月に入り、朝夕にはっきりと秋の気配を感じるようになる。南風から北風へと変わりゆくなか、僕は一人で左右のまっすぐなパンチを愚直に打ちつづける。

レンさんが消えてしまった日以降、ある変化が起きていた。兄だ。反撃の右ジャブを決めて以来、僕への加虐は影を潜めた。

とはいえ、絶対に諦めたわけじゃない。

僕を睨みつける兄の両目には、いまだに言いようのない敵意と憎しみと狂気が満ちている。そう遠くないいつか、さらに悪い事態が起きる。そんな不吉な予感に囚われていた。

僕を不安にさせるもうひとつの問題は、むろん打ち抜けなかった左拳のことだ。

想像もしてなかった致命的な壁に、ひどく動揺し、混乱していた。

頼みのレンさんが消えてしまったいまでは、ほかに頼れる人も相談できる人もいない。

それでも孤独に練習に打ちこむしかない日々が繰り返されていく。

ボクシングをやめるという選択肢だけはなかった。たとえ左のパンチが打てなくても、自分にはほかに縋るものなどないから。

「負け犬、か——」

左拳をぎゅっと握りしめ、僕は力なく小声を吐く。

そんなふうにして日々が流れていった。

間もなく、長い長い冬が終わり、春がやってくる。

小学生最強ボクサーとして生まれ変わった幼馴染みに、ネットで再会した春から、早一年が経過しようとしていた。

第二部

一

中高一貫型の私立星華中学校を受験し、無事合格する。兄の第一志望だった一流私立中学に比べると偏差値はかなり下がるものの、僕の学力じゃ上出来といえた。

星華を志望した理由はふたつある。

ひとつは高校にボクシング部があったこと。私立公立を問わず、競技人口が少ないボクシング部を存続させる高校は激減している。そうしたなか星華高校ボクシング部は、かつて関東有数の強さを誇っていた。

もっともここ数年は部員不足に悩み、公式大会で際立った成績は残してないものの、顧問の新垣巧は名コーチとして名高い人だということだった。

そしてもうひとつの理由は、高校になれば学寮制度が整っていること。僕は密かに家を出る意志を固めつつあった。あの兄や、ＤＶを看過しつづけた親と訣別したかった。三年間の中学生活を辛抱すれば、本格的にボクシングの世界に身を置けるうえ、あの家から離れられる。

ボクシング熱をさらに燃え上がらせたのは、アカの存在だった。

小五、小六と、二年連続であいつは、日本ボクシング連盟が主催する全国アンダージュニア大会で優勝を果たした。間違いなく中学でも連勝をつづけるだろう。

僕も大会に出場したかったけど、両親がボクシングに理解を示してお金を出してくれるとは、まず考えられなかった。それに左拳の問題もある。

中学三年間はレンさんが教えてくれた基本テクニックを、これまで通り独学で極める。高校生になれば大手を振ってボクシング部に入部できる。それまでじっと辛抱して自主トレに励むしかないという方針に行き着いた。

そんなふうに気持ちを割り切り、僕は黙々と一人でトレーニングに打ちこんだ。

大きな心の励みと支えを見つけたのは、中学の入学式直前の四月初旬。書店で平積みになってるボクシング雑誌の表紙が、なんとアカだった。

〝新星はどこまで輝きつづける？　ノーダウン無敗王者の新しい挑戦と眩しい未来〟

アカを褒めちぎる派手な見出しとともに、コーナーポストで相手選手の顎に右フックを突き抜く瞬間が写っていた。相手選手は完全に白目を剝き、上下の顎が互い違いになるほどの衝撃で振れ、顔が四十五度以上がくんと傾いている。見事なワンパンチを決めた劇的なシーンだった。

若き天才ボクサー、平井暁を追う十六ページもの巻頭特集は、グラビアとロングインタビューで構成されてあった。迷わず僕は手にしてレジへ向かった。

早く読みたくて、書店を出たところにあるベンチに座り、表紙をめくる。

インタビュー記事の内容は、普段の練習メニュー、印象に残っている試合、一番手強かった対戦相手、休日のすごし方、趣味、好きな食べ物、そして将来の夢――などなど、まるで芸能人だ。それら質問にアカはワイルドな見た目に似合わず、ていねいに受け答えしている。そのギャップがウケるのか、意外にも女性ファンが多いらしく、アマチュアボクシングの試合では珍しく、会場には十代女子が詰めかけていると書いてあった。

この春からアカは瀬戸内海の島を出て、大阪の大手プロジムの会長宅に住みこみ、本格的な新体制でアマボクシング界の新記録樹立を目指していくという。

ジムの宣伝も兼ねているのか、整った設備も写真付きで紹介してある。河原の空き地で一人練習する僕とは雲泥の差だ。深いため息が漏れる。それでもアカの近況を知ることができて素直にうれしかった。

僕はそのボクシング雑誌をいつもバッグに入れて持ち歩くようになった。

兄のＤＶが影を潜めたとはいえ、加虐への警戒を解けないあの家での暮らしは、窒息しそうなほど胸が詰まり、そしていっそうの孤独を深めていった。

引きこもりの長男に気を使う両親は、幼少期から変わることなく僕に特別な愛情や関心を示すことはない。

　さらに星華中学への入学が近づくにつれ、じつは別の懸念が頭をもたげ始めていた。

　偏差値が高くて共学制の星華高校と異なり、男子校の星華中学は荒れ気味だという悪い噂がネットに書き連ねてあった。学校を決めるときは目に触れることがなかった、掲示板のスレッドで偶然見つけた。いじめとか校内暴力とか、そういうトラブルだけは避けたかった。万が一、問題に巻きこまれて、高校へ進学できなくなったり、ボクシング部に入部できなくなったりすれば、僕の計画は頓挫してしまう。

　入学式当日を迎えて、校内に足を踏み入れ、嫌な予感に襲われた。

　悪い噂はデマじゃなかった。体育館へと歩いて行く新入生のなかには、茶髪、金髪のいかにもな面構えの男子が目立った。悪そうな目つきで周囲を見回す奴も少なくない。

　こんなときに限って勘が当たる。一年二組で僕はあいつと同じクラスになってしまう。

　あいつ——守屋弘人。校内に数あるワルのグループのなかでも、とりわけたちの悪い男子を束ねる、ボス的存在に登り詰める男。最悪極まりない奴に僕は目をつけられる。

「おい、ちょい待てよ、月城」
　道場の艶（つや）やかな木床に進める素足を止め、声がするほうを振り向いた瞬間だ。

本気の力で顔面めがけて、鋭い竹刀の突きがビシュッと伸びてくる。

反射的に十センチほど顔を左へと動かし、先端の一撃を間一髪でかわす。

剣道の体育授業が終わった直後のこと。早々に更衣室へ行こうとする男子や、仲間内でチャンバラごっこする男子や、無駄話しながら防具を片づけている男子で賑わう道場内。

いきなり背後から名を呼ばれたとたん、洒落にならない攻撃を仕掛けられた。

「やっぱな。お前、格闘技系やってんだろ？　それもガチで」

僕は無言で、防具を脱いで睨みつけてくる目の前の男子を見る。

守屋。やっぱりこいつ、さっきの組み手で見抜いたんだな——音なく舌打ちする。

尖った顎が印象的な整った面構えで切れ長の目をすがめ、にやついた口元で絡んでくる。が、声色は全然笑ってない。

総合格闘技の強豪選手。入学式当日、数人の三年生にタイマンのケンカを売られ、逆にボコボコにして一気に名を上げた男。背は僕より十センチくらい高い。百六十センチくらいある。引き締まった筋肉質体型。長めのアッシュブラウンヘアをワックスでセットして決め、早くも一年生数人の仲間を引き連れて校内を我が物顔で闊歩している。家が超金持ちだとも噂で聞いていた。

五月のその日、三回目の剣道の授業。基本的な構えや素振り、足さばきを復習した後、紅白に分かれて向かい合った相手と一組ずつ三分間の試合稽古をやることになった。

たまたま組み合わせで当たったのが守屋だ。不穏な緊張を覚えて僕は身構えながらも、これは体育の授業だと自分に言い聞かせ、平静を保って挑んだ。

いざ試合稽古が始まる。

規定の三分間を無難に終えるため、守屋が繰り出す竹刀の攻撃から距離を置く。足さばきで防戦に徹する。総合格闘技の強豪だけあって、守屋の剣はスピーディだ。獣のような獰猛な動きをする。けど僕だって丸一年以上、ボクシングの猛練習を重ねてきた。レンさんに教えこまれたフットワークを応用すれば、守屋の剣は難なくかわせる。ケンカじゃなく、防具を身につけた剣道だったのも、身のこなしを軽くする。

それが癪に障ったらしい。そしておそらくはクラスの男子全員の前で、僕を滅多打ちにでもする目論見だったに違いない。試合前からそういう闘気をびしびし放っていた。

ところが、竹刀がかすりもしないのだ。

面の物見の奥で、守屋の強張っていく表情がうかがえた。

と、いきなりダンッと深く踏みこんでくる。体格差を武器に、体当たりするように猛進し、あっという間に接近戦に持ちこまれる。僕の足さばきを封じる狙いだ。

そのままお互いの竹刀がぶつかり合う。ギリギリと鍔止めの部分で拮抗する形になった。

次の一瞬、度胆を抜かれる。あろうことか守屋は右膝を蹴り上げてきた。狙いは防具に守られてない金的。反則技を授業中に仕掛けてくるとは、どういう神経だ？

チラッと横目を使う。ちょうど体育教師が脇見した隙を突いての猛攻。なんて狡猾で周到な奴。そのタイミングといい、間合いといい、絶妙だった。噂通り、相当ケンカ慣れしてる。普通ならまともに急所に蹴りがめりこんだだろう。

僕は違った。守屋の動きよりもコンマ数秒ほど俊敏にサイドステップで飛び、右前方へ踏み出て避け切った。と同時、卑劣なやり口につい怒りがこみ上げる。

利き手の左腕だけで竹刀の柄を握った状態で、真横に斬り裂くように振り抜く。

守屋も負けてない。すぐに次のアクションへと動いていた。

半身を僕のほうへ素早く翻し、両手で握った竹刀を上段から一気に振り下ろしてくる。

即座に僕は守屋の竹刀の軌道を読みこむ。そしてヘッドスリップする要領で頭から肩を斜め前に傾いでその攻撃をかわしながら、左腕で仕掛けた一撃を渾身の力で振り切る。

ビシュッ。守屋が放った一閃は、僕の防具面の皮一枚をかすって逸れる。

一方、真横から凄まじいスピードで切りこんでいく僕の竹刀は、守屋の面のど真ん中に熾烈な一本を決めた。

パァァァアン！

劇的な決めの打音が轟く。打った僕自身が信じられないくらい見事に入った。

直後、道場内がしんと静まる。

体育の教師までもあっけにとられた顔で呆然とし、数拍遅れて叫ぶ。

「い、一本っ！」

その声でハッと僕は我に返る。

まずい――後悔したけどもう遅い。面を打ち抜かれた守屋は、倒れはしなかったものの、ふらつく足取りで上体をよろめかせている。だが、総合格闘家なら、いまのモーションの意味がわからないはずない。

蹴りに対して後方へ退くのではなく、前に踏み出して避けるのは素人じゃ絶対にできない技術。しかも明らかにディフェンスとわかるヘッドスリップまで使った。

一瞬とはいえ、やってはいけない相手に、見せてはならないテクニックを駆使したうえ、しかもクラス男子全員の前で、頭を打ち抜いて完勝してしまった。

いまだ静まり返ったままの道場内で自責する。いまさらになって心臓がばくばく高鳴る。それでも何事もなかったように一礼し、そそくさと自分の列へと戻る。

その後も一対一の試合稽古はつづいたが、対面に座る守屋の防具の物見から、言いようのない不吉な視線を感じていた。そして授業が終わって教師が姿を消したとたん、いきなり僕の背後から突きを仕掛けてきたのだった。

「なんだ、その生意気な面。俺の質問に答えろよ、おい月城」

竹刀を突き出して静止した状態で、守屋が威圧的な声をぶつける。

「え？　な、なに言ってるの？」

いましがたの一騎打ちの失態を回想しつつ、努めて僕は平然とした声でとぼける。

「あ？　なんだと？」

その瞬間、にやついた口元が完全に消し飛ぶ。上から射貫くような目で睨んでくる。なまじイケメンなだけに凄みと迫力が色濃く滲む。

僕は無言で踵を返すと、足早に道場を立ち去る。

「あ、待てよ、てめぇ――」

背に届きかけた怒声をスルーして、ほかの男子生徒らのいくつもの興味本位な視線も感じたけど、それらも無視して更衣室へ走った。これで何事もなく終わるとは思えないけど、なるようにしかならないと腹を括る。胸の内で鼓動が速まるのがわかる。

守屋は蛇のように執念深い。同じクラスの誰かが言ってたのを脳裏で思い出す。

翌日放課後。校内の自転車置き場へ向かう途中だ。

校庭裏を歩いていると、待ち伏せしていた守屋と三人の同級生が行く手を阻んでくる。

絵に描いたようなお約束の展開にうんざりする。

どいつもこいつも不敵な面構えで好戦的な空気をぷんぷん放ってる。

僕は足を止め、ひどく心が曇っていくのを悟られないよう、

「えっと、なんか用？」

明るい感じで声を出してまたもとぼける。こいつらとケンカしたってややこしい問題に巻きこまれていくだけ。相手にしないのが一番だ。

「一年二組。月城四六。身長百五十センチ。体重四十四キロ。帰宅部。カースト属性は男子二軍の下の下。キャラは根暗で無口。特技ゼロ。ダチゼロ」

棒読みでしゃべるのは、守屋とつるんで総合格闘技をやっている槍崎昌樹。守屋よりさらに数センチ背が高い。金色の短髪がトレードマーク。一年ナンバー2といわれてる。

「なあ、ヒロト。こんな下の下のカスがマジ強えのかよ？」

完全に見下した目つきで僕をガン見しながら、全員に聞こえるよう威嚇してくる。

「ああ。間違いねえって。少なくともマサキ、おめえよりはな。へへ」

薄笑いを浮かべて答える守屋。ほかの二人はニタニタ笑って成り行きを見守っている。

「シロウちゃん、悪いんだけどさ、昨日見せてくれたすんげえ動き、もう一回やってくんねえかな。今度は素手でよ。まずは、こいつ相手に」

言いながら守屋は尖った顎で脇に立つ槍崎を指す。

「いつでもいいぜ。こいよ、月城」

槍崎がでかい身体をやや沈め、両腕を前に出して構えを取る。こいつも場馴れしている。図体の大きさから兄の一朗を思い出す。

あれ以来、僕は実戦の殴り合いをやったことがない。

レンさんは消えたままだけど、ボクシングの練習は一日も休まず、ずっと継続している。

しかも身長は十センチ以上伸び、体重は五キロ増えた。鏡を見ても、体つきが逞しくなったのがわかる。いまここで、僕が目の前のごつい大男にパンチを打てば勝てるだろうか。正直なところわからない。

なにより僕はこいつを殴りたいとまったく思わない。ケンカなんかごめんだ。大事（おおごと）になれば高校進学だって危うくなる。それに——と考える。

おそらく僕はいまだ拳で人を殴れないままだ。

生まれて初めて兄を殴った右ジャブを最後にして。

心療内科系のネットで詳しく調べてみたところ、複雑性心的外傷後ストレス障害という長ったらしい病名に当たるらしい。自らが受けた加虐への回避行動として、他者を傷つける攻撃を危険だと認識し、本能が暴力行為を無意識に封印してしまうと書いてあった。僕の心に居座る暴力への過度な抵抗感を払拭（ふっしょく）しなければ治らないとも。それでも精神の瑕疵（かし）を修復し、メンタルへの自信を復活、醸成させていけば治療できるということだった。

つまり絶望的なメンヘラじゃないし、いったん治ってしまえば、心的外傷後成長といって、傷を負ってしまった過去より数十倍もメンタルが強くなるそうだ。まるで骨折した骨が完治したとき、その部分が数倍も頑強になるように。

でも、どうすれば心の傷を修復できるのかは、人それぞれまったく異なるという。

「えっと、なんて言うか、やっぱなんか勘違いしてるでしょ、守屋くん」

遠慮がちに無理して微笑みながら、僕は口を開く。

その瞬間、対面に立つ四人の表情がいっせいに強張るのがわかった。

「おう、守屋。こういうの、超かったるいから、一気にボコらね？」

右端の男が切り出す。でっぷり太ってて、頭が悪そうな奴。たしか柔道部の太田。

「こんな野郎に俺ら四人って構図、なんなの？　ヒロトの超勘違いじゃね？」

左端の男が失笑気味に吐く。ぎすぎすに痩せてて、こいつも頭悪そうな奴。たしか空手部の山内。

「シロウちゃんさ。俺に目ぇつけられたらアウトなんだわ。早いとこやってみせてくれよ」

焦れた感じで守屋が言う。でも、まだ冷静さを保ってる。ぎりぎりのとこで。

「あのう、ぜんぜん意味わかんないんだよね。僕なんか、君らにとって無関係のタイプでしょ。これまでもそうだったし、これからだって」

「昨日まではな」

守屋がきっぱりと断言する。

「なんのこと？」

「いいかげん、マジムカついてくるぜ。とぼけんな。剣道の試合稽古でてめえが俺にやったステップワークやヘッドスリップ。あれが素人の偶然だと言い切るつもりか」

「そんなの、どうでもいいことでしょ。素人だとか玄人だとか。僕は普通の中学生で、それに、ただの剣道の授業じゃない」

話を聞きながら、すうっと守屋が切れ長の両目を蛇のように細める。

「お前、やっぱ相当、腹据わってんな。どんだけボケかましてんだよ、四対一で」

これまでと一転、冷め切ってドスのきいた声色に変わる。ついに地を出した。

「なんで、そんなしつこいわけ？」

「中学を卒業したら、俺はソーゴーでプロになる。無敵最強を目指す。つまり、俺より強(つえ)え奴はぜってえスルーできねえ。叩(たた)き伏(ふ)せてぶっ倒す。そう決めていままでやってきてんだよ。上級生だろうが、誰だろうがな。強え奴との闘いを極めるのが俺の主義だ」

「そういうのに、僕を巻きこまないでくれない？　守屋くんより強いとか、あり得ないでしょ。ここにいるみんなもそう思ってるわけだし」

「もう遅(おせ)え。あの月城に剣道ですんげえ一本取られたって、あっという間に噂になってんだ。てめえの言い分なんて、どうだっていい。とにかくケジメ取らせてもらうわ」

「その前に、まず俺な、ヒロト。どんだけ強いのか見せてみろよ、月城」

ぐいっと槍崎が前に出てくる。僕との間合いが一・五メートルを切る。あとワンステップどちらかが踏みこめば、確実に射程内へと突入する。

どうする？　戦闘放棄を心に決めてたはずなのに、しかも左拳を打ち抜けないはずなのに、自制しがたい闘争心がこんこんと湧き上がってくる。

自然と両拳を握りしめている。こんな状況なのに僕は場違いなことを思い出していた。

まっすぐな性格のアカはもの凄く正義感が強かった。ケンカが強いわけでもないのに、曲がったことが大嫌いだった。僕はそんなアカのまっすぐな勇気に憧れ、いつも羨ましかった。もしあいつだったら、降りかかる火の粉は払うに決まってる。

　槍崎は奥まった鋭い目でこっちを睨んだまま、さらに上体を沈めていく。完全に戦闘態勢に入っている。即座に飛びかかれる下半身の瞬発力を活かし、圧倒的な体格差を武器にして一気に接近戦に持ちこんでくる。力で僕を組み伏せ、一瞬でマウントポジションを取りにくるつもりだろう。後は太い両脚で僕の体軀を縛りつけ、体重で拘束し、長い腕を駆使して肘と拳の連打を振り下ろし、殴りつけてくる。

　不思議なくらい先の先の動きまで読める。

「さあ、シロウちゃん、覚悟決めな」

　守屋のその言葉が合図だった。槍崎が巨体を跳躍させ、がぶり寄ってくる。


　同学年男子に声をかけられ、地面に倒れていた僕の意識は戻った。

　すごい血が出てるよ――先生に連絡したほうが――保健室に行ったほうが――ううん、救急車を呼んだほうが――。いろんなことを矢継早に言われる。

　僕は無言で首を振る。そろりと立ち上がり、男子に礼を言ってその場から歩き出す。

　土まみれ、血まみれのまま、自転車置き場に辿り着き、自分のチャリの鍵を解錠する。

　そこで気づく。守屋たちの仕業に違いない。前後のタイヤがパンクしてた。

　とぼとぼとおぼつかない足取りでチャリを引いて校門へと向かう。

　惨敗だった。やっぱ殴れなかった――。

攻撃を仕掛けられた直後、槍崎にパンチが打てないとわかった瞬間、気が動転した。その隙を突かれ、押し潰されるようにマウントポジションを決められて、猛打を浴びた。それでも途中までは槍崎の猛攻に対し、なんとか壊滅的ダメージを逃れていた。レンさんの教えが役立った。兄からのＤＶの防衛で学んだテクニック。ところが最後の最後で絞め落とされ、気を失ってしまった。

学校を離れてしばらくすると、悔しくて涙の粒が両目からぼろぼろこぼれる。どれだけボクシングの猛練習をつづけたところで、僕の本質はまるで変わってない。

いつまでたっても、臆病で気弱な負け犬のままなんだ。

ほとんど陽（ひ）が落ちかけた夕闇のなか、パンクしたチャリを押して歩きながら、僕は唇を嚙みしめて声を殺し、いつまでも泣きつづけた。

一年生の五月を境にして、守屋主導による襲撃は断続的に行われた。

昼休みや放課後に待ち伏せされ、人気（ひとけ）のない場所へ連れられて、タイマン勝負を強要される。毎回毎回、ボコボコになるまで一方的にやられつづけた。

体は動かないまま。拳で殴り返せないばかりか、その場から逃げ出そうとしても、身がすくんでフリーズしてしまう始末だった。辛くも決定的なダメージを避けているとはいえ、殴られ蹴られれば痛い。肉体的な損傷だけじゃなく、惨めさと悔しさと憤りが抉る心の傷もかなりこたえた。

対戦相手は次々と替わった。だがどういうつもりか、守屋自身はけっして自分から前に出てこようとしない。いつも数人の仲間を従え、最後尾で腕を組み、僕が殴られ蹴られるのを、ただ黙って観察するように見つめている。虎視眈々となにかを探り、なにかの訪れを待ち構えるように。それが余計に不気味で、得体の知れないおそろしさを感じさせた。

いずれにせよ、守屋が蛇のように執念深いという噂は嘘じゃなかった。

その一方で、大勢を引き連れて、見せしめのように僕を標的に据え、卑劣な格闘ショーを執拗に繰り返す意味も意図がわからなかった。

なぜ僕みたいな存在にそこまで執念を燃やすのかも。ただ一度の剣道の授業の立ち回りで、なにがそこまで守屋を捉えたのか、まったく謎だった。

でも、それがいじめだ。理由も原因も理屈も必要ない。

一度標的にされてしまうと、飽きるまでいじめ抜かれる。

二年生に進級しても、三年になっても、守屋はしつこく僕をつけ狙った。

言いようのない敵意と憎悪と狂気に満ちた目で、僕を睨みつけてくる兄の不気味な態度も変わることがなかった。

学校でも家でも、心が折れる寸前の絶望的な孤独を抱えた悪夢のような中学生活。

拳を打ち抜けない臆病な自分と、残忍な守屋の両方を怨(うら)みながら、ひたすら心身を追い詰める苦痛に耐えるしかなかった。

精神の瑕疵を修復して、拳の封印を解くしか手立てはない。

最終的にいつもその結論に辿り着きながらも、解決方法はわからないままだ。

暗闇のなかに僕はいた。

二

中学三年の二学期が終わろうとする頃、ようやく一条の光が差しこむ。

星華中学での学校生活は残りわずかとなる。ここにきてようやく僕への暴力行為は幕を閉じた。というか、自然消滅していった。

予想通りだった。だからなんとか耐えてこられたといっていい。

そのまま星華高校へ進学する者。他校を受験する者。高校以外の進路を決めた者——。

十五歳。少なからず、新たな人生の選択に踏み出す年齢だった。

僕を追い詰めつづけた連中のほとんど——檜崎、太田、山内、そのほか数名——は、内申点が極度に悪く、進学校である星華高校への進学を断念していた。必然的に他校を受験しなければならない。徒党を組んで校内でいじめをしている状況じゃなくなった。

なにより、首謀者である守屋が十二月に入ると学校へこなくなった。

守屋は中卒で総合格闘技のプロファイターになるため、大手ジムに移籍して本格的なトレーニングを開始しているという、もっぱらの噂だった。ラスベガスでのデビュー戦が決まってるとか、さいたまスーパーアリーナでプロのムエタイの選手と闘うとか、そういう根も葉もない、派手なデマがいくつも飛び交っている。

いずれにせよ、どうでもいいことだった。とにかく学校で奴の姿をまったく見なくなり、心が軽くなっていく。

僕は中の上レベルの成績を一年生からずっとキープしつづけて内申で及第点をもらい、十月下旬の段階で星華高校への進学が内定していた。

卒業式を終えれば、内部進学生は高校入学前から学寮に住めるうえ、希望部に仮入部できる。待ち望んだボクシング部での本格的な練習がスタートする。

間もなく悪夢は終わる。暗闇は消える。そう安堵しかけていた一月中旬。いつものように早朝の走りこみを終え、家の前の歩道でストレッチをしていると、奇異な視線に気づく。

ふと目を上げて、ぞっと悪寒が走る。

二階の部屋のカーテンの隙間から、兄が僕を凝視していた。

目が合った次の一瞬、兄の姿はふっと闇に溶けた。

これまで見たことがないくらい、不気味な目つきだった。たまらなく嫌な予感がした。

その日、午前中だけ学校に行って帰宅し、家のドアを開けた瞬間、僕は凍りつく。

玄関につながる廊下の向こう、兄がぬぼうっと佇んでいた。

その右手には出刃包丁が握られている。

「マジうぜえんだよ」

玄関口でフリーズしたままの僕に対し、ぼそりと兄は言い捨てる。

その顔には表情というものがいっさいない。薄くて精巧な仮面を被ってるみたいに映る。それでも語気には苛立った憤怒が滲んでいる。

予期せぬ突然の待ち伏せに僕は言葉を失う。

なにより僕の視線は、兄が右手で握っている包丁に定まったまま離れない。それがなにを意味するのか、わからないわけない。ついにおそれていた事態が、いまこの場で起きようとしている。

兄は小刻みに右手を動かし、鋭利な刃先で自分の大腿をジュクジュクと刺すように抉っている。グレーのジャージパンツが破れ、みるみる赤黒い血で染まっていく。

「てめえなんかが、どんだけ努力したってムダなんだよ」

異様に充血した両目で僕を睨みつけて兄は言い放つ。

刃先に滴る鮮血が廊下の床面にぼたぼた落ちる。

「この俺ですら無理だったんだ。あんだけ頑張ったのに、なんもかんもダメだったんだぞ」

久し振りに耳にするその肉声には、怒気に混じって明らかな狂気が宿っていた。

「聞いてんのか、おい。なんとか言えよ!」

突然、金切声でがなり、ずいと右足を踏み出してくる。僕はなにも返せない。なかば無意識に、あのとき打ち抜けなかった左拳を強く握りしめていた。

「おら、かかってこいよ。得意のボクシングで向かってこいよ。俺より全然頭悪いくせして、受験もせずにストレートで高校に進学しやがって、ふざけんじゃねえよ。俺へのあてつけのつもりか? ああっ! 腹の底でぜってーナメてんだろが! 俺のことをっ!」

憤激と狂乱で濁る双眸を僕に向けたまま、今度は左足を踏み出してくる。

「そっちがこねえんなら、こっちからやってやんよ。この負け犬が。てめえだけ涼しい顔して高校行って、寮に入ってこの家から逃げ出すとか、マジ許さねえからな、おいっ!」

僕は静かに息を吐く。すっと右足を前にして構える。両拳を顎の高さに持ち上げる。

「は、やる気になったか。上等だよ、上等。今日は絶対に途中で退(ひ)かねえし、今度はぶん殴るだけじゃすまねえからな」

兄は自らの血糊(ちのり)で赤黒く染まる包丁をかざし、鋭利な刃先をまっすぐ僕に据える。

それでいて血走った目は弟など見ていない。どこか別の遠い黒暗を睨みつけている。

その怒りはどこに向いてるんだ——。

僕のなかで言いようのない感情が胸に渦巻く。頭の芯がじんじんと熱く痺れていく。

「——なんでだよ?」

気がつけば声を発してた。

「なんで、そんなになっちゃったんだよ、兄ちゃん？　どうしてなんだよ？」

言いながら、ぐっと涙が瞳にたまっていく。悲しみの涙なのか、悔し涙なのか、よくわからない。けど、ひとつだけ言える。なんとか元の兄に戻ってほしい。そういう想いが突き上げてくる。優しかった頃の兄の笑顔ばかりが浮かんでは重なっていく。

「け！　またビビって動けねえか？　そんなこと言って逃げようとしたってムダだ。俺はお前を殺る。兄貴の俺をバカにしやがったらどうなるか、教えてやっからよっ！」

兄が金切声で怒鳴り散らす。僕の声なんかまったく耳にも心にも届いてない。

兄ちゃんは異次元に行ってしまって、いま目の前にいる兄ちゃんは兄ちゃんじゃない。

もうこの世界にはあのときの兄ちゃんはいない。僕はそう悟る。

それでもなんとか訴えるように言う。

「ねえ、もう一回、頑張ってみようよ。僕、兄ちゃんのためなら、なんだってやるから」

その一瞬、しんとした。能面のような兄の顔に、かつての面影がすうっと蘇りかけ、瞬く間に消えていく。それを見ながら僕のなかで、失望が、恐怖が、戦慄が、憤怒になっていき、そして生まれてこれまで抱いたことのない激情へと形を変えていく。

「だったら、死ね！」

直後、兄が叫び、いきなり動いてきた。

裏声で意味不明の言葉を絶叫しながら包丁を振り上げて飛びこんでくる。

狂気と殺気に満ちたその悲鳴で、全神経が目覚める。

と同時、ふっと本能が全身を動かしていた。

僕は深く右足を踏みこむ。瞼の裏側で仄かな火が灯る。

それが一気に燃え盛って焔がほとばしる。いくつもの閃光が脳内でスパークする。

「闘え！」

誰かの声が鼓膜の奥をつんざく。いいや、違う。これは僕だ。僕自身の声だ。

前足を進めながら上体を前傾姿勢に移す。左拳に渾身の力をこめる。

そうして全体重を乗せた左ストレートを打つために、全身のバネを駆使して左腕をぐいんと伸ばしていく。次の瞬間、自分のなかから、ふっと自身が脱皮した。そう感じた。ずっと僕を覆って密着していた、固くて重くて身動きできないくらい頑強な、鋼殻のような甲冑のようななにかが、肢体からするりと剝げ落ちていく。

胡乱な次元の膜を次々と打破していくみたいな、そういう不思議な感覚に囚われる。

その先にあるのは、僕の左拳だけだ。

打ち抜けないはずのそれが、ただまっすぐ透明な空気を突き破っていく。

レンさんに教えこまれ、鍛え上げられ、何万回も打ちまくった最強の左ストレートがぐんぐんと伸びていく。これまでためつづけた全エネルギーがその一撃にこもっている。

それが真正面から向かってくる兄の顔面に、みしっと突き刺さっていく。

グジャッ‼

肉と骨が潰れて粉々に砕ける、残酷な濁音が轟く。

「ぐうぉっうふぉ――」

悲痛な断末魔の叫びが漏れる。

振り下ろしかけた出刃包丁が、兄の右手からふっと離れて宙に舞い、ギラリと輝く。

僕はまっすぐに左腕を伸ばし切ったまま、ぴたりと動きを止めていた。

いまだ左拳骨には固い衝撃の余韻がビリビリ残っている。

ハッとそこで意識を現実に戻す。

打てた――打ち抜けた。呪縛が解けた。壁を破れた。

ついに拳を振り抜くことができた。

カラッ、カラン。包丁が廊下に落ちて乾いた音を鳴らす。ぼんやりした視界の向こう、左ストレートをもろ顔面に受けた兄が、仰け反って背中から吹っ飛んでいく。

ドドッ。鈍く重い振動が廊下を伝って僕の足の裏に響く。

床に倒れこんだ兄は、両手両足をビクンビクンと痙攣させたまま、もう叫ぶことも立ち上がることもなく、その場に沈んで全身の力を失っていた。


左ストレートの一撃で兄を殴り倒した直後、買い物に出ていた母親が戻ってきた。

ただちに父親と連絡を取り、兄は懇意にする総合病院へと車で運ばれた。それから先は父親が大人の力を使って事が大きくならないよう鎮めたに違いない。病院から帰宅した父親は僕を怒るでも叱るでもなく、ただ吐くように抑揚のない声を向けてきた。

「お前が寮に入るまでの間、一朗は入院させることにした。心配だからな。もう母さんも俺も疲れてるんだ。学生のうちは面倒みてやるから、ここには戻ってくるな。こういうことは金輪際ごめんだ」

僕の目すら見ようともせずそこまで話すと、父親は広い背を向けて書斎へ消えていく。耳を疑う言葉だったけど、僕はなにも返さなかった。返せなかった。事情を聞こうともせず、どこまでも長男を守ろうとする親にショックを覚えながらも踏ん切りがついた。

もういい。僕は僕の途を行く。二度とここには戻らない。

けど、絶対にわからせてやる。僕の強さを。

見てろよ——そう心で吠えながらも、両目から冷たい涙がこぼれ落ちる。

兄を殴り倒した左拳が高熱を帯びたように疼いた。


翌日。みぞれ混じりの真冬日。片時も家にいたくなくて、朝練後、そのまま学校へ向かった。通学路の緑道脇をチャリで走っていたら、視界の先に男の姿が映りこんでくる。

「よう、ガチに冷えるな。シロウちゃん」

すれ違いざま、いきなり聞き覚えのある嫌な声で名を呼ばれ、思わずブレーキを握る。

も、守屋——？

トレードマークだったアッシュブラウンの毛髪が金髪に染まってて、一瞬誰だかわからなかった。それだけじゃない。紺ブレにネクタイの制服姿じゃなかったこともある。黒いシングルライダースの革ジャン。擦り切れたダメージデニム。黒のレザーブーツ。数段ワルが際立つ格好をまじまじ見つめ、僕の目線はその顔でぴたりと止まる。

左顎から頬にかけて薄紫色に変色し、異様なまでに腫れていた。唇も切れてる。僕も身に覚えがある、殴打による打擲痕。それにしても守屋のそんな面、初めて見た。しかもガリガリに痩せ、両目が落ち窪んでいる。

「な、なんの用だよ？」

「ケリつけようぜ」

顔面のひどい傷などなんでもないように、あっさり切り出してくる。

「ケリって。あれだけ僕のこと、ボコボコにして、もう満足だろ」

訴えるように返すと、守屋は紫色の唇を歪め、ヘッと鼻で笑う。

そうしてなにを思ったか無言で近寄ってきて、チャリの前カゴに入れてあるバッグを素早く奪い取ると、中身を足元にぶちまける。

「な、なにすんだよ！」

教科書、ノート、参考書、ペンケース、電子辞書、ポストイット――雑多なものがごちゃごちゃに落ちて、みぞれで濡れた土の地面に散乱する。

「なんだこれ？」

一番見られたくないものを守屋は目ざとく見つけて拾い上げる。

月刊ボックス。アカが巻頭特集されたボクシング誌。三年近く前に買って、いつも持ち

歩いてる。僕がチャリから降りて拾おうとすると、

「やっぱ、ボクシングか。剣道のとき、直感したんだよ」

雑誌を見つめていた目を上げながら睨んでくる。

「しかも、相当鍛えてて、本当はめっちゃ強えだろが。俺の目はごまかせねえぞ」

守屋はペッと雑誌に唾を吐いてつづける。

「なんなんだ、この平井暁ってカス野郎。カッコつけてんじゃねえよ。アマでちょい勝ってるぐれえでよ。俺はこいつが大っ嫌いなんだ。超スカしやがって」

そう言いながら雑誌を投げ捨て、表紙に写るアカの顔をグジャッとレザーブーツで踏みつける。大粒のみぞれで、すでにぐじゅぐじゅに濡れた地面にまみれ、みるみるアカの顔が茶色に汚れて、その姿が消えかけていく、一瞬だ。

僕はキレた。

「やめろっ！」

「お、シロウちゃん、やっと闘る気になった？」

アカの表紙を踏みつける足を止めてこっちに向き直り、ゆっくりと両拳を上げてファイティングポーズを取る守屋。切れ長の目が蛇のようにすうっと細くなる。

白いみぞれが降りしきる向こう側で、ゆらゆらと闘気が放たれ、ほとばしる。

「俺は小四から六年間、ずっとソーゴーで命張ってきた。で、いったいてめえはどんだけだ？　な、シロウちゃん」

「アカを冒瀆すんなっ！　踏みつけてる足をどかせよ！」

「へ、てめえ、あんなカス野郎に憧れてんのか」

「カス野郎はお前だろがっ！」

僕もまた両拳を顎の位置までもっていく。兄と向き合ったときとは違う、燃え上がるような豪気が内側からせり上がってくるのがわかる。

「闘ろうぜ」

ふっと守屋の表情からあらゆる感情が消えた。闘うことしか考えないマシンにも映る。目の前の男はそういう世界で生きようとしてる。

これがこいつの正体なのか。学校でいきがってるのとは全然違う。ボス気取りで仲間を引き連れ、校内を闊歩するただのワルじゃない。

無心で闘うことを欲している。こいつは心底からのファイターだ。直感が教える。けど、負けない。絶対に。

こいつこそカス野郎だ。アカをけがされて、完全に自分のなかでスイッチが入った。

「闘ってやる！」

言うと同時、すでに僕は動いていた。ファイティングポーズを取ったまま、右足を深く踏み出す。もはやパンチを打ち抜くことに、躊躇いも戸惑いも恐怖も抵抗も封印もない。

完全に解き放たれた。想像以上のモーションスピードで体が動いていく。

いま、体内にたぎるのは四年に及ぶボクシングの猛練習が育んでくれた闘争本能だけだ。

ズジャッ。ぬかるんだ泥になりつつある土を蹴り、守屋もまた前足を踏み出す。

ビリビリとほとばしる容赦ない殺気を全身で放っている。

この勝負、一瞬で決まる。お互いがそう感じていた。

左足が前になる右利きの守屋が、右ストレートを凄まじいパワーで打ちこんでくる。

右足が前になる左利きの僕は、左ストレートを渾身の力で打ちこんでいく。

左右ストレートのクロスカウンター。その先にあるのは試練と鍛錬と執念の積み重ねの結果。どっちが死にもの狂いでしがみつき、極限まで自分を追いこみ、鍛え抜いてきたか。自分自身との闘いに勝ち抜いてきたか。勝敗を決めるのは、そういうことなんだ。

強くなるという想いを、ずっと激しく抱きつづけたほうが勝つ。

ビシュッ！　昨日、兄を轟沈させた全身全霊の左ストレートを放つ。

チッ――次の瞬間、僕の左頰に鋭利な痛みが走る。自分から前に頭を出して守屋の右ストレートをかわした瞬間、皮膚を剃刀が削ぐように奴の拳がかすった。

かまうことなく僕は守屋の顔面に左拳を貫いていく。

軌道は完璧。わずかにガードの空いた下顎をめがけてぐんぐん拳が迫っていく。

と、刹那、僕は目を見張る。

守屋の両目に戦慄と驚愕が走っていた。悲壮な表情で顔を歪めている。

あの守屋がビビってる――。身をすくませ、恐怖で怯えている――。

ハッとして僕はパンチを止める。すでに勝敗が決まってる相手を殴り倒す理由はない。たとえそいつが僕を苦しめつづけた最低最悪の男であっても。

それに左顎から頰にかけて薄紫色に変色した異様な打擲痕がずっと気になっていた。おそらく相当なダメージを受けたのは最近のこと。同じ顔面への追撃は致命的な損傷を頭部にもたらす危険性がある。

ぐぐっ。慌てて全身の筋肉を逆回転でフル稼働させる。

間に合った。左中指の拳骨が守屋の鼻頭にぴたりと触れたぎりぎりの状態、なんとか寸止めでパンチをとどめる。それでも守屋は動けないでいた。僕のスピードに、僕のパンチに、僕の闘気に慄き、怯えで全身を硬直させている。

双眸がわなないていた。顎先が小刻みに震えていた。

殴り倒さなかったけど、守屋に完全勝利を決めた。

けど、なにか歯切れの悪い違和感を覚える。

うまく言い表せない軋みというかズレを感じる。

守屋の動きはたしかに凄まじかった。素早かった。

でも、なにかが異なった。これまでの守屋とは明らかに違う。

らしくない——。たかが拳の一撃をかわされて、ビビるような奴じゃないはずだ。

なにがあった？

僕は逡巡する。直後、左頰に仄かな生温かさを覚える。ゆっくりと右手を動かしてなぞる。それに触れ、目の前にかざす。

ぬめぬめと濡れた真っ赤な血だ。守屋の右ストレートがかすめ、頬の皮膚一枚を破って切り裂かれ、流れ出る鮮血。同時に守屋の両鼻孔からも、真っ赤な鮮血がどろりと垂れて、割れた上唇を汚していく。

「へ、やっぱ、めっちゃ強えじゃねえかよ。ふざけやがって――ナメやがって――どいつもこいつもよぉ――」

全身を強張らせた守屋が震える声を漏らし、その場に両膝を崩してしゃがみこむ。

瞬く間、一気に気温が下がってきたのか、いきなり僕の眼前が真っ白に塗り替えられる。

みぞれが雪に変わった。すぐ向こう側に座りこんだ守屋の姿が、純白の世界に呑まれて見えなくなる。数瞬の魔法みたいな変幻を眺めながら、僕は昂ぶりで微動する左拳を下ろす。視線を落とした先、泥まみれでもみくちゃになったボクシング誌の表紙の一部が見える。たまたまだと思う。相手選手を殴りつける、アカの鋭い片目が僕を捉えていた。

「けど、俺は、賭けに勝ったぜ――」

意味不明な守屋のつぶやきが耳に届く。

僕はそれを無視し、真っ白な冬の世界を歩き始める。

もう二度とこの最悪野郎に会うことなんかない。こいつの独り言なんてどうだっていい。

そう思うだけで、悪夢のような三年間の中学時代を捨て去ることができる。
学校も、家も、なにもかもに、僕は別れを告げた。

第三部

一

カン！ カン！ カン！

乾いた拍子木(ひょうしぎ)の、けたたましい打音が部室内に鳴り響く。ラウンド終了十秒前の合図。

「西音(さいおん)、ガードガード。打つとき、相手に打たせてどうすんだよ！」

「おっし、いいぞ、坂巻(さかまき)。ていねいに狙ってまとめてけ。焦らず焦らず！」

リング上では三年選手二人が緊迫したスパーを繰り広げている。

ロープの外から顧問の新垣先生が双方へアドバイスを飛ばす。

カーン。自動式のゴングが一分間のインターバルを告げる。その後、ふたたび二分間の練習モードが再開する。ラウンド時間を体感で覚えるため、部室にはそういうシステムが導入されてある。アマなら二分と一分、プロなら三分と一分が繰り返される。

レンさんは三分間ルールで僕にボクシングを教えた。

「一年は動き止めんな。ペースダウンしてもいいから、そのままロープつづけろよ」

二年のライトフライ級の橘さんが落ち着いた声で指示する。休憩時間に入ってもワークアウトの継続を指示され、一年部員の誰もがげんなりした顔になる。

誰もが、といっても、僕を入れて一年生はもう三人しかいない。入学後二週間が経過した今日時点で、早くも五人が脱落した。

いまだ新入部員はパンチはおろか、構えすら教えてもらえない。ひたすらグラウンドを走らされ、あとはロープスキッピングと筋トレとストレッチと雑用だけ。あまりに単調で、それでいてハードな基礎運動がえんえん課される。

「いつになったらサンドバッグ、打たしてもらえんスか？」

入部して間もなく、一年部員で尖ってるふうな茶髪が訊くと、

「一年がパンチを打てるのは夏からだ」

新垣先生が無表情できっぱり言った。翌日、四人ほど辞めていった。

入学式から三週間が経過した。いま星華高校ボクシング部に残ってる一年生部員は、成瀬と僕。そしてあろうことか、あいつだ。

中学を卒業し、内部進学生の僕は春休みから仮入部でボクシング部の練習に参加した。新一年生は僕だけで、しかも新二、三年生の先輩部員はたった五人しかいなかった。

「マジか？」と、入部希望の僕を先輩らは手放しで喜び、大歓迎してくれた。

一昨年は九人、去年は六人しか入部者がなく、生き残った三年部員は三人、二年部員は二人という有様だ。もし今年、新入部員がゼロだったら廃部を検討すると学校側から脅されていたらしく、先輩らは内心でびくびくしていたそうだ。かつて関東エリア最強と名高かった、伝統ある星華高校ボクシング部の凋落ぶりは、ネットに書いてある通りだった。

それでも五人の先輩たちは皆、ボクシングにかけるピュアな情熱に溢れていた。

三年生は部長をつとめるライト級の大迫さん、フライ級の西音さん、バンタム級の坂巻さん。二年生はライトフライ級の橘さん、ウェルター級の吉川さん。

顧問は新垣先生。学内での受け持ち授業は体育。三十代男性で精悍なスポーツマンタイプだけど、とにかく無口だ。高校時代はインターハイの全国大会で準優勝するなど、経歴は華々しい。体育大学でもボクシング部に所属していたという。

「普段は口数少なめで、ちょい怖そうに見えるけど、根は超いい人だから。ただ真面目すぎるってか、堅すぎるんだよ。もうちっとジョークが通じればいいんだけどさ。でも、コーチとしてはすんげえ優秀だから、その点は信頼していいと思うよ。まあ、優秀な指導者がいながら、うちは選手層が薄すぎっから、試合に勝ててないけどな」

調子良さげにそう言うのは二年の吉川さん。六十四キロから六十九キロの重量級で闘うウェルター級。身長百六十五センチくらいで、がっしりした筋肉質タイプだ。部長の大迫さん曰く、普段は人懐っこいフランクな性格だけど、リングの上じゃ接近戦を得意とするインファイターらしい。

初めて部室へ向かう途中、ボクシング部だけに先輩たちが体育会気質バリバリで恐かったらどうしよう、と心の片隅で案じてたけど、まったくの杞憂に終わった。

部員が少ないせいか、伝統的にそうなのかはわからないけど、アットホームな雰囲気で、二年生と三年生の上下関係も緩く、運動部特有の厳しい統制や規律もなかった。プリントTシャツ、カラフルなパーカ、学校指定のジャージなど、先輩たちは思い思いの練習着で個別トレーニングに励んでいる。

完全に個人競技のボクシングは、練習メニューが一人ひとり違う。新垣先生が部員の能力に合わせてプログラムを作っているという。

「で、月城はボクシングの経験あるのか？　そうは見えないけど」

入部初日、いきなり吉川さんに質問されて僕は返答に迷う。レンさんに指導を受けていたものの、三ヵ月というあまりに短期間だったし、あとは自主トレしかやってない。

「ちょっと基本的なことだけ、かじってたみたいな、そんな感じです」

遠慮がちに事実だけを言うと、

「ああ、わかった」

吉川さんはやけにあっさり納得する。

「ま、だいたい、うちの部にくる新入部員って、漫画とか映画に感化された奴が多いのよ。ネットでパンチを研究して自分で練習してた、みたいなのがパターンなわけでさ〜」

横から調子いい声で茶々を入れてくるのは三年の西音さん。四十九キロから五十二キロの軽量フライ級。それでいて身長は百七十センチ近くある。吉川さんと比べたら、二回りくらい体の線が細い。手足が長くてひょろっとしていて、頭も小さくて、カマキリを彷彿させる。どこか昆虫っぽいルックスなのは、いつも黄緑色のTシャツを着ているせいもある。こう見えて、昨年はインターハイ予選の関東ブロック準決勝まで登り詰めている。ここ数年でもっとも優秀な成績を公式戦で残したエース選手だという。

「とりあえず練習着に着替えてきたら、ストレッチと筋トレから入れ。最初はぼちぼちでいいからな。指導は二年の橘が担当するから」

生真面目な顔で大迫さんが言う。

部長だけあって、どちらかといえば寡黙で落ち着いた印象だ。色白で、縦横バランスのとれたきれいなスタイルをしている。階級は五十六キロから六十キロのライト級。これまでの最高成績は昨年の国体都選考会で二位。決勝を勝ち抜けば関東ブロックに進出できた。バンタム級に次ぎ、ライト級の選手層は厚いうえ、強打の強豪ファイターが多い。ライトフライやフライの軽量級に比べたら、熾烈な打撃戦が試合で展開される。

「よろしくな、月城。基本的なことは俺が直接指導すっからさ」

部で一番背が小さい二年の橘さんが爽やかな笑みを浮かべる。

ライトフライ級。四十六キロから四十九キロ。戦歴は一勝七敗。ほとんど一回戦敗退している。この人はもともと喘息がひどく、入部当初は部活を休みがちで、二キロも走れなかったという。それでも部をやめることなく、しかも朝の自主トレを一年間つづけて体力をつけ、公式戦に出場できるまでになった努力家だ。

「橘は基礎トレの鬼だからな。よーく言うことを聞いて、きっちり体を作れよ」

吉川さんが橘さんの頭をぐりぐりしながら笑う。

「お前さあ、横からしゃしゃり出てくんなよ」

橘さんは負けてない。すぐに腕で払って、吉川さんの分厚いボディにパンチを打つ真似をする。そんな感じで二人しかいない二年部員も仲がいい。

入部初日に五人の先輩は簡単な自己紹介を兼ねて、所属階級と戦歴を教えてくれた。彼らの話を聞いてて、そして部活での日々が始まって間もなく、僕は星華高校を選んで間違いじゃなかったと実感していた。

たしかに強い部じゃないかもしれない。部員だって少ない。けれど気さくな先輩ができたことは僕のなかで大きかった。

人付き合いが苦手で口下手で臆病で気弱な性格から、これまでアカのほかに仲のいい友だちはできなかった。クラスメートとも距離を置いてすごしていた。

少なからず兄からのDVや、ぎくしゃくした家族関係が、より内向的な性格にさせた部分もあるだろう。いずれにせよ僕は、小中を通してレンさん以外に親しい人がいなかった。もっともレンさんとの付き合いだってわずか三ヵ月で、素性も本名も知らないわけだけど。

それがボクシング部には、同じスポーツが好きで、毎日一緒にトレーニングできる仲間がいる。共通目標を目指して練習し、強くなるための努力を重ねていける。

ボクシングは個人競技だけど、たった一人きりのトレーニングに比べると部活は天国みたいに思える。

そして部室には、リングはもちろん、パンチングボールやサンドバッグ、筋トレマシン、グローブやヘッドギアなど、なんだって揃っている。

ようやく僕もボクシングに集中できる環境を手に入れることができた。先輩にも恵まれた。ついこの間までの、暗闇の中学生活が嘘みたいに好転した。

それに高校は男女共学になるうえ、偏差値がぐんと高くなる。必然的にワルの生徒は激減するため、すっかり安心しきっていた。

ところがだ。

仮入部の春休み期間がすぎ、入学式当日の放課後、部室へ行って西音さんと親しげに話してる男子を見て、思わず目が点になって全身が動かなくなる。

「よう、シロウちゃん。ひさびさ」

あの守屋弘人がド派手な金髪頭で、ニヤッと不敵に笑いながら睨みつけてきた。

「な、なんで、守屋が、こんなとこに？」

「てめえにリベンジするために決まってるじゃねえかよ」

本気とも冗談ともつかないことを、先輩らがいる部室で語気高らかに返してくる。

「シロウちゃんて。お前ら知り合いか。あ、そっか、下からか」

一瞬、西音さんは驚いたように小さな目をぱちくりさせつつ、守屋の乱暴な口調を気にするでもなく、自分を納得させるようにしゃべる。

「おい、シカト決めてんじゃねえよ」

ニヤニヤ笑いのまま、ぞんざいな声色で言い放つ守屋。

ようやく我に返りながら、ド金髪の守屋を観察するように盗み見る。

あらためて一騎打ちの直後によぎった違和感というか軋みというかズレみたいな感触が蘇ってきた。冬から春という数ヵ月で、目の前にいる守屋は変わった気がする。かつてのビリビリした豪気や殺気や気魄が感じられない。

それにしてもなんで星華高校の、しかもボクシング部にこいつがいるんだ？

と、そのときだ。信じがたいことを西音さんがうれしそうに声にする。

「総合格闘技界の若きエースが、ボクシングに転向して、しかもうちの部に入ってきたんだ。こりゃ今年は期待できるな。うんうん」

え？　ええっ？

西音さんの言葉に、今度は脳までがフリーズしそうになる。

ボクシングに転向？　総合格闘技をやめたってこと？　こ、この、守屋が？

否定するでもなく、薄ら笑いを浮かべてる守屋が口を開く。

「そんなわけで、よろしくな。シロウちゃん」

高校に入学して好転したと高揚（こうよう）してた気持ちが、一気にどす黒く暗転していく。

「こいつ、守屋とタイマン張って負けたんだよ。中三のとき」

入部届を持ってきた守屋が帰った直後、坂巻さんが近づいてきて僕に言う。西音さんも坂巻さんも、僕らと同じく星華中学出身だ。突然、そんな話を聞かされて大いに驚く。

「おい、余計なこと言うんじゃねえって」

西音さんが小さな目を細めてバツの悪そうな顔をする。

「ホントなんですか?」どちらにともなく僕が訊くと、坂巻さんが肯く。

「守屋って入学式から超目立ってたからな。いまでこそ丸くなったけど、当時は西音もわりかし尖ってた仲間とつるんでてさ。ほら、星中ってそういう感じだろ」

坂巻さんが言ってることはよくわかる。

「で、西音の仲間が裏庭に呼び出して、守屋とタイマン張ったんだけど、次々と負けてってよ。で、成り行き上、こいつも参戦したんだけど、あっという間に関節技を決められて秒殺よ。惨敗してやんの。普通、逆だろ」

ははは、と西音さんは表情を一転、短髪の頭をぽりぽり掻きながら苦笑いする。

「まあ実際のとこ、あいつは強えなんてもんじゃなかったわ、いやマジで〜」

「でも、さっき仲良さげでしたよね、西音さん。守屋と」

「ああ、まあ、それはあれよ。俺らは男同士だし。根が生粋のファイターだからな」

さばさばと言いながら、西音さんは話題をころっと変えてくる。

「月城はどうなんだよ?」

訊かれてる意味がわからなくて思わず訊き返す。「どうって?」

「だって、さっき俺、密かに超驚いてたんだわ～」

「なにがですか?」

「守屋、言ってたじゃん。てめえにリベンジするために決まってるじゃねえかって」

「ああ、なんかそんなこと、言ってましたね」

はぐらかすように僕がとぼけると、

「リベンジって、お前、あの守屋に勝ったわけ?」

真顔になって西音さんが訊いてくる。

「マジか? 月城。あいつ、総合格闘技で世界を目指す超期待の器だったんだぞ」

僕が返答に困って口をつぐんでいると、坂巻さんが硬い声を出す。

気がつくと、ボクシング部の先輩ら全員が僕を見ていた。

「よっし、あと三十秒。ラストスパートでピッチを上げてけよ」
横一列でロープスキッピングする一年生三人の前に立つ橘さんが声を上げる。
ノルマになってる10Rの最後回。最初の3Rはインターバルでも休ませてもらえない。

つまり八分間ぶっ通しで跳びつづけなきゃならない。

左に横目を動かす。成瀬がぜえぜえと喘ぐ、苦しげな呼吸音を連発してる。

成瀬は外部からの受験組だ。成績優秀なのは見た目でわかる。たぶん。けど運動部が盛んで、数ある部が活躍する星華高校で、どうしてボクシング部を選んだのだろう?

つい、そんなことを思わせるくらい、成瀬はボクサーという像にそぐわない。

もっとも僕だって、最初は先輩たちから同じように見られてたに違いないけど。

さすが総合格闘技のプロジムで小四から本格的な鍛錬を積んできた守屋は別格だ。涼しい顔でラン・イン・プレースの膝高を軽々と上げ、ロープの回転速度をアップしていく。

右へ動かした僕の横目に守屋の視線がぶつかる。

片頬を歪ませて嫌な感じで笑う。僕はシカトを決めてロープスキッピングに集中する。ペースを落とすことなく、交互に片足をへその位置まで上げ、スピーディにロープ跳びを継続する。

入学式から二週間余りが経過した。

なんとか僕は守屋が星華高校ボクシング部にいるという、信じがたい現実を受け入れている。いや、受け入れるしかなかった、というほうが正しい表現だ。

いまのところ僕に対する物理的攻撃はない。金髪は校内じゃ異様に目立ってるけど、中学時代の荒くれた傍若無人さは、とりあえず影を潜めている。

部活でもそれは変わることがない。成瀬と一緒になって寡黙に基礎トレーニングに励んでいる。僕からすれば、別人みたいに従順な守屋の存在が逆に薄気味悪かった。

第一、総合格闘家のプロを目指してたくせして、いきなりやめたうえ、星華高校に入学してくるなんて。内申点も素行も最悪なはずなのに、どうやって入学できたんだ？

そこでふと思い出す。実家が超金持ちだとクラスメートが言ってたことを。

どこまでも本当に嫌な奴。そう思う反面、謎で不可解な守屋の転身が気になるばかりか、もやもやした気持ちが僕の内面で膨張する。

来週の四月十九日の金曜日から二十二日の月曜日まで、四日間にわたってインターハイ東京都予選が行われる。二、三年生の先輩五人はもちろん全員出場する。

僕も早く試合に出たかった。けど、すぐには無理だ。アマ公式戦には選手登録後八ヵ月が経過しなければ出場資格が与えられない。規定で決められてある。つまり最速でも今年の十一月まで試合に出場できない。レンさんとの出会いから、すでに四年以上もの厳しいトレーニングを積んでいても、そのキャリアは公的に証明されるものではない。

アカは違う。小五からアマ選手として連盟に登録し、アンダージュニア全国大会でもすでに五年連続で優勝している。しかも無敗ノーダウンという日本記録を更新しながら。

来週のインターハイ予選には、いま住んでる大阪からエントリーしてくるに違いない。

そう思うと気がはやる。このもやもやした気持ちの矛先は、ふたたび守屋へと向かう。

これからボクシング部で猛練習して、もっともっと強くなって、いずれはアマ公式戦に出場していくうえで、守屋との関係性に白黒つけておきたいと考えるのは当然だった。

でなきゃ部活に集中できない。心のどこかであいつからのリベンジやリンチを警戒しながら、去年のような地獄の学校生活は送りたくない。

それに、もう中学じゃないんだ。守屋には徒党を組むワル仲間もいない。

あらためてそういう気持ちが、ぐいと僕の背を押す。


部室の清掃係は一年生の担当で、二人一組のローテーションで毎日交代する。

今日は守屋と成瀬の番だった。先に着替えて部室を出た僕は、同じくチャリ通学している守屋を待ち伏せするため、自転車置き場で時間を潰した。

「ちょっと話があるんだけどさ」

三十分ほどして姿を現した守屋に、僕は真正面から切り出す。

「あ？　珍しいな。シロウちゃんからくるとは」

特に驚くでもなく、薄笑いを浮かべながら守屋が足を止める。

「時間、あるかな？」

「ああ。いくらでもあるぜ。掃いて捨てるほどな」

僕らは校内で一番ひっそりしてる、第四校舎の裏に行った。

「で、なんだよ、話ってのは？」

コンクリの壁際に立ち、守屋と僕は二メートル弱の距離を挟んで向き合う。

「どういうつもりだよ？」単刀直入に訊く。

「なんのことだ？」感情のこもらない顔で、守屋が質問に質問を重ねる。

「わかるだろ。僕がなにを言いたいか」

「わかんねえから訊き返してんだろが」

手っ取り早くすませたかった。こんな奴と向き合ってるだけで気分が悪くなる。

「なんで総合やめたんだよ？　なんで星華高校に入ってきた？　どういう手を使って入学できた？　で、なんでボクシング部に入部してきたんだよ？」

矢継早に言う。鬱積したストレスやイライラのせいか、自分でも驚くくらいほとばしるように声になる。そして守屋の剣呑さを欠いた顔を見ててやっぱり思う。こいつは変わった。ちょっと触れただけで切れるような、あのビリビリした豪気や殺気がまるで感じられない。

そればかりか、いきなり僕に呼び出され詰問されても、不機嫌になるでも、怒気を浮かべるでも、タイマンを張る戦闘態勢を取るわけでもない。

「うるせえなあ。がちゃがちゃあれこれ言うんじゃねえって」

ウザそうに眉間に皺を寄せ、普通に声を返してくるだけだ。

「ちゃんと答えろよ！」

僕は語気を強める。これじゃいままでと逆だな、なんて言いながら思う。

「出世したな、シロウちゃん。強気じゃん」

「質問に答えろって。早く終わらせたいんだ」

「答える必要、ないだろが。俺の自由だ」

「もう忘れろよ、全部。お前、しつこすぎんだよ」

「忘れろってなにをだよ？　あ？」

嘲るような冷ややかな薄笑いを守屋の声色が帯びる。マジで僕はイラついてきた。

「中学んときのことに決まってるだろ。剣道の授業も、僕とのケンカも、なんもかんもだよ。男のくせにいつまでも引きずってんじゃねえよ」

しかも、こいつはアカを冒瀆したんだ。忘れろと言いながら、あの雪の日のことを思い出すと、さらに余計な怒りがこみ上げてきて、ますます語調が荒くなる。

「引きずってんのはお前のほうだろが、なあ、シロウちゃんよ」

図星なことを守屋に指摘され、一瞬、僕は言葉を探してしまう。守屋がつづける。

「ソーゴーをやめた理由は口が裂けても言いたくねえ。とりあえずいまはな。星華高校は、ほかに行く学校がなかったし、思うとこあって入ることにした。これで満足か？」

「肝心なことに答えてないって。なんでボクシング部なんだよ」

「闘うことが好きだからだ」

「総合、やめたのにか？」

「お前に関係ねえよ、シロウちゃん。あ、関係なくはないけど、これは俺自身の問題だ」

「もう中学生じゃないんだぞ、俺ら」

意味深な言葉は無視することにして、僕は守屋の目を真正面から睨みつける。こいつ特有の妙な揺さぶりはもううんざりだった。

絶対に今日ここで、白黒はっきりさせてやる。心で強く思う。中学三年間辛抱して、やっと手に入れたボクシングの環境を守りたい。恩人であるレンさんが告げた、ボクシングをつづけるという信念を守りたい。アカと再会できるかもしれない途を守りたい。それらはすべて、いまの僕にとってかけがえのないものなんだ。

「わかってるよ、お前に言われなくても」

その一瞬、守屋の表情に翳(かげ)りがさした気がした。

「だったらなんで、入学式の日、いきなり部室に現れて、僕にリベンジするとか言った？」

「お前、ジョークもわかんねえのかよ？　なあ、シロウちゃんよ」

「冗談に聞こえないから、いまこういう状況なんだろ。それにシロウちゃんはやめろ！」

つい叫んでしまう。こいつと話してるだけで頭がどうかなりそうだ。

「お前なんかとは、友だちでもなんでもないだろうが！」

一拍の間が空いた。

「な、どうやったら、あんなに強くなれるんだ？」

僕の怒りをスルーして、いきなり予想外なことを訊いてくる。僕はひどく戸惑う。その場をごまかすためとか、茶化(ちゃか)してとかじゃなく、素の表情で守屋は顔を向けている。

「なあ、どうやったら、お前みたいに強くなれるんだ？　教えてくれよ」

真顔で守屋は繰り返し訊いてくる。

「な、なに言ってるんだよ。お前のほうが強いんじゃないのか？　いまでもそう思ってんじゃないのかよ」

いっそう戸惑いながらも、僕は声を押し出す。

去年とはまるっきり別人に成りかわった。まるで兄が壊れてしまったみたいに。

「俺も強かった。けど、お前のほうが強い」

答えになってるような、なってないような、禅問答のような言葉を守屋は口にする。

強かった、という過去形が気になる。

これまでになく真剣な面持ちになって、守屋はまっすぐ僕を見つめてくる。

「お前には類まれな身体能力がある。それだけじゃない。見る奴が見ればわかるんだよ。特異な才能があるって。特にあの左ストレート、あれは別格だ。平井暁の右フック並みか、いやそれ以上かもしれねえ。けどよ——」

僕もまたまっすぐに守屋に目を定めていた。こいつの真意を探るように。

「お前の根底に流れる、メンタルの弱さを克服しねえと、本当の強さは手に入らねえぞ」

どこか訴えるように言う守屋だった。

意外な話の流れになって、思わず僕は黙りこむ。

すると守屋は僕から視線を外して、ふっと声なく自嘲気味に笑う。

「つい、しゃべりすぎちまったな」

それだけ言うと、踵を返し、さっさと歩き出す。

「あ、おい、待てよ。まだ僕の話は終わってない──」

するとと守屋はぴたりと足を止めて振り返る。

「もう引きずってねえから。安心しろよ。でもって、今度はボクシング部の仲間になったんだ。これからも末長くよろしくな、シロウちゃん」

やけに神妙な感じで言われて、僕の声はつづかない。

やっぱこいつは変わった。毒気を抜かれて別人のように変貌した。

そんなことを考えながら、僕はその場に立ち尽くしたまま、遠ざかっていく守屋の背を見つめた。

二

四月十九日。金曜日。今日から四日間、江戸川区にある東園高校の体育館で、インターハイ東京都予選が行われる。

毎年八月に開催される全国高等学校総合体育大会、すなわちインターハイに出場するには、まずこの都予選を勝ち抜いて優勝し、つづいて六月に開催される地区ブロック大会でも優勝しなければならない。

ちなみに高校アマボクシング界では、三月の選抜、八月のインターハイ、十月の国体とという三大全国大会が開催される。

　高校在学三年間で出場できる全国大会は計八回。卒業時期と決勝戦が三月で重なる選抜大会に三年生は出場できない。全大会を制すれば高校八冠達成となり、強豪選手全員が目標に掲げる大目標だ。これまでに達成した選手はわずか二人しかいない。

　とにかくこれが僕にとっては生まれて初めての公式試合。先輩選手らをサポートする一年部員というポジションだけど、いざ大会会場に到着すると、すごく緊張してくる。

　予選とはいえ各校の出場選手は鋭い気合いに満ち、球技や陸上とは違った、独特の殺気立った緊張感が控え室にもぷんぷん漲っている。

　小学五年生から、アカは幾度もこういう修羅場をくぐり抜けて年上選手に勝ちつづけ、のし上がっていったのだと想像するだけで圧倒される気持ちになる。

　大会会場にはリングを囲むようにパイプ椅子が百席以上並べられてあった。午前九時の段階ですでに八割がた埋まっている。試合開始は午前十時から。ボクシング不人気がささやかれていても、意外なほど観客がいることに僕は驚く。

「まあ、いっぱい観客が集まってっけど、あれ、ほとんど選手の保護者とか親戚とか、身内系だから。若い女子とか絶対観にこないから。映画やマンガとは根本から違うから〜。てなわけで、あんま過度な期待すんなよな〜」

　試合前だというのに、西音さんはまったく緊張してないように、いつもの軽口を叩く。

「さあ、行くぞ」

新垣先生が声を発して、坂巻さんに顔を向ける。

バンタム級の坂巻さんの第一試合で、星華高校ボクシング部の都予選は幕を切る。セコンドは新垣先生のほかに大迫さんが付いた。僕ら一年生三人は星華高校サイドの最前列に陣取って応援する。

五十二キロから五十六キロまでのバンタム級は、プロアマともに日本人選手がもっとも集中する階級だ。黄金のバンタムと呼ばれるくらい選手層が厚く、強豪ボクサーが熾烈な闘いを繰り広げる。当然、勝ち抜いていくのがもっとも難しい階級ということになる。

坂巻さんは一、二年生のときはフライ級だったけど、成長期に逆らえず、二年生後半から一階級上げてバンタム級になった。

わずか三キロほどの体重差が、ボクシングでは多大な影響を及ぼす。

まず選手の身長がまったく違ってくる。筋肉の付き方や体型も、階級が上がるにつれ頑強になっていく。パンチ力もおそろしく変わる。フライ級とバンタム級ではリングサイドで聞こえる打撃音が信じられないくらい激変する。

高校一年からボクシングを始めた坂巻さんの戦歴は六勝八敗。これまでの最高記録は、二年生のときの国体東京都選考会のフライ級でベスト4。バンタム級に転向してからは苦戦がつづいている。今日の相手となる鈴原(すずはら)選手は相当強いらしい。先月の選抜全国大会で準優勝している二年生だと橘さんが教えてくれた。リングに上がってきた鈴原選手は、なるほど不敵な面持ちでコーナーポストに背を預けて、こっち側を睨んでいる。

「坂巻。肩に力が入りすぎてるぞ。相手を意識しすぎるな。いつもの調子でやればいい。鈴原選手は足を使ってくるからな、こっちも動いてけよ。序盤でペースを握られたら、踏みこんだワンツーがビシビシ入ってくるぞ」

緊張気味の坂巻さんに新垣先生がアドバイスする。普段と同じ口調に聞こえるけど、そのまなざしには厳しい光が宿っている。

「ガードは高めにな、坂巻。ジャブが速いぞ。特に右ガードを意識しろよ」

部長の大迫さんがしっかりした語調で告げ、マウスピースを坂巻さんの口に入れる。

直後、セコンドアウトのブザーが鳴って、新垣先生と大迫さんがリングから離れた。

カーン。1R開始のゴングが鳴る。序盤から鈴原選手は落ち着いた試合運びで展開をリードしていった。やっぱり足を使ってくる。前後左右に素早く動きながら間合いをコントロールする。対して坂巻さんの足どりは重いように感じる。

1R後半、鈴原選手は早々と主導権を掌握する。果敢な連続ジャブで坂巻さんのガードを崩していったところ、踏みこんだ右ストレートを顔面に当てた。あっという間に坂巻さんはコーナーに追いこまれる。鈴原選手はここぞとミドルレンジからの猛攻で圧倒してくる。そこで1Rが終了した。辛くもゴングに救われる形で、坂巻さんは血の気の引いた顔を俯(うつむ)かせ、コーナーへと戻った。右ストレートを打たれた顔面が赤く腫れている。

2R開始早々。いきなり鈴原選手は勝負に出た。勇猛なラッシュで坂巻さんとの距離を一気に詰めたかと思うと、左右のフックの連打で攻めこむ。坂巻さんの足が止まる。動揺しているのがわかる。

「落ち着け、坂巻！」西音さんが叫ぶ。

「坂巻さん、足使って！」橘さんも懸命に声を出す。

「よく見てよく見て！　手を出してください！」吉川さんが大声を張り上げる。

と、鈴原選手の右フックが坂巻さんの顎にクリーンヒットする。

坂巻さんがよろけて尻もちをついた。

「ダウン！」

レフェリーが二人の間に割って入る。坂巻さんはなんとかカウント7で立ち上がったけど、レフェリーは両手を上げて試合を終わらせた。

「あああぁぁ――」

星華高校サイドからため息が漏れる。鈴原選手は十四歳からアマの試合に出場しているだけあって、試合運びも心理的駆け引きもうまかった。なにより手数で圧倒しなければ高校アマボクシングの試合は勝てない。様子見なく序盤からパンチを出しつづけるのが鉄則だと、新垣先生はスパーやマスを指導するとき、口癖のように言っている。

落胆した様子で両肩をがっくり落とし、坂巻さんがコーナーへ戻ってきた。

「打たれたダメージは大丈夫か？」

すぐに新垣先生が訊く。ヘッドギアを装着して、十オンスの分厚いグローブを付けていても、ときに入院するほどの大怪我を負うことがあるという。

一般の運動競技とは明らかに異質の危険性が、ボクシングというスポーツには内在する。これも新垣先生の口癖で、部員の怪我や健康状態に神経質だ。

高校生活最後となるインターハイ挑戦を、都予選一回戦敗退という結果で幕を閉じてしまった坂巻さんは、涙ぐんだ目でリングから降りた。高校生活で残された公式戦は六月に行われる国体都選考会だけになった。大迫さんはそんな坂巻さんの気持ちを汲むように、ただ無言でその背中をぽんぽん叩いている。

第二試合の橘さんは、軽量級にもかかわらずインファイトを主戦場とする相手選手の猛攻になす術なく、1Rで三度のダウンを喫してしまい、RSC（レフェリー・ストップ・コンテスト）で完敗した。

高校アマボクシングは1Rに三度ダウンをカウントされた時点で負けになってしまう。一試合で計四度ダウンしても敗北となる、カウントリミットのルールもある。

二戦つづけての敗退に星華高校ボクシング部の士気は落ちこんでいく。新垣先生はいつも以上に寡黙な感じで口を結び、橘さんとともに控え室へと戻る。

成瀬と僕は、高校アマボクシングのシビアさと壁の厚さを目の当たりにし、意気消沈していった。守屋だけは違った。

「いい試合でしたよ！」「あとちょいでした！」と、敗退した坂巻さんと橘さんの試合後、激励の言葉を何度も何度も叫んでいた。僕が知る卑劣で執念深い守屋とはまるで違う一面を見るようで、すごく意外な感じがした。

第四試合の大迫さんのファイト。部長としての責務を感じてか、普段の練習ではあまり見せることない猛撃を繰り広げる。

1R開始早々からアグレッシブにジャブの連打を放って前に出ていく。もともとアウトボクサーの大迫さんは、ジャブと右ストレートのワンツーが得意だ。

僕がレンさんから習った通りの、基本に忠実なきれいなフォームで、的確かつ緻密に相手選手のガードを切り崩していく。そして2R目からは、徐々に間合いを詰めては強烈な右ストレートを上下に打ち分けていった。特にボディ狙いの一撃がうまい。

腹部への打撃は頭部を殴られるより数倍苦しい。強烈に頭を殴打されると、意識が飛ぶのが先であまり痛みを感じない。腹部は違う。はっきりとした意識下で、抉られた内臓の奥底からせり上がる鈍重な激痛に苦しめられる。それも殴られた直後より、時間が経過するごとに臓器が引き千切られるような疼痛が襲いかかってくる。

さらにたちが悪いのは、その痛みが抜けないことだ。同じ箇所を殴られれば殴られるほどダメージが蓄積され、やがて致命的な損傷になって足が動かなくなる。そればかりか倒れてからも悶絶するほどの苦痛がつづく。これほど屈辱的な負けはない、というのがボディブローでのダウンだ。

大迫さんはそういう必殺の一撃を得意とする。今日の初戦ではそれが遺憾なく発揮された。2R後半、残り三十秒を切った場面、顔面への左ジャブ三連発の後、手薄になったストマック（胃）に直撃する、強烈な右ストレートがめりこんだ。

「ダウン！」

レフェリーがカウントを取ることなく、そこで両腕をクロスして試合を止める。

「やった！」

僕ら一年部員が歓喜の声を上げる。

「うぉおー、ブチョー」と吉川さんが叫ぶ。ほかの先輩部員らもガッツポーズで歓声や奇声を張り上げる。

新垣先生は腕組みしたまま小さく肯いている。心なしか口角が少し上がってるように見えた。とにかく星華高校ボクシング部の初勝利にみんな大いに盛り上がる。

当の大迫さんはいつも通り冷静な感じだけど、頬が紅潮していた。タンクトップが汗でびっしょりだとそのタイミングで初めて気づく。両肩を震わせて、ハアハアと激しい息遣いを繰り返しているのがリングサイドの観客席まで聞こえてくる。

きっと部長なりに緊張と責任がごっちゃになりながら、必死だったんだと思う。三年生でラストチャレンジのインターハイで、先に負けた坂巻さんの分まで闘わなきゃと覚悟を決めてのファイトだったに違いない。口数は少ないけど、そういう男気を内面に隠し持つ人なんだ。思わず胸が熱くなる。

何げに横をチラ見すると、守屋も両手の拳を振り上げ、満面の笑みで喜々としている。

星華高校ボクシング部のインターハイ東京都予選の結果は芳しいものではなかった。

坂巻さん、橘さんが初日の一回戦で敗退。大迫さんと吉川さんが二日目の二回戦でそれぞれ判定負け。気を吐いたフライ級の西音さんだったけど、三回戦で去年の国体関東ブロック大会準優勝を果たした選手とフルラウンド闘って惜敗。僅差（きんさ）の判定負けに終わった。

次の試合は六月後半に開催される国体東京都選考会だ。その前にインターハイの関東ブロック予選大会が行われるが、都予選で敗退した星華高校ボクシング部は関係なくなった。

大会終了日から二日後、僕にとっては大事件といっていいくらいの驚きの事実が耳に入る。

部室の掃除当番は成瀬と僕だった。

二人で部室を片づけた後、成瀬が雑巾（ぞうきん）を洗いに行き、僕は更衣室の掃除に向かった。

「よ、月城。お疲れさん」

部活が終わってもう一時間近く経つのに西音さんと吉川さんがいた。

この二人はよくつるむ。ムダ話に花を咲かせたり、帰りにラーメンを食べたりしてる。同じ三年生の大迫さんや坂巻さんは部活の後、大学受験のために塾へ通っている。西音さんにはそういう三年生らしさは欠片（かけら）もない。坂巻さんから聞いた話だと、実家が大きなスーパーをやってて、卒業後はそこの若社長になるということだった。

でも、と僕は首を捻（ひね）る。中学はヤンキーで、高校はボクシング部で、どう見ても勉強ができそうにない西音さんに、若社長がつとまるとは思えない。

「お前も家系ラーメン食べいく？　おごらないけどさ。こってりしてってうめぇよ〜」

今日も黄緑色のTシャツのカマキリ姿で訊いてくる。再来月には国体選考会があるのに、しかもそのタッパでフライ級なのに、減量しなくていいのだろうかと心配になる。

「あ、いえ。寮の食事がありますから」

「そっかそっか、お前、寮生だったよな。すぐ忘れちゃうんだよなあ〜」

ははははと笑いながら、西音さんは吉川さんのほうへ顔を戻す。

「で、さっきの話、マジなんすか？　西音さん」

吉川さんは気もそぞろな感じで、僕に声かけするでもなく、西音さんに言葉を向ける。

「あ、ああ、大マジ。俺も驚いたんだけどさ」

「そっかあ、あの武倉（たけくら）高校かあ。これじゃますます俺たちヤバいっすね」

「まあな。厳密には俺たちっていうより、いまの一年以降だろ」

意味深な言葉を吐きつつ、西音さんはふたたび僕のほうに顔を動かす。

「な、月城」

「な、ってどういう意味です？　急に振られても、わけわかんないですよ」

僕は床に散乱してるマンガ週刊誌やいかがわしい雑誌を片づけながら、適当に返す。

「せっかく、あの守屋が入部したのになあ。もったいないなあ」

「だろ、ヨッシーもそう思うだろ」

ボクシング部で西音さんだけ、吉川さんをヨッシーって呼ぶ。

唐突に守屋の名前が出て、僕は聞くでもなく耳を傾ける。

「階級、ジャストでぶつかりますよね？」

「ああ、間違いなく、おんなじバンタムだと思うぞ」

「でもそういうんなら、この月城だってそうっすよね？」

突然、またも話を振られ、「いったい、なんの話です？」

つい僕も気になって返す。なんとなく二人の口調がいつものふざけた感じじゃなかった。

「月城、お前、平井暁って知ってる？」

え？

いきなりアカの名前を出されて、僕の動きが止まる。そればかりか両腕で抱えてたマンガ週刊誌やいかがわしい雑誌の束をガサッと床に落としてしまった。

「なんなの、そのリアクション？」

西音さんが小さな目をぱちくりさせる。

「え、ええ——は、はい——」

「それ、知ってるっていう、意思表示的なサインなわけ？」

吉川さんが訊いてくる。

「え、あ、はい。知ってます」

今度ははっきり肯定の返事をすることができた。

「その、平井、暁が、あの、どうかしたんですか？」

「ああ、武倉に入学してたんだとよ」

一瞬、僕はきょとんとしてしまい、頭のなかで吉川さんの言葉がうまく処理できない。

「だからなんなの、そのリアクション？　さっきから」

西音さんの突っこみをスルーして、僕は声を押し出すように吉川さんに訊く。

「マジですか？　アカ――いや、平井暁って、大阪ですよね？」

「お、よく知ってんじゃん」

「それがこの四月から武倉高校のボクシング部員になってたんだとさ」

西音さんが訳知り顔で言う。

「しかも、二日前のインハイ神奈川予選大会、バンタム級で優勝してたんだとさ」

吉川さんもまた訳知り顔で言う。

「マ、マジすか？」

僕の声が裏返る。心臓が高く跳ねる。西音さんがひょろっとした両肩をすくめる。

「大マジなんだな、これが。俺もついさっきガッキーから立ち話でぼそっと聞かされて、マジに驚いたわ。しかも四戦連続で1RKOだとさ」

ちなみにボクシング部で西音さんだけが、新垣先生のことをガッキーって呼ぶ。

アカが――、あいつが、こっちに戻ってきたのか――。しかも武倉に――。

神奈川県南西部にある私立武倉高校は、近年スポーツ部に力を入れていることで超有名な学校だ。野球、陸上、水泳、バスケ、バレー、テニス、体操——運動部はどれもめっちゃ強い。強いのにはそれなりの理由がある。金にモノを言わせ、全国から優秀な運動選手をスカウトしまくってるからだ。

そのため星華高校の運動部とは、ほぼ関東ブロックで対決する構図になっている。そうして勝ち星をごっそりさらっていくのが、ここ数年のパターンになっているらしい。

ちなみにボクシング部の場合、都予選を勝ち上がることすら難しいため、武倉高校の選手とガチなバトルをするレベルにない。

「じつは一年以上前からスカウトを仕掛けてたらしいけどな。平井が長期契約で所属してた大阪のジムとモメたとか、そういう噂もあるみたいでさ。で、最終的には武倉が金で折り合いつけて納得させたらしい。ま、ほんとのところは全然わかんないけどよ～」

後半の西音さんの話はほとんど聞こえてなかった。僕の頭は真っ白になりかけてた。

アカがすぐ近くにいたなんて。しかも、当然のように高校生ボクサーとして大活躍を始めてたなんて。

五月三十一日から六月三日まで、インターハイ関東ブロック予選大会が開催される。

試合会場は奇しくも神奈川県にある武倉高校体育館。

「できればみんな、平井選手の試合を観ておいたほうがいいと思う。階級が違うとか、対戦する可能性があるないとかじゃなく、稀代の天才ファイターと呼ばれる同年代選手のボクシングを直に見られるチャンスだ。きっと得るものがあるはずだ」

珍しく押しが強い声で新垣先生は、その日の部活終了後にそう告げた。

大会初日、二百席以上ある会場は午前九時すぎには満席になった。

若き天才ボクサー、平井暁の勇猛なファイトを直に観ようと、会場には大勢のギャラリーが押し寄せていた。

バンタム級一回戦。いよいよアカが入場する瞬間、リングを囲む観客や参加校の関係者が異様にざわついた。黒いパーカのフードを頭からすっぽり被り、ゆっくりとリングへ向かうアカ。脇を四人の大人たちが囲んで歩く。自校で開催される予選大会のため、アカを応援する声は圧倒的だ。武高ボクシング部の樋口顧問が新垣先生の知り合いということもあり、僕らは最前列に座を構えることができた。

「早くもスターっすね。それにしても平井ってこんなに人気があるんですか?」

吉川さんが西音さんに言ってる。新垣先生を含め、ほかの部員は皆無言だった。

隣に座る守屋をチラ見する。まなざしをすがめ、いつになく強張った面持ちでアカを目で追っている。その横顔には、かつてのビリビリした豪気というか殺気が、じんわりと浮き出ている気がした。

今年の一月、僕とタイマンを張ったとき、カス野郎呼ばわりして大嫌いだと罵った守屋。もしかしたらこいつもまた、かつてアカとなにかあったんじゃないだろうか。そんな空想めいた憶測がふいによぎる。

それにしても、と僕もまたアカに目を動かす。

四年前、ネットで初めて見たアカのインタビュー当時から比べると、平井暁という無敗ノーダウンの天才少年ボクサーの知名度は、おそろしいペースで上がっている。

すぐ真横を通りすぎていく幼馴染み。もちろん僕の存在など気づかない。その姿を間近で見ているだけで、懐かしさがこみ上げる。

直でアカを見るのは何年振りだろう。ふと考え、ほぼ七年振りだと気づいて驚く。最後に会ったのは、小学三年生の梅雨の明けた七月。学校からの帰り道、二組の金井が他校生三人にいじめられている場面に出くわしたときだ。

もし、あそこでケンカに巻きこまれなきゃ、アカと僕の友情はつながってたのかな――そんな、してもしょうがない想像をして、思わず失笑しそうになる。

いまさら遅い。遅すぎる。けど、あの小さな事件があったから、もしかしたらアカはここまで強くなれたのかもしれない。

パーカを脱いだアカがリングに上がる。セコンドにグローブを装着されている間、ますます歓声と拍手が凄まじくなる。まるでプロのタイトルマッチ並みだ。

十一歳という史上最年少で、アンダージュニアで優勝して以降、九十八戦九十八勝八十九KO。しかもダウン経験ゼロ。完全無敗を誇る。アマボクシングではまず見られない劇的なKOシーンを観たいという熱狂的なギャラリーと、絶対的なファイターがいったいどれだけ強いのかこの目で見届けたいというギャラリー。その二種類の歓声が乱れ飛ぶ。

カーン。試合が始まった。

悠然とコーナーを離れるアカ。相手選手、藤原信二の動きを慎重に探るように見据えている。右利きの両者は左回りのサークリングでリング上を動いていく。アウトボクサーの藤原は埼玉県修徳高校でナンバーワン選手と名高い。身長百七十七センチアカとの身長差は約十センチ。高校三年生。かなり痩せ細った体躯だけど、鍛え上げられた全身の筋肉が、猛練習とストイックな生活を物語っている。おそらくボクシング以外のあらゆる享楽や快楽をシャットアウトしているに違いない。

一昨年はインターハイで、昨年は国体でともにベスト4。層が厚いバンタム級でなければ、どの全国大会で優勝してもおかしくない実力者といえる。色白で神経質そうな表情を浮かべ、慎重に小刻みなステップを前後に踏みこんでは、アカに長いジャブを突き出して牽制する。

華々しい戦歴にもかかわらず、明らかに緊張して体が硬くなっているのがわかる。

対してアカはまったく動じてない。わずか数センチという必要最低限のスウェーバックで藤原のパンチを見切っている。両足は半歩ほども後退しない。

「ボックス！」

レフェリーが打ち合いを促して叫ぶ。それでも両者はすぐに動かない。先の先を読もうと、心理戦にも似た攻防がその後もつづく。いまだアカは一発もパンチを打ってない。

直後、長身を活かしたアウトボクシングで速いフットワークを駆使しながら、藤原の動きがにわかに活性化する。小刻みだったジャブの伸びがぐいんと深くなる。手数が増える。鋭い右ストレートも打ってくる。

高校アマボクシングは手数の多さが勝利への第一歩。パンチが少ないだけでポイント加算がぐっと下がる。にもかかわらず、アカは涼しい表情で防戦一方だ。

と、勝機を急ぐように藤原が前のめりになる。

左足を大胆に踏みこみ、左右の連打で猛攻していく。

「ああ！」

思わず声を上げてしまった。僕だけじゃない。守屋も、西音さんも吉川さんも大迫さんも、それに新垣先生まで。全員の叫び声が重なる。

一閃だった。

頭と上半身をクイックに左右へ揺さぶり、藤原の連打をすべてかわすアカは、左サイドへ体を泳がせながら、短い右のフックを繰り出した。

多くの観客には、腕だけの力ない抵抗打に映ったに違いない。

だがそれはまぎれもなく、絶妙なタイミングで狙い放たれた渾身のカウンターだ。

掠るように藤原の顎にアカのグローブがふっと突き刺さったとたん、カクンと両膝が砕け折れる。伸ばしかけの右ストレートが途中で力を失って宙で止まる。

顎を打って頭を強く揺さぶり、一瞬で脳に激しいダメージを与えるパンチ。トッププロ選手だけが打てる超絶テクニックが凝縮された一撃。

あっけなく藤原はそのまま崩れ落ち、うつ伏せでリングに倒れていく。

「ダ、ダウン！」

レフェリーが両者を分ける。アカをニュートラルコーナーへ向かわせる。

カウント3まで数えたところ、微動だにしない藤原の異変に気づき、即座に試合終了となる。ただちにドクターが呼ばれてリングへと駆け上がる。なにが起こったのかわからず、瞬時静けさに包まれた会場内がどっと沸く。驚きと感嘆が入り混じった歓声がどよめく。

言葉が出なかった。

1R三十一秒。平井暁の完全勝利。

どれだけ自信があるんだ——アカを見つめながら僕の目は点になる。

当のアカはもう藤原を見てない。筋骨隆々のしなやかな背を翻し、自軍のコーナーポストの側に立ち、樋口顧問の話に小さく肯き返しているだけだ。

リングサイドには武高の制服を着た黒髪に透けるような白い肌の美少女がいて、アカに笑顔を向けている。

左隣にいた守屋は身じろぎすらせず、唖然（あぜん）とした表情でリング上のアカを見つめていた。総合格闘家なら、あのカウンターの凄さがよくわかったに違いない。

無意識のうち、僕は両拳をぎゅっと握っていた。強い。ハンパなく強い。それもただ、肉体が強靭なだけじゃないんだ。アカには凄まじく強固なメンタルが備わってる。

七年前、公園で大の字になって泣いてたアカはもういない。僕なんかの手が届かない、遥(はる)か空高くに君臨する一番星になった。と、いきなり守屋が顔を向けてくる。

「勝つぞ、ぜってーに」

僕の両目を射るように睨み、強く言い切る。

な、なに言ってんだ、こいつ？　かすかに動揺しつつ、僕は黙りこくる。なに一人で熱くなって自分勝手に勝利宣言してんだよ。お前がアカに勝てるのか？

そのときの僕はそんなふうに思っていた。

三

間もなく六月が終わる。カン！　カン！　カン！　ラウンド終了十秒前の合図。乾いた拍子木の、けたたましい打音がいつものように部室内に鳴り響く。

「はい、ピッチ上げる！　成瀬、膝が落ちてる、膝が！」

橘さんの檄が飛ぶ。それでも成瀬はなんとか練習のペースについてこられるようになった。

僕のすぐ右横で守屋が、ラン・イン・プレースの膝高を軽やかに上げ、ロープスキッピングの回転速度をさらに速める。左膝、右膝、左膝、右膝。交互に片足をへその位置まで高く上げてリズミカルに跳びつづける。

先週、国体の都選考会が開催された。二、三年の先輩ら五人はまたも全員が一、二回戦敗退というさんざんな結果に終わる。西音さんですら動きが優れず、相手のジャブとフットワークに翻弄されるうち、主導権が握れないまま一回戦であっさり判定負けを喫した。

新垣先生は毎日部室に顔を出し、いつも通り部員一人ひとりに真剣な個別指導をしながらも、なにか思案するように口をつぐんで考えこむことが多くなった。

「このまま結果が出せないと、部の存続が怪しい、みたいな話を小耳に挟んだんだよな。別にガッキーのせいじゃねえのによ。マジに受け止めちゃって、悩んでんだよ、きっと。根が生真面目なだけに責任を感じちゃうタイプなんだよな〜」

例によって西音さんが放課後遅くの更衣室で、二年部員の吉川さんと橘さんに話してた。

「それって、俺らのせいなんですよね、実際、俺なんか負けてばっかですし——」

そう言う橘さんは申し訳なさそうに頭を垂れてしまう。

「五、六年前までは新垣のおかげで、うちの部、けっこうな強豪校のひとつだったっていうしな。新垣ってもともとアマボクシング界じゃ有名なコーチだし。あいつが顧問に就任した当初はいい選手が集まるようになって、がんがん強くなってったんだよなー。それに比べて俺らの代ときたら――」

いつになく吉川さんまで沈んだ口調でぼやく。

「じつはな、来年の成績が勝負らしいぞ、どうやら。廃部にするかどうかって」

後輩二人の落胆をよそに、西音さんは小さな目をきらんと光らせ、掃除班として片づけをしてる僕のほうを意味ありげに鋭く睨んでくる。

「マ、マジすか？」

吉川さんと橘さんが声を揃えて訊く。ああ、と西音さんは他人事のように肯く。

三年生の西音さんは実質的に今月末で退部する。坂巻さんも、部長の大迫さんも同じだ。全公式戦を消化して地区予選通過がないため、八月のインターハイも国体関東ブロックも、十月の国体も無縁になった。先輩たちのこういう引退はどこか切ない。

「ここだけの話、大マジだ。つまり、我が星華高校ボクシング部の命運は、君ら二人と、そこにいる月城を含めた一年生三人にかかってるってことよ」

そういう言い草はいかにも西音さんで、どこか憎めないのがこの人ならではのキャラなんだけど、やっぱカチンとくる。現三年生が頑張ってたのは痛いほどわかる。だけど、もうちょっといい成績を残してたなら、廃部とかそこまで最悪な話にならなかったのでは？と脳裏をよぎるのは、この場にいる吉川さんも橘さんも一緒の思いのはずだ。もちろん、そんなこと絶対口にできない。

「あああぁ、プレッシャーだなあ、そんな重責。かれこれ三十年以上つづいてる部のラス

ト になるんすか、俺らが。よりにもよって」

吉川さんが頭を抱える。橘さんは腕組みしたまま完璧に黙りこんでしまった。

「で、だな。ツッキー」

いきなり僕の呼び名がツッキーに変わる。

「え、は、はい——」

「成瀬はともかくとして、お前と守屋くん、ガッキーは来週あたりから急ピッチで育て上げようと考えてるみたいだから。一応、前情報として伝えとく。部の存続のために、くれぐれも心構えしとくように」

腕組みしてなんだか偉そうにしれっと言ってのける西音さんだが、なぜか守屋のことだけはニックネームじゃなくて「くん」付けで呼ぶ。成瀬はそのまま呼び捨てなのに。

「ホ、ホントですか？ その話」

さっきの意味ありげな視線はそういうことだったのかと思いつつ、僕は身を乗り出す。

入部して三ヵ月近く、一年生はいまだロープと走りこみダッシュと筋トレとストレッチと雑用だけ。部の不文律というか古くからの掟で、パンチの練習は夏休みに入ってから、というのが通例になっている。意外なほど守屋も素直に従ってて、もちろん僕も大人しく、ただ黙々と基礎トレーニングに集中している。

それでも近頃、新垣先生が僕の動きをじっと見ていると感じることが多々あった。

気のせいじゃなかったんだ。ロープスキッピングや筋トレや百メートルダッシュの動態に、なにかを感じてもらえたんだ。

　プロのジムに通ってた総合格闘技有力選手の守屋はともかく、レンさんとの約三ヵ月間の特訓以外はずっと独学の自主トレだっただけに、先生の目にとまったことは素直にうれしい。それでいて新垣先生は、過去にボクシング経験があるかとか、そういうことは一度だって僕に訊いてこなかった。

　でも春休みから一緒に練習してきた先輩らも、僕が見よう見まねのボクシングをかじってたレベルじゃないと薄々気づき始めていた。パンチやフットワークをいっさい封印しててても、四年以上特訓して身につけた基礎体力、瞬発力、持久力、心肺機能は隠し切れるものじゃない。

「ホントどころか、マジも大マジだから。頼んだよ～」

　ははは、と笑いつつ西音さんは大して期待してなさそうに細い首をぽきぽき鳴らした。

　そんな経緯がありつつ、ホントかなあと疑心を残して迎えた翌週月曜日の放課後のこと。部室でストレッチを終えたタイミングで守屋と僕は新垣先生に呼ばれて、運動部顧問が使う指導室へ連れだって行く。

「我が部の戦力アップが諸事情によって急務になった。突然だが、お前ら二人は今週から本格的なボクシングのトレーニングに入るからな。本来なら来年四月の都大会から公式戦出場を目標にするが、特別に今年十一月から開催される選抜予選を兼ねた新人大会に出していく考えだ。気を引き締めて取り組んでくれ」

部屋に入るなり、そう切り出す新垣先生の目はいつも以上に真剣だった。

やった――僕は歓喜する。これで一歩、アカに近づける。同じリングに上がるチャンスが早まった。ずっと待ち望んだ公式戦の舞台が、半年もない先に待っている。武者震いと緊張と興奮で全身に力が漲っていく。

ふと何げに、横に立つ守屋に目をやる。意外だった。朗報に違いないはずなのに、まったく喜んでないというか、むしろ浮かない表情で唇を結んでいる。

総合格闘技のプロ選手を目指してたくせして。まったくひねくれた奴だな、なんて思いながらも、僕は気を取り直し、いつか訊きたいと思ってたことを新垣先生に質問する。

「あの、先生。ひとついいですか?」

「なんだ?」

「階級は、僕が闘うのは何級です?」

「バンタムだ。月城はバンタム級、守屋はあえてライト級でいく」

「わかりました。ありがとうございます」

アカと同じ階級。憧れていた階級。日本でもっとも選手層が厚い、黄金のバンタムだ。

心身が引き締まる思いがした。あいつに勝つとか負けるとかじゃなく、同じ階級で闘うことで、高みの一番星のようなアカの存在を目標として掲げ、いつも励みにしたかった。

そういうまっすぐな思いが、アカの圧倒的な試合を目の当たりにして以来、僕の胸の内でぐんぐん膨らんでいた。と、そのときだ。

「先生――」

ずっと黙ってた守屋が突然口を開く。

「なんだ?」

「俺、辞退します」

数瞬の間があった。硬い声になって新垣先生が訊く。

「どうしてだ?　理由は?」

「いまは言いたくありません」

「どういう意味だ?」

守屋は黙りこくった。新垣先生は腕組みしたまま、深いため息をつく。

しばし気まずい間があった。

いつになく厳しい顔つきになって、新垣先生は守屋に視線を定めたままだ。

「――本当にすみません」

言いながら守屋は殊勝(しゅしょう)に頭を下げて一礼すると、そのまま部屋を出ていった。

あっけにとられる新垣先生と僕だった。やっぱあいつは変わった。そう思う。

みぞれが降りしきる今年の一月のタイマン後、いったいなにが起きたというんだ。

総合格闘技をやめたこと。星華高校に突然入学したこと。ボクシング部に入部したこと。それでいて、公式大会には出場しないという謎。

すべてがつながっているような気がしたけど、僕にわかるわけなかった。

「月城。サンドバッグを打ってみろ。おい、誰かグローブをはめてやってくれ」

部室に戻るなり、新垣先生が指示する。姿見の前でシャドーボクシングをやっていた橘さんがすぐにグローブを選んで持ってきてくれる。

「よかったな、月城。西音さんが言った通りになったじゃん」

自分のことのように、うれしそうな顔して橘さんがささやき、グローブをはめてくれる。

「はい。ありがとうございます」

僕もまた小声で返す。そうして両手にグローブを装着してもらうと、黒いサンドバッグの前に立つ。さまざまな動きの音に満ちていた部室がぴたっと静まる。

大迫さんも坂巻さんも西音さんも吉川さんも橘さんも、そして守屋も成瀬も、もちろん新垣先生も、みんなが僕を見てるのがわかった。

「次のラウンド開始から打ってけ。打てるパンチだけでいい。全力でやってみろ」

「はい」

新垣先生は多くを語らない。それだけに実力やポテンシャルを試されている気がする。

僕はファイティングポーズを取る。四年前、河原でレンさんに叩きこまれた構えを。

カーン。ゴングが鳴る。

瞬時に僕は右足を深く踏みこみ、黒いサンドバッグに無心でパンチを打ちつづける。

ドッ。ドド。バズッ。ズド。ドド、ドドスッ。ドッ。ズドッ。ドドド。

といっても、右ジャブと左ストレートのコンビネーションだ。相変わらず僕が打てるのはこのふたつのパンチだけ。でも、このふたつのパンチなら絶対の自信がある。

部室で初めて打つ、重量感ある本格的な革製サンドバッグ。ひんやり厚い表面を、いつも部活後の清掃のとき、手で触れていた。早くこいつを打ってみたい。そう願いながら。

拳骨にみしっと伝わって喰いこむ感触が心地いい。想像以上だ。パンチを打ったびに、ゆっさゆっさと揺れる、その微妙な反動の振幅を読みながら、次のパンチを繰り出す。

次第に両肩がほぐれて、全身の力みが抜け落ちる。リズムが摑めてくる。自然と足が動き始める。前後左右、ステップを刻み、サンドバッグと拳の間合いを計る。

ビシッ！　ドゥ。ドドッ！　バスッ。ゴッ！　ドガゥッ！　ビドゥッ！

当てていくパンチにスピードと重さが乗ってくる。響く打音が大きくなっていく。

ギシッギシッギシッギシッとサンドバッグを支える鋼鉄の鎖が軋む。

やがて、上下への打ち分けを意識する余裕も生まれてくる。

顔面。ボディ。顎。ストマック。相手選手をイメージして、左右の連打を浴びせる。

体の芯が燃えるように熱くなる。汗がほとばしる。筋肉が躍動する。

新垣先生はすぐそばで腕組みして、僕の一挙手一投足を真剣に見つめている。

最初はそんな熱視線が少し気になったけど、だんだん意識から消えていく。僕はまわりの目を気にせず、ただパンチを打つことだけに集中する。

カーン。二分間のファイトタイムの終わりを告げるゴングが鳴った。

「やめるな。いいと言うまで、そのまま打ちつづけろ」

新垣先生が命じる。僕は小さく肯き、拳を繰り出す。

右左、右右左、右左左左、右右、右右右左右右、左右右左――。

パワフルなパンチが黒いサンドバッグに次々とめりこみ、刺さり、炸裂(さくれつ)して、激しい重低音を部室にこだまさせる。

「誰に習った?」

途中から時間の感覚が失せていた。ぼたぼたこぼれ落ちる汗に気づいたのは、

「もういい。やめろ」

と、新垣先生に大きな声で告げられて、ハッと意識が戻った瞬間だ。

拳の動きを止めた直後、いきなり投げかけられた質問に、どう答えていいか思考がうまく働かない。ぼうっと高揚した体と気持ちで新垣先生に目を動かして言葉を探す。

「まあいい。月城は明日から俺が組み立てたメニューをこなしてけ」

「あ、はい」

答えながら、前腕で額や顎にしたたる汗を拭う。

「ところで、月城。お前はジャブとストレートしか打てないのか?」

「え、ええ」と、僕はしどろもどろに答えてつづける。

「百年早いわ、って、コーチ役の、レンさんに言われてしまって、その——」

「レンさん?」妙なところに反応し、新垣先生は顔を向けてくる。

「あ、はい。教えてくれたのは、ちょっと風変わりなおじさんで、多分、先生と年が同じくらいの謎の男の人でして——」

「笹口蓮(ささぐちれん)という名前じゃなかったか?」

「あ、いえ。本名は知らないんです。河原でたまたま声かけられて、ボクシングを教えてやるって切り出されて。小学生のときに」

するとと新垣先生は腕組みして考えこむようにしばし黙りこんだ後、ふたたび口を開く。

「たまたま知り合った、名前も知らない男にボクシングを教わったというのか?」

「は、はい。おかしな話だと思われるかもしれないんですけど、その頃、どうしても強くならなきゃって事情があったりしまして」

「なにか言われたか? その男に」

「ええ、ジャブが一番大切だとか、ストレートは一撃必殺だとか、フットワークは——」

「そういうことじゃなくて、お前のボクシングについてだ」

「あ、ああ。絶対にボクシングをやめるなって。最後に会ったとき、言われましたけど」

「――そうなのか」

なにを思ったか、新垣先生はそこで話をやめ、真顔でまたも唇を結んだ。

ほとばしる汗が止まらず、僕が自分のタオルを取りに行こうと足を動かしたときだ。

「その男、妙な関西弁だったろ？」

思いついたように新垣先生が声を向ける。その言葉に僕は驚く。

「え？　なんで？　知ってるんですか、レンさんのこと？」

「いや、もういい。おい、吉川」

「なんすか？」

マシンで腹筋を鍛えている吉川さんが、上体を起こしながら赤い顔で答える。

「この後、リングで月城のミットの相手をしてやってくれ。ロングレンジのアウトボクシングをメインにな。気づいた点があったら、どんどんアドバイスしていいぞ」

「うっす。わかりました」

「それから守屋、お前に話がある。ついてこい」

「――はい」

そう言って新垣先生は守屋を引き連れて部室を出ていった。妙に従順な態度の守屋がやっぱり心に引っ掛かる。

「よっし、月城。少し休んどけ。次の次のラウンドから始めような！」吉川さんが言う。

「あ、はい！　ありがとうございます」

答えながらも僕は、なんとなく守屋のことが気になって、二人の背中を目で追う。

その日、新垣先生と守屋は部室に戻ってこなかった。

「――や、やめっ、――きゃっ――」

レールを疾走する硬質な電車の走行音の隙間、鋭い女性の悲鳴が聞こえた気がする。

月曜日、全教員の合同研修で授業がなく、僕は昼すぎの電車で学校へ向かっていた。部室で自主トレするためだった。普段はチャリ通学だけど、昨夜からの雨が激しくなる一方で、仕方なく電車を使った。

通勤も通学も関係ない、昼下がりの下り線車内は、思いのほか空（す）いていた。

ドア口にもたれて窓の外の暗い景色をぼんやり眺めていると、ふたたび女性の声がする。

「い、いやっ！　やめてください！」

今度ははっきり聞き取れる。隣の車輛（しゃりょう）からだ。

切羽（せっぱ）詰まる女性の声に反応する乗客はいない。一車輛せいぜい十人くらいしか乗ってないけど、誰もが重い表情で聞こえない振りをしているのがわかる。

「ほんと、やめてください！　ちょ、ちょっと、放してください！　いやっ！」

激しくなる女性の声で、自然と体が反応して動く。正義漢を気取りたいわけじゃないけど、小学校三年生のとき、アカとの絶交の原因になった、苦々しいあの事件が脳裏をよぎる。

隣の車輌をガラス越しにのぞき見る。すると、いかにもたちの悪そうな茶髪の男三人組が、すらりと背の高い女子高生にからんでいる。一人は女子の手首を握り、もう一人は肩に手を回している。残る一人がギャハギャハ笑いながら二人をスマホで写真撮影していた。

女子高生の紺ブレの制服に目が留まる。同じ星華の生徒。ますます見すごせない。けど——助けに行こうとする気持ちが踏みとどまる。

あのときと同じで、相手は三人。しかもどう見ても、僕より年上で体も大きくて、ケンカ慣れしてそうで、凶悪な雰囲気ぷんぷんだ。いくらボクシングをやってるとはいえ、全員で同時にかかってこられたら——。

いや、やっと公式戦出場が決まったのに、ボクシングを使ってケンカしたら、いくら人助けでも大問題になるんじゃ——。

早く助けに行けよ。いや、見て見ぬ振りしてたほうがいいって。

激しく気持ちが揺れる。

ど、どうする？

棒立ちのまま数瞬迷う。ほかの乗客で助けに動く人は皆無だ。車掌がくる気配もない。

「だれか、助けて――」

語尾がかすれる女子の声が届いたそのときだ。

「そんなんで悔しくないのかよ――なあ、シロ」

これまで何千回、何万回、何億回、この七年間で繰り返されたかわからないアカの言葉が鼓膜の奥で反響してくる。

「いやっ！　誰か、助けてくださいっ！」

もう一度、女子の懇願するような声が聞こえてくる。肩に手を回す男に抱きつかれて身体を密着され、半泣きで抵抗していた。この電車が次の駅に到着するまで、ゆうに三分以上ある。

ちっ。僕は舌打ちして、車輛間を隔てるドアを思い切り真横にスライドさせる。

もう、どうにでもなれ！　そういう感じだった。

ガガガガガッ、というひときわ派手なドア音とともに前へ進む。

三人の茶髪男たち、十数人の乗客たち、そして半泣きの女子が、いっせいに僕へ視線を向けてくる。かまわず僕は四人のほうへ進んでいく。もう後には引き下がれない。

「なんだ、てめえ。なんか文句あんのかよ」

女子の手首を摑み、両耳に趣味の悪いピアスをした男が巻き舌で吠える。

「おう、兄ちゃん、ええ格好しいはやめといたほうが身のためじゃね？」

へらへら笑いながら女子に身体を寄せる、上腕にタトゥーが入った長身の男が言う。

「おら、その目つき、なんなんだっつーんだ。やんのかコラ!」

スマホを持つ巨漢の男が、ずいと足を踏み出して僕に向き合いながら、汚らしい無精髭にまみれた顎を突き出してくる。

「あの、その子、嫌がってるじゃないですか。やめてあげてください。その手を放して、いますぐ解放してください」

喉がからからで上ずりそうになる声を、なんとか抑えて僕は一気に言う。

恐怖で両膝がぶるぶる震えている。それでもぐっと全身に力をこめ、おそろしさに耐え、精一杯睨みをきかす。

「ハアッ――?　兄ちゃん、頭のほう、大丈夫か?」

タトゥーの長身男が嘲るようなイントネーションで挑発してくる。

「死にたいか、ガキが。カッコつけてんじゃやねえよ、おう」

言いながら巨漢男が、僕のシャツの胸倉を摑んでくる。

ビッという布が裂ける音がして、ピシュッとボタンがひとつ千切れて飛ぶ。

「寝とけ!　ボケが!」

きつく言い放たれ、直後、ガシッと横っ面に硬い衝撃が走る。強い痛みが頭蓋に響く。

「キャッ!」

女子の短い悲鳴が聞こえた。と思ったら、すでに僕は床に倒れていた。

「ひゃははははは。ざまあ」

男たちのバカげた笑い声が上から被さってくる。

こ、こいつら——有無を言わせず、いきなり殴りかかってくるなんて。

僕は歯を食いしばり、床に両手を突き、上体を起こして立ち上がろうとする。

ボタッ。薄緑色の床に赤黒い血が滴る。二滴。三滴。次々と鼻血が垂れ落ちていく。それでもなんとか、ふらつく足で起き上がった、次の瞬間だ。

「オラッ——！　ナメてんのか、このガキがぁ！」

巨漢男の膝蹴りが腹にめりこむ。

みしっ。肉と骨が軋む嫌な音が身体の内側から唸る。

ごっふう——息が止まり、胃液がこみ上げそうになる。それを必死で耐えて、よろけながらも僕は左手でつり革にしがみつき、男たちに向き合う。

「放せよ。その子に触ってる、汚い手をどけろよっ！」

「ああ？　まだそんなこと言えるわけか？」

巨漢男が激昂(げきこう)した面を紅潮させて罵る。

「ガキ、マジ殺すぞ、てめえ。次の駅で引きずり下ろしてやっからな、お！」

と、そいつの横に立つピアス男が殴りかかってきた。

右だ。

とっさに僕はつり革を離し、ヘッドスリップするように上体を前傾させて避ける。

力んで前のめりにパンチを打ってきたピアス男は、空振りして座席に突っこんでいく。

そこに座っていた中年の会社員風の男が、ひっと叫びながら立ち上がって逃げていく。

「上等だよ。兄ちゃん。そこまでヤル気なら、こっちも手加減抜きでやってやっからよ」

今度はタトゥー男が女子を突き放してゆっくり向かってくる。顔は笑っているけど、さっきとまったく目つきが違う。眉毛のない鋭いまなざしをぎりぎり細めてくる。

「うおおおおおおぉぉぉおお」

その一瞬を突くように僕は叫びながら、タトゥー男めがけて猛突進する。頭を低くして、顔面を守るように両拳でガードし、思い切り体当たりしてやるつもりだった。ボクシングをやっていながら、こんな幼稚で単純な攻撃しかできないなんて。けど、とにかくあの子を助けることが最優先だ。闘い方なんてどうだっていい。ボクシングさえ使わなければ。

グゴッ。タトゥー男にぶち当たる前、虚(むな)しくも背中に凄まじい激痛が突き刺さる。両膝がかくんと折れて、ふたたび床にぐじっと叩きつけられる。

間髪容れず、背中を複数の固い靴底で踏まれる。

「ぐふっぅ――」

内臓が悲鳴を上げる。胃がひっくり返って、今度こそ嘔吐(おうと)しそうになる。

直後だ。

「おらああ！」

「な、なんだ、てめえら」

「うわっ！」

「ざけんなコラァ！」

「あ、ちょい待てよ――」

「おい、誰にケンカ売ってんだ！」

「俺らをナメんじゃねえっつーの！」

「え、あ――あっぉ、うぐっ」

いくつもの男たちの怒号が重なる。どういうわけか背中を圧迫する靴底がふっと離れる。それっきり殴られも蹴られもしなくなる。

起き上がらなきゃ、立ち上がらなきゃ、闘わなきゃ。あの子を守らなきゃ。

そう思い、体を動かそうとしたけど、動かない――と、目の前が真っ暗になってしまい、次の瞬間プツンッと途切れる。

四

「あ、目覚めたみたいです！」

気がつくと僕はベッドに寝かされていた。いきなり目に飛びこんできたのは、白い天井をバックに迫る女子のアップ顔。黒髪が垂れて、毛先が僕のおでこをさらっと触れる。

だ、誰、この子――彼女の弾んだ声に虚ろな頭が反応しながら、起き上がろうとすると、ズキンッと顔とか体のあちこちが痛んでしまって仕方なくベッドに背を戻す。

「お、よかったよかった」

小さな目のひょろ長い男が上から見下ろしてくる。その横には見覚えある金髪の男。西音さんと、こいつ、守屋だ。な、なんで？

「——どうして二人が？　こ、ここはどこ？　えっと、僕は——」

ズキズキする口内の傷をこらえて、ごにょごにょ言おうとしてるうち、脳に血がめぐり、徐々に記憶が蘇ってくる。そうだ。ヤンキー三人組にやられて、床に倒されて、背中を踏まれて、起き上がろうとしたら、そしたら男たちの怒声が重なって響いて——。

「ツッキー、ヤバかったよ。俺らが助けなかったら、お前、マジ殺されてたかもね〜」

いまだ混乱する思考を遮るように、西音さんが他人事みたいにせせら笑いながら言う。

「ああ、ガチでヤバかったぜ」

守屋もまた僕を見下ろして面白くなさげに口を揃える。

「あ、あの、本当にありがとうございました」

ちょっと涙ぐんだ目で湿った声を絞り出し、横にいる女子がぺこっと頭を下げる。

いまだうまく状況が把握できないうえに、三人に囲まれたまま見下ろされて寝ながらの会話だと、なんだか落ち着かなくて、僕はゆっくりと上体を起こしていく。女子が背を支えてアシストしてくれる。柔らかで温かな女性の手が僕の体に触れてどぎまぎする。なんとか背もたれに上体を預け、ここが急行停車駅内にある医務室だとわかった。

解説好きの西音さんが早速しゃべり出す。

あのとき僕がタトゥー男から背中に肘打ちを喰らって倒れた直後、見かねた乗客数人が助けを呼びにほかの車輌に向かったところ、僕と同じく雨で自転車通学を諦めて電車に乗っていた西音さんと吉川さんと守屋がたまたまいて、運良くすぐに駆けつけてくれたということだった。

当然、三人のワルどもは西音さんと吉川さんと守屋にかなうはずなく、軽くボディを殴られて取り押さえられ、駅に電車が止まったところで警備員に引き渡されたという。

僕は軽い脳震盪(のうしんとう)でそのまま意識がなくなり、駅員に運ばれて現状に至る、と西音さんは得意げに語ってつづける。吉川さんは、橘さんと部室で筋トレの約束をしてるからと、ひと足先に学校へ向かったということだ。

「で、ツッキーが助けた、こちら、三崎絵梨(みさきえり)さんね。お前、彼女のこと、ご存知でしよ？」

「え？」

間違いな敬語で西音さんに振られ、あらためてベッドの脇に立つ女子に目を動かす。

言われてみれば、たしかに見覚えある気がしてくる。

「あの、三崎絵梨です。おんなじ星華高校の一年です」

律儀に名乗りながらもう一度頭を下げる彼女を見るうち、あ、と短く声が出る。

三崎絵梨。オリンピック候補と名高い、日本を代表する水泳のトップアスリート。

「み、三崎さん。あ、はい。たしかおんなじ学校だとは伺い存じておりましたけど――」

なぜか僕まで話し方が妙な敬語になってしまう。そればかりか至近距離でじっと目を見つめられてるだけで、急にすごく照れてくる。噂には聞いていたけど、本物は初めてだ。

三崎絵梨。中学一年で全国中学校水泳競技会の自由形で優勝し、翌年には日本選手権で準優勝。中学三年の春には全日本を制覇して世界選手権に出場。星華高校の優秀な運動部のなかでも突出して水泳部は強い。その水泳部のエースである三崎絵梨は、オリンピックにも出場が期待されるほどのトップアスリートだ。先に行われたインターハイ予選と東京大会でも、自由形で優勝している。入学も鳴物入りで、特に武高とのスカウトによる争奪戦は凄まじかったという話が学内でもネットでも飛び交っている。

部室に転がっていたスポーツ雑誌に彼女が出ていた記事を読んだのはつい最近のこと。

これまでもテレビのスポーツ番組やニュースで、何度も彼女を見たことがあった。同い年で、しかも同じ学校で、こんな華やかなスポーツ界の第一線にいるなんて、アカと同じですごいと感心したものだった。

大会で多忙を極めるうえ、練習は海外や本格的な設備が整ったプールに行くため、あまり学校にはきていないと、これまたちょっと前に西音さんから聞いたばかりでもあった。

すっきり整った和風の清楚な顔立ちで色白の肌。まっすぐ伸びた肩までの黒髪。身長は百七十センチ近くある。モデル並みのすらりとした抜群のスタイルから、クラスでも学内でもアイドル的存在だということも知ってはいたけど、縁がない高嶺の花だと思っていた。

電車で助けに向かうときは、恐怖と緊張で彼女の顔をしっかり見る余裕すらなかった。

「本当に感謝しています。なんてお礼を言ったらいいか。しかも、こんな怪我までさせてしまって――」

「ああ、いいのいいの、三崎さん。こいつ、打たれ強いッスから。なんたってボクシング部ッスから。打たれるのが商売で、専門みたいなもんスからね、はははははは」

打たれるんじゃなくて、打つのが専門のはずなんですけど。突っこみを入れたくなる、意味不明のフォローをする西音さんを無視して、僕はおずおず口を開く。

「あ、ほんと、気にしないでください。それより君のほうこそ怪我なかった？」

「はい。月城くんが助けてくれたおかげで、ぜんぜん大丈夫です」

「そう、よかった――」

ほっと安堵する。

「なんでボクシングで闘わなかった？　正当防衛って言葉、お前知らねえのかよ」

いきなり守屋が尖った口調で咎めるように横槍を入れてくる。「お前だったらわけねえだろが、あんな奴ら。それが、ぐしゃぐしゃのボコボコにされやがって」

「三対一だし。それにボクシングじゃなくてケンカだし。闘っても勝てなかったよ」

「ったく、情けねえなあ」

久々に聞く守屋の乱暴な口調。それくらい腹立たしいに違いない。あんなヤンキーたちにいいように僕がやられてしまったことが。

中学でさんざん僕のことボコボコにしてきたお前にだけは、そんなこと言われたくないって激しく反論したかったけど、三崎さんがいる場だから、ぐっと我慢して黙りこむ。

するとまだ腹の虫が収まらないみたいで、

「こんな西音さんでも勝てたんだぞ。あのタトゥー入れてたゲス野郎に。まあ、吉川さんは無難にボディ一発KOで決めたけどな」

不満げな物言いでつづける守屋は、まったく納得してない様子だった。

「おいおいちょい、守屋くん。その言い方、なんなの？『こんな西音さんでも』って言い方、それは大先輩にないんじゃないかい？」

今度は西音さんが不満たらたらな顔になって守屋に文句を言う。

「あ、そこです？すんません。思ってたこと、つい正直に言ってしまう性格っすから」

「あの、月城くん。駅員さんが病院に行って、脳波とか検査受けたほうがいいって」

絶妙のタイミングで三崎さんが二人の不毛な会話を断ち切ってくれる。

「うん。でも大丈夫だよ。頭は打ってないし、ぜんぜん痛くないから。ありがとう」

これ以上、大げさなことになるのは避けたかった。それに早く部活に行きたい。やっと新垣先生からボクシング指導してもらえることになったのに。

それからしばらく、四人で当たり障りのない会話を交わし、なんとなく場が落ち着く。

「まあ月城、お前、元気そうだから、とりあえず俺と守屋くんは先行くわ。今日のこと、ガッキーには適当に言っとくからさ。無理しない範囲で部活に顔出せよ」

先輩面で言いながら、西音さんは守屋の背をつんつん指で押すようにして医務室を出ていく。

「西音さん、ありがとうございました。吉川さんにもよろしくです」

僕はぺこりと頭を下げつつ、「守屋、お前もな、サンキュー」と小声で付け足した。

いまだ不満げでなにか物言いたげな表情で僕を睨みつけながら、守屋が先に出ていく。

「三崎ちゃーん、今度、ボクシング部遊びにおいでよ〜。サンドバッグとかパンチングボールとか、がんがん打たせたげるからさ、俺が特別に」

西音さんが部屋を出る間際、ひょろ長い腕をひらひらさせてニヤッとカマキリ顔で笑う。

黙って僕は手を振って追いやる。

三崎さんは軽くお辞儀し、くすくす笑っていた。

西音さんたちが消えると、急に静かになる。

「もういいから、君も行きなよ。部活、忙しいんでしょ」

「今日は平気なの。練習がオフで久々に学校で女子仲間と会う約束をしてただけだから」

あ、微笑むと右頰に小さなえくぼができるんだ。そんなことに僕の気持ちが微動する。

「勇気あるんだね、月城くんって。ほかの人、誰一人助けてくれなかったのに」

あらたまって僕に向き直り、真顔になって彼女が切り出す。

二人きりの医務室で向かい合ってるだけで、胸の奥が高鳴ってくる。

「いや、勇気だけね。あんなボコボコにされて情けないよ。僕、弱いからさ、ボクシング部とかいっても。みっともないとこ、見せちゃったよね。ははは」

西音さんを真似して笑うと、口も顎も痛い。三崎さんは真面目な表情で首を振る。

「すごいと思う」

まっすぐな口調で彼女はつづける。

「助けようって行動したくても、普通はおそろしくて動けない。私だったら無理だもん。でも月城くんは違った。隣の車輌からわざわざきてくれた。たった一人で。見て見ぬ振りをすることだってできたのに」

「いやいや、そんな大したことじゃないんだ。ホント、僕、超弱いから」

「弱い弱いって、そんな言わないで」

訴えるような声にハッとして視線を動かす。三崎さんが僕を見つめていた。

「すっごく強いから。あんなふうにたった一人で三人に立ち向かえる月城くん、本当にすっごく強いから。全然弱くなんかないから」

「あ、うん。ありがとう。そう言ってくれるだけで、すごくうれしいかも——」

すると三崎さんは少し小首を傾げるように考えながら口を開く。

「あのね。さっきの金髪のボクシング部のお友だちも言ってたんだよ。何度も、何度も、私に。言うなよって言われたけど」

「月城くん、すっごくボクシングが強いんだよって。自分なんか絶対にかなわないくらい、ものすごい才能と努力と根性が全部あって、これからどんどん上にいく選手だって。だから、月城くんのこと、これもなにかの縁だから、応援してあげてくれって」

「え?」

も、守屋が——?

「私、強い強いって、自分のことを強がる人、あんまり好きじゃないし」

「え?」

「私、これから月城くんの試合、ずっと観に行って応援するから」

「え? え?」

三崎さんはいままでになく体育会女子的なきりっとした感じで、細い顎を引く。優しげな二重の三日月形した瞳をきゅっと僕に定め、透き通った声できっぱり宣言する。

「私、決めた。本日をもって月城四六選手の大ファンになるから」

七月第一週目の火曜日、新垣先生からトレーニングメニューが手渡される。

朝の走りこみ十五キロ。ロープスキッピング12R、筋トレ10R、シャドー16R、パンチングボール12R、サンドバッグ10R。マスボクシング6R。そして新垣先生が相手するパンチングミット10R。これらに加えて本気で殴り合わないスパーリングの練習と、苦手分野の自主練習5Rをこなさなければならない。

「うわ、これって死ねっていってるようなもんじゃんか、ツッキー。俺にはムリだわ」

三年生は先月末で退部してるはずなのに、西音さんだけ毎日顔を出している。謎だ。

僕は新垣先生が組み立ててくれたメニューを必死でこなす。二分動いて一分休憩。えんえんその繰り返し。たしかにキツい。

でも、本格的な練習が始まったことと、十一月の公式戦が内定したことで、僕のモチベーションは上がっていく。

「思い切り打ってこい」

リング上でパンチングミットを両手に構えた新垣先生が言う。

僕の両手には十オンスの試合用グローブ。

リング上で対峙すると、新垣先生の存在がぐっと大きく感じられる。

似てる。

顔とか体格とか外見はまったく違うのに、なぜかレンさんを思い出してしまう。そんな僕の胸中など、まるで無視するように新垣先生はいつも通りクールに言い放つ。

「まずは基本パターン。ジャブ二発の後、左ストレートを全力で打ってこい。ヘッドガードが甘ければ、両サイドから手を伸ばして俺が当てにいく。確実に避けるかガードしろ」

両手にはめられた黒いパンチングミットが目線よりやや高い位置に掲げられる。

「はい」

僕の返事と同時、カーン、と自動式のゴングが鳴る。

「こい！」

僕は右前足をクイックに踏みこむ。右腕を素早く伸ばす。ジャブ。ドッ。ジャブ。ドゥ。サンドバッグとはまた違う、動く対象を殴るリアルな感触が拳にありありと伝わる。

鋭いジャブ二発を打ち終わる。即座に新垣先生の右手ミットが上げられる。

「左ストレート」

バシンッ。ジャストタイミングでクリーンヒットしたと思ったら、

「ガードが甘い！」

新垣先生の左手が真横から素早くぐいんと顔面めがけて伸びてくる。それを右グローブの甲で反射的にディフェンスする。バシッ。

「もっと速く打て！」

左手のミットがふたたび上げられる。誘われるがまま打ちこむ。

ジャブ、ジャブ。ドゥ、ドッ。左ストレート。ドガッ。

「もっと強くだ！」

新垣先生の右手が僕のパンチを受けた直後、ガードが下がりかけた左頬をビシッと叩く。

「またガードが甘い！　打ちこんでも気を抜くな。カウンターを狙われたらアウトだぞ」

「はい！」

返事をする前に左手のミットが上がっている。ジャブ。ビシュッ。ジャブ。ドウッ！

「右が遅い！　間髪容れずに！　もっと速く！　リズムを意識しろ！」

ドズッ‼　これまでにない手応えが拳に伝わる。

パンチを繰り返すうち、新垣先生が教えようとするミットの狙いどころが見えてくる。求められるスピード感が摑めてくるにつれ、右ジャブから左ストレートへとつながるリズムがテンポアップしていく。

新垣先生はどんどんペースを上げて、左右のミットを素早く構える。パンチに集中する余り、わずかでもガードに隙が生まれると、左右真横から容赦なくミットが飛んでくる。

「次、上下へ打ち分けろ！」

今度は右ジャブ二発で顔面を打った後、左ストレートの打点がボディ狙いというコンビネーションに変わる。打ちこむときに上半身が下がる分、ガードが甘くなった側頭部めがけてミットが叩きつけられる。

　バシッ。左ストレートの直後、こめかみにミットを当てられる。

「攻撃と防御。意識は同じだ。どっちも気を抜くな！」

「は、はい――」

「ジャブの戻しはもっとスピーディに。腕だけで打つな。全身のバネを使え！」

「はい！」

　最初は足を止めた定位置で打っていたけど、４Ｒ中盤から時計の逆回りで新垣先生がリードしてくる。サークリング。円を描くように回転する足さばきだ。自然に身体が動いてミットを追う体勢になっていく。足さばきとファイティングポーズをリンクさせる。

「よし、今度は足を使いながら三連ジャブ。それを繰り返すんだ」

「はい！」

　ビシュ、ドッ！　ビッ、ドッ！　ビシュ、ドゥ！

「右手と右足の踏み出しの瞬間、きちんとシンクロさせろ！」

「はい！」

「ジャブの連打の後、ワンツーを入れてこい！　タイミングを大切にして！」

　新垣先生の声に熱がこもる。それに応えるようにパンチにパワーとスピードが漲る。

　僕は黒いパンチングミットだけを見つめる。全神経を動く打点に集中させる。素早いパンチを繰り出す。新垣先生がミットで叩いてくる。ヘッドスリップでかわす。ふたたびふたつのパンチングミットが構えられる。僕は五感を研ぎ澄まし、ただひたすらパンチを貫くだけ。ジャブとストレート。そのふたつのパンチを。

「もういい！」

新垣先生の叫び声で、ハッと我にかえる。ぴたりと全身の動きを止める。

各々インターバルに入っていた部員の誰もがリング上の僕らを見ていた。

「ゴングが鳴ってる。休憩だ。ミットはこれで終わりだ」

そう言う新垣先生のこめかみにうっすらと汗が浮いている。

「は、はい──」

これまでになく心臓が激しく脈打っている。両拳にありありと残るパンチの感触。想像以上にリズムに乗れた。初めてのリング上での新垣先生とのミット打ちは、僕のなかでまばらに散在していたパンチとフットワークとディフェンスという点をつなげて一本の線にした。イメージ上のファイトを、より現実的なフィールドに引き上げた。そういう確かな実感を覚える。同時に感じる。それは僕が上達しているだけでなく、リードする新垣先生のコーチングが優れているのだ、と。

その後、新垣先生はかつてのレンさん並みに、僕への指導を徹底していく。マンツーマンでのパンチングミット打ちをはじめ、シャドーボクシングとマスボクシングは、ほぼ付きっきりでアドバイスを飛ばす。並行して直々にフックとアッパーを教えられた。以前は難易度が高いと感じた二種のパンチだったけど、ボクシングに適した筋力とバネが鍛えられてきたおかげで、難なく体内へ溶けこんでいくように習得できた。けれど僕にはジャブとストレートのほうが自分にしっくりくると思った。

　新垣先生もそんな僕のふとした違和感を察したように、

「月城は真正のボクサーファイターなんだ」

　と、ハードな個別メニューを終えた直後に言葉を向けてくる。

「アウトボクサーはフットワークで一定距離をとって、ジャブで攻撃リズムを掴むボクシングを得意とする。一方で、接近戦でのフックやアッパーを主体としたパワーゲームを得意とするのがインファイターだ。あの平井暁のように。それぐらいはわかるな？」

　左拳のバンデージを解きながら僕はこくりと肯く。

「ボクサーファイターは両者の中間的存在なんだ。一歩踏みこめば、利き腕のストレートが届くミドルレンジでの闘いを得意とするタイプだ。俺が見る限り、月城の身長とリーチと足の速さ、それらの特性を最大限に活かすには、アウトボクシングでもインファイトでもない、自在な距離感で闘えるボクシングスタイルがベストといえるだろう。お前は無意識のうちに、ボクサーファイターとしての途を選んで、最大の武器となるジャブとストレートを研磨してきたことになる」

　新垣先生はそこで少し考えるような間を置いて、静かに言葉を継ぐ。

「あるいは、ボクシングを教えた男は、最初から月城のそういう資質を見抜いてて、あえてそのふたつのパンチしか教えず、徹底的に磨こうとしたのかもしれん」

　レンさんはそこまで考えて――。

「パンチはジャブとストレート。坊主はこのふたつだけ覚えればよし」

あの言葉の裏に、そこまで深い計算や思慮があったとは信じがたかったけど、それがレンさんの凄さなのかもしれない。

「あの、レンさんと先生は、どういう知り合いなんですか？」

思わずそう訊こうとしたタイミングで、ハッとしたように新垣先生は時計に目をやり、

「おっ、もうこんな時間か。おい、橘、俺はこれから全運動部の予算会議があるから、もう行かなきゃならん。あとは頼んだぞ」

　そう言って踵を返し、そのまま部室を出ていってしまった。

　絶好のチャンスを逃して拍子抜けする。でも先生の話しぶりから、やっぱりレンさんはボクシングコーチとして優れた才覚を備えているんだとあらためて感じた。

　そうして僕は新垣先生のこともまた、コーチとしてすごく信頼するようになっていた。

　なぜなら先生の指導姿勢には、レンさんと重なる部分が多いからだ。

　褒め言葉や冗談はめったに言わない。教え子を律し、琢磨させることに忠実で生真面目な人柄。そういうストイックな気質を垣間見るたび、レンさんを思い出した。もしかしたらレンさんと新垣先生はただの知り合いじゃなく、同門でボクシングを練習してきたとか、つねに競い合ったライバルだったとか、深い関係性があるのかもしれない。

一方で、十一月に開催される選抜予選を兼ねた高等学校ボクシング新人大会への出場を断った守屋は、マイペースで淡々と練習をこなしている。総合格闘技六年以上のキャリアを誇る強豪のパンチはやっぱ凄まじい。サンドバッグを打つ音がほかの部員とは明らかに違う。スピードも速く、しかも重い。特に右フックと右アッパーは重量級選手なみにパワフルだ。インファイターで右利きのアカもまた、右フックが得意だが、負けず劣らずのパンチ力に映る。あんなもの凄い打撃を持っていながら、なぜプロを目指してた総合格闘技をやめ、ボクシングに転向したのか、まるで意味不明だ。

さらに不可思議なのは、大会出場を自ら辞退したことだ。

まったく謎だらけで不可解な、奇怪で奇妙な男だとつくづく僕は思う。

そしてこれまた謎なのが、僕に対する攻撃的な言動がまるっきり影を潜めたばかりか、部でも人が変わったように大人しくなった。

先日、新垣先生に連れられ、いったい二人でどういう話をしたんだろう。ふと考える。訊きたい気持ちはあったけど、自分から守屋に話しかけるつもりはなかった。

どれだけあいつの態度が変わって、別人のようになっても、中学時代にさんざん僕を追い詰めた卑劣で残酷な男であるという認識はもはや変わりようがない。

けど心に引っ掛かるのは、あいつだけが僕の本質を見抜いてるということだ。

心の根底に流れるメンタルの弱さを克服しないと、本当の強さは手に入らないとまで、守屋は僕に言い切った。

四月のあの日、裏庭で告げられたことを思い返すたび、胸中が複雑にうねる。

いったいどういうつもりで、あいつはあんなことを言ったんだ？

逡巡しながら、意外なほど鋭い守屋の観察眼と洞察力に舌を巻いてる自分に気づく。

五

七月に入って本格的な猛練習がスタートしてからというもの、ある変化が見られるようになる。同期の成瀬だ。僕らに先を越されて発奮したのか、早朝の自主トレを開始した。校庭や部室で、熱心に筋トレやロープスキッピングをこなす姿を毎日見かける。僕もまた人付き合いは得意じゃないし、自分のことに必死で、それまであまり話すことがなかった成瀬と、二言三言、挨拶(あいさつ)程度の言葉を交わすようになる。

チビで痩せの成瀬は、入学当初より明るくなり、少し筋肉がついてきたように映る。

西音さんをはじめとする先輩らは、成瀬がいつやめるかと気を揉(も)んでたけど、杞憂に終わった。成瀬はもうボクシング部をやめない。自主トレがその証(あかし)だ。

いつも苦しそうにグラウンドを走ってるけど、遠目で見て僕はいつも「頑張れ」と心で応援するようにしている。僕もまた十一歳の春、走ることから始めた。成瀬の姿に自分が重なる。あのときの辛さと達成感はいまでも忘れることはない。

三崎さんとはあれから一度だけ会った。というか、わざわざ本当にボクシング部にきてくれた。しかも全員分のよく冷えたスポーツドリンクを手土産に。一人だけ変わることなく毎日部活にくる謎の三年生、西音さんがはしゃいで大騒ぎして、新垣先生に怒られた。

「ちょっと見学していいですか」と、三崎さんは新垣先生に断って、しばらく部室の片隅のパイプ椅子に座り、じっと練習風景を眺めてた。

僕は緊張してしまって、体はガチガチ、心は上の空で、サンドバッグ打ちに集中できず、西音さんほどじゃないけど、新垣先生に何度も怒鳴られてしまった。そのたびに三崎さんはくすくすと小さく笑う。

「なんだかみんなかっこいいね。ボクシングやってる男子って素敵」

インターバルのとき僕の近くにやってきて、そんな言わなくていいことをわりに大きな声で言うものだから、部員全員がほわんと浮かれた表情になってしまった。

そういう彼女は来月、インターハイの個人競泳四種目、団体リレー二種目に出場する。

「もし時間があったら観にきてね、月城くん」

帰り際に小声でささやかれて、僕は一発でKOされそうになる。


あっという間に一学期が終わった。

夏休みに入った。一日のほぼすべてを部活ですごす。

西音さんを含めた部員の六人はほぼ毎日顔を合わせ、寡黙に練習に集中した。

八月に突入し、一日から全国高等学校総合体育大会ボクシング競技大会、いわゆるインターハイが群馬県で開催された。

アカの試合はもちろん、僕は高校トップレベルの選手たちの実力を直で観たくて足を運ぶ。関東で開催されることもあり、見学に行きたい部員は部活を休んでいいと新垣先生から言われていたけど、さすがに群馬は遠いため、僕一人で行った。

試合初日。県立総合体育館で開催される大会には、ざっと三百人を超える観客が座っている。

午前十時前にはほぼ満席状態。ボクシング不人気がささやかれるなか、この現象はひとえにアカの人気によるものだろう。特設されたリングはセンターにふたつ。インターハイは開会式を含めて六日間行われる。全国四十七都道府県の代表が一堂に集うトーナメント戦では、優勝まで最大五試合を勝ち抜かなくてはならない。

アカはインターハイでも無敵の強さを誇った。

一回戦から四回戦まで全戦1RKOで圧倒的な強さを見せつけた。

僕は足しげく毎日通って、全試合を観戦した。

もはや向かうところ敵なし。関東帰還後初となる全国大会には、大学やプロジム関係者多数がアカを視察に訪れているとネットに書いてあった。そんなことなど気にも留めないように、連戦を圧勝で飾っても、アカは涼しい顔で飄々(ひょうひょう)とリングを去っていく。

そうして迎えたインターハイ最終日。リングではフライ級の決勝戦が間もなく始まろうとしている。開場とともに満席に近い盛り上がりだった。

バンタム級決勝戦は午前十一時から。想像以上に混み合うなか、少しでもいい位置の席を探そうと、騒然とした会場で目を動かしていると、いきなり背後から肩を叩かれる。

「よお、シロウちゃん」

その呼び方と声に、どきっとして振り返ると、守屋が立っていた。

「席探してんなら、俺の隣、空いてるぜ。最前列だけどな」

さも得意げなその言い方にイラッとする。相変わらず超嫌な奴。そう思いながらも、はるばる群馬までやってきて、しかも待ち望んだアカの決勝戦を、二階席後部で観るか、それともアカ陣営の最前列で観るか、という究極の選択に迫られれば、たとえ隣に座るのが大っ嫌いな奴でも後者を選んでしまう。

きっぱり断れない自分をごまかすように言葉を向ける。

「なんで、お前がこんなとこ、いるんだよ?」

「ま、一応、ボクシング部だしな。それに平井の試合は観ておくべきだからな」

「どういう意味だ?」

「ガッキーも観とけって、前に言ってたじゃねえかよ。それに今後のためだ」

「お前、マジでアカと闘うつもりなのか?」

「ああ――」

「勝てると思ってるのか？」

「ああ――」

「でも、お前、選抜大会、辞退したよな。試合には出ないんだろ」

「ああ――」

「おい、ちゃんと答えろよ」

適当な生返事ばかり繰り返すので、思わずムカついてきて声が尖る。

そのとき場内が大きくざわつく。突如として歓声と拍手がこだましてくる。

両選手が入場してきた。リングサイドの僕らの席からは、立ち上がった人だかりが邪魔になって、アカの姿はまだ見えない。

「平井ーー！　ぜってーー優勝しろよ‼」

「あかつきーー！　今日もＫＯしかねえぞーー！」

「アカ！　頑張ってーー」

「キャー、アカー！　かっこいいー」

男性の応援だけじゃなく、女性からの声援も多い。しかも武倉高校に転入して以来、いつの間にかアカという呼び名が定着しつつある。

「すげえ人気だな。ガチでムカつく」

吐き捨てるように守屋が言う。

「それより、おい。僕の質問に答えろ――」

言ってる途中で声がかき消されるくらい、満員の会場の熱気が押し寄せて最高潮になる。間もなく僕らのすぐ脇まで、アカがセコンド陣営の樋口顧問の耳打ちに肯きながら進んできた。

赤コーナー側のアカはその名の通り、真っ赤なタンクトップにトランクス姿。

いつもと変わらない飄々としたクールな表情。バンタム級最強選手の一人で、ライバルと評される真壁直也(なおや)が決勝戦の対戦相手でも、まるで臆(おく)する素振りすら見せない。

跳ぶように軽い足取りでリング上に舞い降りる。

いっそう盛り上がる声援や拍手をよそに、コーナーポストで両肩をほぐし、涼しい面持ちでゆっくりと会場内へ黒眸(くろめ)を動かしていく。

僕たちが座るリングサイドに視線が流れてきた瞬間だ。

「あ――」

アカと視線が合う。直後、訝(いぶか)しがるように目を細める。至近距離だからわかる。

でも、それは僕を見てじゃない。アカは僕の隣に座ってる守屋を凝視していた。

その表情に一瞬だけど暗い影が差した気がした。

「へ、あいつ、覚えてやがったか」

意味深なことを守屋がつぶやく。大歓声のなかでも、それははっきりと聞こえた。

リング中央に両選手が呼ばれ、レフェリーから注意事項の説明を受ける。闘志満々の顔つきで、怒気すら漲らせて鋭く睨みつけてくる真壁に対し、アカは水のように無表情だ。その目は同じ次元を見てない。遥か先の別の場所を見つめているみたいに僕は感じる。

「ぜってーイケるぞ、真壁！」「勝つのはお前だ！」「連勝記録を打ち破れよっ！」

真壁陣営の部員たちがリングサイドで檄を飛ばす。

トップクラスの強豪にすぐ間近でガン見されながらも、アカは顔色ひとつ変えない。武倉高校のセコンド陣も余裕の面持ちで構えている。

レフェリーが両者を自軍のコーナーポストへ分かつ。

カーン。1Rが始まった。

いきなりだ。コーナーポストを猛スピードで飛び出してきた真壁が、鮮烈なラッシュ攻勢をかけてくる。ここぞと一気に勝負を仕掛け、徹底的に短時間で打ち抜く戦法に出てきた。その表情には凄まじい豪気がたぎっている。

一方のアカは、足と上体のしなやかな動きで真壁の攻撃をスイスイかわす。ヘッドギアの内側から慎重に出方を観察している。いつも通りすぐには打っていかない。じっと相手選手を洞察し、モーションを読み取る。高校アマボクシングのセオリーともいわれる先手を打たないのが、アカの最大の特徴だ。とにかく相手選手の癖や予備動作や攻防の裂け目を実戦の序盤で見切る。

そうして一瞬の隙に距離を詰め、わずか数センチほどのピンポイントで弱点を狙い撃ちする。異様なまでの動体視力を駆使し、正確無比でパワフルなパンチを猛烈な速度で打つ。

アカを勝利に導くのは、コンマ数秒のワンパンチさえあればいい。

その瞬間を虎視眈々と待ち、狙い、絶対に逃さない。

そんなアカの躍るようなステップが徐々に加速していく。スピーディなフットワークで前後左右へ軽快に動いていく。

対して真壁は猛攻を緩めない。ジャブ。ストレート。左右のフック。どれだけパンチが空を斬ろうとも執拗にアカを追いかけていく。

と、痺れを切らしたように真壁がさらに激しく動き始めたのは、1R一分をすぎたあたり。これまでになく大胆に踏みこんで左ジャブを連発しながらの右ストレート。二発目の決めは左右のフェイントを交えながら、トリッキーな左フックのダブルでボディを狙う。

それらをアカは上腕のプロテクトでしっかりガードする。真壁の仕上がりは最高潮に近いと思う。上体の機敏なモーションにキレがあって、繰り出すパンチはどれも伸びがあるうえに鋭い。しかもパワーが乗ってる。

ドグゥッ。

真壁が深くステップインして、左ジャブの連打から右フックをボディに放つ。

「オオーッ」

クリーンヒットと勘違いした観客が大きくどよめく。うまい。思わず僕も唸る。

けどアカもよく見てた。左ジャブに翻弄されながらも、真横から飛んできた右フックをぎりぎりのタイミングで感知し、肘ガードでクリーンヒットを免れた。やっぱり動体視力がハンパない。一般の観客なら真壁の右が炸裂したと見ただろう。

「当たる当たる！　真壁！　入ってるぞ！」真壁陣営からも熱のこもった声が上がる。

直後、ふたたび真壁が攻撃を仕掛ける。またも右フック。激しい打音が会場を覆うも、やはりアカは左肘で難なくガードしている。

攻撃ペースを掌握すべく、果敢に攻めつづける真壁。上体を左右に揺さぶりながら素早いワンツーを打っていく。それも連続して。三回、四回、五回。もの凄い速さでパンチを連打する。強烈なラッシュで猛進しながら前へと詰め寄る。切れないスタミナが凄い。相当走りこみ、基礎体力を増強している。アカは左右のブロックで完璧にパンチをディフェンスしつつ、ロープを背にしかけていた。

対照的な両者の攻防を見てて僕は引っかかる。極端に手数がないアカに不自然さを覚える。真壁から一方的にパンチを浴びせられているけど、実質クリーンヒットはゼロ。ダメージもゼロだ。それでもアカは打って出ない。体調や仕上がりが悪そうにも見えない。あえて打たせながら、ただじっと真壁を観察している。まるで、なにかを待つように。

「いいぞいいぞ！　押してる押してる。一気にパンチを集めてけ！」

セコンドが上気した声で叫ぶ。序盤からの一方的な展開に、会場はにわかに不穏にざわつく。間もなく一分三十秒が経過する。変わらずアカは防戦に徹するのみ。

間合いに慎重だった真壁が次第に大胆になる。さらに前へ前へと打ち進む。動きが直線的になっていく。両者を挟む距離が詰まっていく。

間もなくアカが得意とするインファイトレンジに突入する。

それでもアカはスウェーバック、ダッキング、ウィービングで、真壁の連打をぎりぎりのタイミングで避けつづける。

そんなアカを見つめてて、だんだんと気持ちが緊迫していく。

もう間もなく、なにかが起きようとしてる。

そんな直感に近い予兆を覚える。

いまだアカのパンチは一発も放たれていない。両目を据え、前へと果敢に踏み出す真壁を見つめるだけ。

対して調子づく真壁が距離を詰めながら左右のショートフックで勝負に出ていく。とどめを刺そうと一気に踏みこむ。二人を挟む間合いは完全にインファイトの接近戦。

「追うなっ、真壁っ！」

突然、真壁陣営のセコンドから警戒する怒声が轟く。

けど、真壁の耳には届いてない。予想外のアカの苦戦に沸く会場内は最高潮だ。あちこちで叫び声や怒号が発せられていた。

完全にロープを背にするアカ。ここぞと怒濤（どとう）の連打で攻めまくる真壁。冷静さを失っている。みるみるパンチが大振りになる。ガードが甘くなる。

「いったん距離をとれっ！　離れろっ！」

またも真壁陣営が叫ぶ。聞こえてない。真壁が力のこもった右フックを放とうと大きく振りかぶる。

　と、同時だ。

アカの右肩の三角筋がピクンッとかすかに動く。筋の境界に細い窪(くぼ)みができる。真壁が右フックを前へ伸ばそうとするコンマ数秒前のタイミングだ。

その一瞬、真壁の左グローブのガードが顔面から十センチほど下がっている。

これだ！　これを待ってたんだ。アカは！

「真壁！　右だ！　カウンターを狙われてる！」

驚いた。隣に座る守屋がいきなりパイプ椅子から立ち上がり、大声で怒鳴る。

瞬間、空気が止まる。そう感じた。

突然声を張り上げたリングサイドの守屋に、戸惑うように目を動かす真壁。そしてアカ。

けど、守屋の警告はわずかに遅かった。

いや、違う。アカの右パンチが速すぎたんだ。

守屋が叫んだ残響が、満席の観客の熱狂でかき消されていくなか、アカが放った凄まじい右フックが真壁の横顎を捉える。

ギゴゥ!!　聞いたことのない不気味な濁音がリングサイドの四方に拡散(ふ)していく。

ヘッドギアから露(あら)わになっている真壁の顎が、ごりっと直角に振れる。

刹那、会場が真空の静けさに覆われる。

最前席のマスコミ関係者のデジカメシャッター音だけが数万回重なる。カシャカシャカシャカシャと、硬質な音だけが連続して響く。

劇的な右フックを打ち抜いたアカは、すぐさま、くるりと踵を返して背を向ける。

一秒にも満たないたった一撃で、完全勝利を確信したかのように。

がくっんっっっ――前のめりで両膝が折れ、崩れ落ちていく真壁。

無意識に伸びる両腕で、追い縋るようにアカの背を掴もうとするが、虚しく空を斬る。

完全に白目を剝き、マウスピースを半分吐き出しかけた口が歪んでいる。

「まかべぇぇ――――!!」

ありったけの絶叫で名を呼ぶセコンド陣営。

熱狂の渦に包まれていた会場はしんと静まり返ったまま。

真壁陣営のセコンドは茫然自失状態。

リングへと真壁が突っ伏すと同時、レフェリーが両腕を交差して試合を止める。即座に、呼ばれたドクターがリングへ駆け上がっていく。

白目を剝いたまま昏倒し、びくびくとシューズの爪先をリングの床に打ちつける真壁を、静かに仰向けに返してチェックし始める。

アナウンスが響く。ただちにストレッチャーが運ばれてくる。にわかに騒然となり、やがて絶叫と歓声と拍手がこだまする満席の体育館内。

「あの野郎、ふざけやがって」

守屋が悔しさを滲ませた声を震わせるように吐き、パイプ椅子に腰を沈める。

僕は目を動かしてリング上に君臨するアカを視界に捉える。

眩しかった。僕のボクシングなんかとは次元が違うんだ。

こいつは本当の強さを手に入れたんだ。

そんなことを思いながら、呆然と幼馴染みを見ていると、アカもまたコーナーポストに背を預けて僕に目を向けてきた。汗ひとつかいてない面持ちで、奥二重の双眸をまっすぐ据える。

その黒い瞳は、なにか大切なことを告げるように、僕を見つめた。

武倉高校ボクシング部のセコンド陣営が、彼の肩を叩きながら、インターハイ全国制覇を喜んでいる。アカは特に笑顔を見せるでもなく、無表情で小さく肯くだけだ。あの黒髪の美少女は今日もリングサイドからアカを見守っていた。

そうして間もなく、アカは多くの大人たちに囲まれ、大歓声に包まれるリングを後にする。その姿が完全に見えなくなるまで、僕は目でアカを追いつづけた。

ずっと心臓がばくばく震えている。あいつは僕が知ってるアカじゃない。

まったくの別人だ。まさしく、最強天才高校生ボクサーだ。

「さあやるぞ、シロウちゃん。十一月の選抜まで、もう三ヵ月しかねえし」

すぐ隣で守屋が声を上げる。ざわめきで溢れ返る会場の熱気に負けない語調で。

まるでここ最近のどこかローテンションなギアが、切り替わるような感じで。

大嫌いなこいつの意味不明な言葉が、いったいなにを言わんとしているのか、そのときの僕はまるでわかってなかったんだ。

六

「ス、スパーリングパートナー？」

「そうだ」

新垣先生は腕組みしたまま、運動部の指導室でテーブルを挟んで向かい合い、厳(おご)かな感じで肯く。

「こ、こいつがですか？」

「そうだ。だが、厳密にはスパーリングパートナーだけじゃない。月城の公式戦に向けた特訓全般を俺と一緒になって密にアシストしていく、トレーニングパートナーとして」

僕は目を動かす。新垣先生の隣に座るのは、神妙な面持ちで黙りこむ守屋弘人。

「えっと、なにかの冗談ですよね？」

「冗談じゃない」

「どういう意味です？　唐突すぎて、まったく状況が呑みこめないんですけど」

「月城が言ってることはよくわかる。これはあくまで提案だ」

「提案？」

「そうだ。嫌ならやめればいい。決定権はお前にある」

守屋はひと言も発しない。やや視線を落としたまま、僕の顔を見ようとしない。

新垣先生はいつも通りクールに話す。なにを考えているのか感情が読めない。

「あの、どうして突然、こういう展開になるんでしょう？　まるで理解できないんですけど」

「お前が言うのももっともだと思う」

そこで新垣先生は一拍言葉を押しとどめる。そして組んだ腕を解き、ふたたび口を開く。

「だが、俺は興味深いと感じた。それ以上に、守屋の想いも伝わった」

「想い？」

やっぱり先生の言ってることはまったくわからない。理解の範囲を超えまくってる。

「いったい、なんのために？」

思わず重ねてそう訊くと、そこで初めて守屋が口を開く。

「打倒、平井暁。高校アマファイター最強の無敗チャンプ。あいつを破るためだ」

いっさいの言葉を失う。そればかりか自信に満ちたその声に、呆れを通り越して、失笑すらしそうになったけど、新垣先生がいるのでなんとか我慢する。

守屋の台詞に新垣先生は真顔で肯いている。その表情と仕草で冗談なんかじゃないんだとわかり、僕の気持ちはドン引きしていく。それって自殺行為以外のなにものでもない。そう思ったから。あのアカに勝てるわけない。こんな僕が。

　しかもだ。よりにもよって守屋が、公式戦に向けた特訓全般を新垣先生と一緒になって密にアシストしていくなんてバカげてる。どの面下げて、スパーリングパートナーとか、トレーニングパートナーとか、意味不明なことを言い出すんだ。

「無理です、絶対。絶対に嫌です」

　きっぱり拒絶すると、新垣先生は顔を動かして、隣に座る守屋に向ける。なにかが僕の知らないところで動いていたようで面白くない。

「あとは二人で話せ。顧問の俺が言えるのはここまでだ」

　そう言いながら、あっさりと新垣先生は椅子から立ち上がる。

「月城が嫌ならそれで終わりだ。もし受け入れるなら、三人でやってみよう」

「あの、先生――」

　僕が声を向けると、新垣先生は歩き始めようとした足を止める。

「なに考えてるんですか？　どうしていきなり、こんな話になるんです？」

　思っていることを正直に訊く。

「教師であり運動部の顧問として、こういうことはあまり口にしたくないが、月城は強くなれる。大化けするかもしれん逸材だ。これが俺と、ボクシング部二、三年全員の共通の予感で、そして守屋も頑（かたく）なに主張する意見だ。ならば、そういう賭けに、俺も一票を投じてみたいと思うようになった。ボクシングに関わる指導者として」

「それがなんで、こいつがスパーリングパートナーになることにつながるんです?」

　寸時の沈黙が降りる。

「守屋の熱心な申し出があった。守屋は総合格闘家としてじつに秀逸なファイターだと知った。映像をたくさん見せてもらってな。そうしてこいつは選手としてだけでなく、コーチとしての洞察力や観察眼が非常に鋭いことがわかった」

「この守屋が、ですか?」

「そうだ。総合格闘技の世界でプロを目指して、守屋は英才教育を受けてきた。その技能とキャリアとセンス、そしてファイターとしての体に沁みこんだ卓越した身体能力をもって、俺と一緒に月城をコーチングしていけば、あの平井暁に匹敵するボクサーになれるかもしれない、と俺も思えるようになってきた」

「ち、ちょっと先生のその理屈、超おかしくないですか?」

「そうか?」

「そうでしょ。だって、そんなに守屋が超すごいんなら、こいつを鍛えればいい話じゃないですか。そうですよね?　僕が二人の間に入る理由なんてないじゃないですか」

　すると新垣先生は口をつぐんだ。ゆっくりとその場に奇妙な空白が停滞する。

「そこから先の話は、本人から直接聞いてくれ。そのうえで月城が判断すればいい」

　そう告げると、先生は静かに部屋を出ていった。

守屋と僕だけが残される。

しばし両者とも無言のまま、気まずい沈黙が流れた。

「——俺、もうリングに上がれねえんだよ」

ずっとテーブルに落としていたまなざしを上げながら、守屋がぼそっと言う。

え？

驚きで声にならなかった。

「だから、ソーゴー、断念した。いろいろ落ちこんで、ヤケになって、で、そんな俺の目を覚ましてくれたのがお前だ。もう一回、今度は別の途でやってみようって思えるようになった。あのときのお前のパンチで」

僕にまっすぐな視線を定め、切々と守屋は語る。

指導室にひとつだけあるガラス窓の向こうから蟬しぐれが聞こえてくる。緩く冷房が入っている部屋のなか、僕は椅子に座ったまま、なにも言葉を発せない。

「すべての終わりと始まりは、平井暁だった」

意外なことを切り出す守屋は、さらに意外なことをつづける。

「俺、平井と闘ったんだ。去年の十二月」

僕は両目を見開いて啞然とする。

「聞いてくれるか？　俺の話」

　黙ったまま僕は肯く。すると守屋もまた小さく肯いて話し始めた。

　昨年十二月初旬。守屋が所属する総合格闘技ジムに一通のメールが届いた。送り主は武倉高校ボクシング部。平井暁のスパーリングパートナーを探しているという内容だった。

「体重はバンタム級より上でもまったく構わない。条件は強打のパンチを持つ、足の速いスタミナのある選手。そして打たれ強いファイター限定っていう触れこみでな。ムエタイだろうがソーゴーだろうが、競技ジャンルは問わないが、もちろんボクシングのスパーだからパンチしか使えない。それでも一般的なボクサーのスパー相手探しの条件としてはアバウトすぎた。逆にいうなら、それほど平井の相手探しは難航してたらしい。もっともただのスパーリング相手じゃなく、あいつの武校への入学を決める実地テストという話だったからな。類を見ないほどの強敵をぶつけたかったようだ」

　守屋は窓のほうに目を細めて向け、そのときを思い出すようにゆっくり言葉を継ぐ。

「その話をトレーナーから聞いて、俺はすぐに手を挙げた。喜々としてな。前から気に入らねえと思ってたからさ、平井のこと。タメ年でアマチュアのくせして、世界チャンプ並みにマスコミに騒がれててよ。まあ、嫉妬してる部分もあったんだけどな」

　僕は無言で聞き入った。守屋は一節一節を嚙みしめるようにして語りつづける。

「俺の戦歴と実力は先方の御眼鏡にかなって、とんとん拍子で話はまとまった。翌週、俺は一人で武校に乗りこんだ。ジムのトレーナーもついてくるって言ったけど、たかがアマボクサーのスパー相手をするぐらい、自分だけで大丈夫だって断った。その頃の俺の体重は五十五キロ。平井より五キロくらいは俺のほうが重い。しかも、ソーゴーとボクシングじゃ、打たれ強さが桁違いだ。パンチだけのボクシングと違って、ソーゴーは蹴りも肘も絞めも投げもありだからな。ぜってー負けるわけがない、いや、負けたら格闘家になるのはやめるって意気込みで俺はスパーに臨んだんだ」

　そこで守屋は数瞬、言葉を止める。部屋が静まると、変わらず蟬しぐれが届く。

「噂の平井暁に実際会ってみて、驚いた。背は俺よりぜんぜん低い。たしかに異様に鍛え上げられた筋肉だったが、そんなのソーゴーの世界じゃざらにいる。しかも、豪気漲るタイプというのとも違う。そう、水のように静かで無口な小男だった」

　ふっとそこで守屋は小さく鼻で笑う。まるでそのときの自身を軽く嘲るように。

「浅はかだったよ、いまにして思えば。俺は、あいつの本当の凄さをわかっちゃいなかった。いや、強さという本質すら勘違いしてた」

　僕は守屋の横顔をじっと見る。本当にこいつは変わった。そしてこいつを変えたのは、アカなんだと、ようやく点と点がつながった気がした。

「挨拶もそこそこに俺らはリングに上がった。俺は早く闘いたくてしょうがなかった。行きの電車でもずっとうずうずしてた。どうやって叩きのめして、殴り倒してやろうかって、それしか考えてなかった。でも、甘かった。ゴングが鳴った瞬間、あいつは豹変（ひょうへん）したんだ」

カーン。ゆっくりと身を翻してコーナーポストから歩み出てくる平井は、一瞬で別人になっていた。双眼には焔のような闘志がたぎっていた。全身から凄まじい熱が放たれてる。それでいて一気に攻めてくるわけじゃない。リズミカルなステップでわずかに距離を詰めては空け、俺の出方をじっと観察するみたいに見ていた。

広い部室にいた総勢五十人くらいの部員は皆が俺らの闘いを注視していた。誰もが練習をやめて、静まり返って、こっちに視線を向けてるのがわかった。

パンチだけのスパーリングとはいえ、異種格闘技戦だ。序盤で平井が様子見してくることは読み通りだった。それがあいつの試合運びのパターンだということも知り尽くしていた。

一気に俺はコーナーを飛び出し、間合いを詰めていった。

平井が天才ボクサーだというのなら、俺は天才格闘家だ。そういう自負があったし、ボクシングルールに則(のっと)ったスパーリングとはいえ、ボクシングセオリーで闘うつもりなど毛頭なかった。圧倒的なパワーファイトで平井の鼻をへし折ってやる。しかも秒殺で。そういう気魄で左右のロングフックを連打していった。

ジャブの牽制もない、いきなりの猛打にさすがの平井も一瞬目を点にした。俺のパンチを一発でももらったらアウトだと直感でわかったはずだ。全神経を集中して防戦に回った。

しめた、と俺は思った。狙い通り。このハイペースで俺は1R二分間、猛打の嵐で攻めまくるつもりだった。足技も関節技も寝技もなく、パンチだけなら十分間だって打ちつづけられる。それがソーゴーのスタミナだ。しかもボクシングと違ってソーゴーのパンチは自在な角度で打ちこめる。俺くらいの筋力と瞬発力があればな。

先手必勝で流れは掌握した。もう勝利は確実——そう感じた瞬間だった。

絶妙なタイミングで平井は大胆なステップインを決めてきた。

俺の左右の連打をかいくぐりながら、しかも自分から距離を詰めてきた。

刹那、間合いはインファイトになった。

俺はほくそ笑んだよ。この野郎、無謀にも自分から攻撃圏に飛びこんできやがったって。しかも奴の左ガードは下がってた。勝利を確信し、剝き出しになった平井の横っ面めがけて俺は右フックを貫こうとした。十分にスピードの乗ったフルスウィング。渾身の一打だった。

打撃軌道からしてその猛打は、間違いなく平井の顔面にヒットするはずだった。

ところがだ。あいつは一瞬で視界から消えた。ふっと、透明人間みたいに。

平井の動きはしっかり見えてたつもりだった。それが加速装置で瞬間移動したように、それくらい速すぎて俺の動体視力でも追えなかった。

生まれて初めてだ。俺はぞっとした。全身が粟立った。

こんな動きができる人間がいるのかと信じられなかった。

六年間ソーゴーやってきて、数々の修羅場はくぐってきた。外国人の強豪とも熾烈な闘いを繰り広げて勝ち抜いてきた。プロの日本人ランカーとも激戦を繰り広げてきた。けど、あそこまで素早い一閃の光のようなモーションで動ける選手を見たのは格闘人生初だった。

次の瞬間だ。

すでに俺の左サイドに回りこんでた平井は、右フックを放っていた。

ゴッ。気づいたときには完全に手遅れだった。俺の顎は直角に振れていた。

同時、脳の奥がビリビリ痺れるように震えて、そのまま目の前が真っ暗になった。

それでジ・エンドだ。あいつのパンチはあまりに速すぎて、あまりに強烈すぎて、あまりに重すぎて、痛みすら覚える間も与えられなかった。

十二オンスグローブで、ヘッドギアをしながら、それでも、たった一秒で俺は昏倒した。

気がついたら病院だった。MRI検査で急性硬膜下血腫（こうまくかけっしゅ）だと判明した。

たった一発。たった一撃の平井の右フックで、俺はファイターとして最悪の致命傷を負わされた。もちろん、すべては自分のせいだ。あいつを責めるつもりなんてない。

平井暁を、ボクシングをナメてた。すべては己の過信だ――。

そこまで一気に語り切ると、守屋はゆっくりと息を吐き出し、静かに声をつづけた。

「いずれにせよ医師からは競技続行は死につながると告げられて、俺はソーゴーを諦めるしかなかった。まあ二週間ほどで退院できたんだけどな。ゆっくりとだが、運動は再開しても問題ないと言われた。けど、もしもう一度、同レベルの衝撃を脳に受けたら、命の保証はないと宣告された」

「そうだったんだ――」

言いながら、ぼんやりした頭で考える。

みぞれが降りしきる去年の一月。待ち伏せしていた守屋。薄紫色に変色し腫れていた左顎から頬にかけての打擲痕。そういうことだったのか。そうして、あのときの守屋の悪態（あくたい）の数々にも納得がいく。そこまで深刻で屈辱的な敗戦があったのか――。

「そんな体でどうして僕なんかを待ち伏せしてたんだ？　あのみぞれの日」

「中学の剣道の一件で、俺はお前の鮮やかな動きに魅了された。頭から離れなくなった。いじめたのはお前の本性を確かめたかったからだった。平井と闘ってみて、思い出したのはお前のしなやかでスピーディな躍動だったよ。俺はもう一度でいいから、お前のあの動きをこの目で見たかった。だから待ち伏せした」

なにかを反芻（はんすう）するように守屋はそこで唇を結び、静かに声を継いだ。

「そして懸けたんだ。お前の強さに」

「懸けた？」

「そうだ。本当にお前が強いなら、俺のかわりに平井暁を倒してほしいと考えるようになっていた。俺はお前が強いほうに懸けた」

　守屋は僕のほうに向き直ると、じっと睨むように見る。

「そして実際、お前はおそろしいほど強かった。あの左ストレート、俺は痺れた。打ち抜かれてたら、おそらく死んでただろうがな。そのとき思った。お前に殴り殺されてもしょうがない悪事を俺はさんざん重ねてきた。けど、お前は俺を殴り殺さなかった」

　そこで声を切り、ふっと柔らかく表情を崩す。

「お前の優しさ。言葉を変えるなら、メンタルの弱さ。それに俺は救われた。あのとき俺は心を決めた。月城四六。お前に命を預けるってな。俺がお前を絶対に、もっともっと強くするってな。だから俺は星華高校に入学した。ボクシング部に入って、お前のトレーナー役を買って出て、一緒に平井暁を破ることを目指して」

　こいつのこと、ずっと大嫌いでずっと憎んできたはずなのに、頭の芯がじんじん熱を帯びてくる。胸の奥底から熱いものがこみ上げてくる。僕はなんとか言葉を返す。

「自分勝手すぎるし、唐突すぎるだろが、そんなの。僕はなんも聞いてない」

「ああ、悪かった。いつか話そうと思ってたけど、お前が俺を大嫌いなのもよく知ってた。ま、それだけのことを俺はやっちまったわけだ。でも、いま言ったように理由があってのことだ。いずれにせよこのプランを行動に移すには、ボクシング部に溶けこんで、ガッキーとも打ち解けて信頼を勝ち取って、真意を理解してもらう必要があった。時間がかかるのは端(はな)から承知の上だった。そしてすべてがうまくいったうえで、月城にはちゃんといままでのことを謝って、なんもかんも打ち明けようと心を決めてたんだ」

そこまでひと息で語り通すと、いきなり守屋はその場に両膝を突いて床に頭を伏せる。

「ごめん。許してくれ。自分勝手なことばっか話してるのもわかってる。でも、理解してくれ。俺なりに必死に考えてのことだ。ムカつくなら、いまこの場で、好きなだけ殴るなり蹴るなりすればいい」

深く土下座したまま微動だにすることなく、切々とした口調で綴る。

「元格闘家として、元ファイターとして、どうしても俺はあいつにリベンジしたいんだ。男としてのプライドを懸けて。自己中なのは重々承知のうえだ」

僕はすぐにはなにも言葉が出てこない。鍛え上げられた守屋の身体が小さく映る。しばし部屋がしんとした沈黙で覆われる。もう蟬しぐれは聞こえない。

ややあって、なんとか声にして訊く。

「どうやって新垣先生に理解してもらった？　あの生真面目な先生に」

守屋が頭を上げ、殊勝な口調で話し出す。

「来年中に公式戦全国大会で二位以内の入賞を果たさないと、ボクシング部は廃部になることが理事会で決定した。星華高校はガッキーの母校で、ここでボクシングを始めた。いわばガッキーの青春から現在までのすべてが詰まってる。最大限やれることをやるしかない、というタイミングで偶然、俺が乗っかってきた形になった。月城はそれだけ持ってるってことよ。あとはとにかく俺のこれまでのキャリアや戦歴や実力をアピールした。それに平井と闘って勝つには、ハイレベルなスパーリングパートナーが必須になる。いままでみたいなマスボクシングの寸止めスパーじゃ絶対に平井にはかなわない。その点、選手生命が絶たれた俺なら、自分のことは抜きにして百パーセント協力できる。しかも平井の闘い方をコピーして実演することだってな。それだけじゃない。ガッキーがサポートできない時間外の練習だって付き合える。筋トレもストレッチも走りこみも、全面協力態勢でアシストできるんだ。つまり、すべては渡りに船だってことだ。ガッキーにとっても」

思いの丈をぶつけるように守屋は一気にしゃべった。そうしてゆっくりと立ち上がる。

「お前はそれでいいのかよ？　僕なんかのサポート役で終わっていいのかよ？」

「もう完全に気持ちを切り替えてる。選手は無理でも、選手を支えるトレーナーになるって。俺は根っからの格闘技好きだ。そういうことも考えて、将来は体育大学でコーチングを学ぶため、進学校の星華高校はうってつけだった。名コーチとして名高いガッキーに師事することも含めてな。指導する側の勉強も独自でだけど本気で取り組んでるんだ」

そういうとこだけ、ぬけぬけと答える守屋の意外なほどの心の逞しさに、思わず笑い出しそうになってしまう。けれど反面でほっとする自分がいる。そればかりか、ふと僕は気づく。自分のなかでなにかが始まろうとしていることに。最初、新垣先生から切り出されたときは冗談じゃないと頑なに拒絶したけど——。

けど、自分自身の問題が気になる。

それは僕なんかがアカと互角に闘えるのかということ。しかも、新垣先生も守屋も、本気でアカに勝とうとしてる。先週、インターハイ全国大会決勝で観た対真壁戦でのアカの圧倒的な強さ、その鮮烈さが脳裏で蘇る。

もはや神的なファイターだ。アンダージュニアデビュー以来、無敗ノーダウンで驀進中の天才高校生ボクサーに僕が立ち向かえるはずない。

でも——気持ちのどこか深層で、ありありとした胎動を感じる。

目の前に立つ守屋が、視線を定めたまま、これまで以上に真剣な声で訴える。

「勝てるかどうかは、やってみねえとわかんねえ。でも闘う前から諦めるより、挑戦だろ。俺を踏み台にしろ。そして羽ばたいてくれ。そのためにスタートラインに立ってみよう」

ぐらり。心が揺れる。

「で、でも——」

発しかけた言葉が淀んでしまう。でも、俺なんかに勝てるわけない。

すると気持ちを読みこんだように、守屋がさらに熱のこもった声を向けてくる。

「もっと自分を信じてみろ。めっちゃ強くなりたくてボクシング始めたんだろ！」

その瞬間、発火する。忘れかけてたスイッチがオンになる。

そうだ。強くなるために、僕はボクシングを始めたんだ。

あの夜、別人みたいに生まれ変わったあいつをネットで見て、固く心に決めたんだ。

わずかもない可能性に懸けてみようって決意したんだ。

俯いた目を戻すと、視界に映る守屋がぐいと顎を引く。久々に見る、不敵な面持ちで。

「見たことのない景色、見に行こうぜ。あいつが輝いてる、あの光眩い遥かなる頂点へ。なあ、シロウちゃん」

第四部

一

完全に僕のなかのスイッチが入った。気持ちが吹っ切れた。

ボクシング部みんなのサポートと応援で、腹が据わったのもある。新垣先生と守屋がタッグを組んだコーチングを頼もしく感じたのはもちろんだ。こんなふうに誰かに信じてもらって、助けられながら目標に向かって走り出すのは生まれて初めての経験だった。プレッシャーも凄かったけど、それ以上にボクシングへの熱意がさらに増幅していった。

最初は絶対に無理、と思っていたアカへの挑戦だったけど、心の持ちようが変わっていく。アカだって七年前は強くなかった。勇気だけは溢れまくってたけど、腕っぷしは僕とおんなじくらい。つまりアカに追いつくのは、努力すればゼロパーセントじゃないってことだ。そんなふうにポジティブに考えられるようになっていた。

取り憑かれたように僕は、いっそうの厳しい練習と鍛錬を自らに課すようになる。

ロードワークで毎朝二十キロ疾走する。ハイペースでロープスキッピングを跳ぶ。メディシンボールで腹筋を鍛える。サンドバッグを殴って抉る。パンチングボールを高速連打する。シャドーボクシングで空を斬り裂く。マスボクシングで相手選手に肉迫する。

そしてさまざまな課題を設定した守屋との肉迫したスペシャルなスパーリングでは、毎日30R以上の実践練習に取り組む。

最初に「頭は大丈夫なのかよ?」つい心配になって訊くと、

「グローブは十六オンスの最大サイズ。ヘッドギアはソーゴーやキックボクシングの練習で使用するレザー多層構造でハードな衝撃吸収に優れたフルフェイスタイプの超ハイスペックモデルを装着する。全部、あの慎重派のガッキーのアイデアだ。しかもガッキー、わざわざ俺の脳検査を担当した医者にまで確認しに行ってくれた」

守屋は笑みを浮かべて両肩をすくめる。

「俺の心配なんかより、本気で殴ってこい! 遠慮なんかすんなよ!」

ガード、ディフェンス、フットワーク、コンビネーション、カウンターパンチ、クリンチワーク、コーナー攻め——守屋をアカと想定したスパープログラムを、新垣先生は課題別に緻密に練り上げ、僕の体が覚えこむまで反復練習を徹底した。

あまりに難易度が高いうえ、実戦想定で両者がスピーディな攻防を繰り広げるため、全神経と全筋肉をフル稼働させなければならない。一瞬でも気を抜くと守屋の鋭いパンチが当たる。手加減はあるものの、守屋が相手だと、とにかく緊張感がハンパない。さすがにこれには音を上げかけた。しかも公式試合は二分3Rの計六分だけど、その十倍以上のラウンド数のスパーを毎日えんえんとこなさなければならない。

本人が自負するだけあって、守屋のモーションは異様にクイックで完成度が高い。脳のダメージさえなければ、絶対に上へ登り詰める選手になっただろう。新垣先生の指示通りにアカのファイトをコピーして動き、スピードに満ちた連打を、さまざまな角度から変幻自在に打ってくる。対して僕は、すぐには身体の動きがついていかない。

高度に計算された複雑なコンビネーション。スピーディな間合いの切り返し。パワフルなパンチに対する緻密なディフェンス。そしてアカ並みの守屋の凄まじい猛攻にメンタルまでもついていかなくなり、身体能力の限界を感じるようになる。そんな僕に対し、

「打ってこいって！　試合だと思って打ってこいよ!!」

リング上で守屋が怒鳴る。

そのたびに部室がしんと静まり返る。橘さんも吉川さんも成瀬も、部員のみんなが僕らを心配そうに見つめる。新垣先生は黙ったまま、そんな守屋と僕を見守っている。

歯がゆい思いと、悔しさと情けなさを胸中に抱えつつ、「はい！」とだけ僕は大声を返し、ふたたびファイティングポーズを取って、トレーナーとしての守屋に向き合う。ぐしょぐしょの汗だくで奥歯を食いしばって対峙する守屋は、僕の成長だけを信じて、毎日毎日ひたすら真剣に相手してくれる。

一週間、二週間――膠着（こうちゃく）状態に近い実戦スパーの練習がつづいていく。

相変わらず僕は思い通りのボクシングを展開できない。新垣先生と守屋の要求が高度すぎるのもある。だけどアカとの試合に臨むというのはそういうレベルなんだ。絶対最強アマボクサーと互角に打ち合うには、そういう極みに到達しなければならない。

やがて僕は底なし沼みたいなスランプ状態に陥っていく。

だんだんと神経が摩耗してくる。

焦りがつのり、苛立ちが激しくなっていく。

ボクシングは闘いだ。

けど闘うのは相手選手とだけじゃない。自分自身との闘いなんだ。

頭じゃ理解していても、意志のままに動こうとしない肉体に、言いようのない怒りがつのっていく。けど僕以上にキツいのは守屋なんだ。

競技続行は死につながると宣告されたあいつ。いまだ完全に未練を断ち切れてないはず。

それでも踏み台役に徹して、ひたむきに僕の練習相手をつとめてくれている。僕に懸け、アカに勝てると、絶対に打ち負かせると、そう信じてきついスパーリングパートナーになり切り、励ましつづけてくれてる。

その献身的な頑張りに、心を打たれるようになる。

守屋の自己犠牲的な死にもの狂いの努力に応えなきゃ、と強く思うようになる。

あいつの苦しみに比べたら僕なんか——そう思いながら懸命にもがきあがきつづけた。

「あれ、月城くん!」

　午後六時すぎ。ようやく部活が終わり、疲れ切った体で一人とぼとぼと校庭を歩いて自転車置き場に向かっていると、ほぼ暮れかかった夕闇の向こう側、彼女が立っていた。

「三崎さん――」

「いま部活終わったの?」

「うん。三崎さんは? 珍しいね、夏休みのこんな時間に学校にいるなんて」

「今日はインターハイのお疲れさま会みたいな、そういうの。大したあれじゃないんだけどね。水泳部のみんなでわいわいって感じで」

「そうか。あ、ごめんね、インターハイ応援に行けなくて。それからおめでとう。やっぱすごいね、三崎さん。優勝だもんね」

　三崎さんは個人で三種目優勝を果たし、団体リレーでも二位入賞したとネットのニュースを読んで知っていた。できたら観にきてって、前に言われてたのに、急遽始まった猛特訓のため、まるで時間が取れなかった。

「ありがとう。それより月城くん、すっごい猛特訓中で超大変なんでしょ」

「え? どうして知ってるの?」

「三年の、あの、ほら名前なんてったっけ？　ひょろって感じの面白い人。水泳部の大会、わざわざ群馬まで応援にきてくれて、教えてもらったの」

そういうことか。チッと僕は心で舌打ちする。夏休みになったとたん、いきなり部活に顔を出さなくなった西音さん。どうしたんだろうね、なんて吉川さんたちと心配してたら、一人ちゃっかり水泳部のインターハイに行ってたとは。

「秋の選抜新人大会、月城くん出るんでしょ？」

「それも、西音さん？」

「うん。月城くんは絶対勝って、来年の全国までいくって言ってたよ。僕が毎日スパーリングパートナーをつとめて、超鍛えてますからって。いい先輩を持ってよかったね」

聞いてて力が抜けてしまう。まったく調子がいいというか、自由奔放というか、呆れてしまう。でもそれが西音さんなんだろうな、って思い、笑って許せてしまうのがあの人のカマキリキャラなんだと、ちょっとだけ羨ましくなる。

「なんか、すごく疲れてる？　月城くん」

少し心配そうな口調になって三崎さんが訊いてくる。

「あ、うん。ちょっとね」

やっぱり疲れとか焦りが顔に出てるんだろうな。さすが、トップアスリートの三崎さんはたちまち見抜いた。夕闇の空を舞う黒いこうもりたちに笑われてる気がした。

「そんなハードな練習なんんだ」

「まあね。でも、みんなが支えてくれてるから頑張んなきゃ」

すると彼女はニコッと笑って僕の目を見つめてくる。疲労困憊でも思わず胸が高鳴る。

「私、ボクシングのことよくわからないけど、でも、月城くんなら大丈夫だよ」

「どうして？」

「だって月城くんには強い心があるもん。だからどんな壁でも乗り越えられる」

すぐには言葉を返せない。三崎さんにそんなふうに言ってもらえてうれしいけど、いまの自分じゃとてもそうは思えないから。

「僕なんか、そんなに心が強くないよ。練習がきつすぎて音を上げかけてるんだから」

実際、メンタルの脆さが手枷足枷になって僕を苦しめている。

かつてはレンさんも指摘した心の弱さ。でも目の前の三崎さんは僕に強い心があると言ってくれる。どっちを信じればいいのかわからなくなる。

「月城くん？」

ほとんど日が暮れかけた誰もいない校庭。三崎さんの声だけが響く。

「もっと自分を信じて。きっと部のみんなも月城くんのことを信じてる。だから、まず自分で自分のことを信じなきゃ」

「三崎さん――」

守屋も言ってた。もっと自分を信じてみろって――。

「私だってね。本当はすっごく怖いんだよ。大会前はいつだって。泳ぎ始める瞬間まで、プレッシャーに負けそうになって、プールから逃げ出したくなるくらい」

　暮れなずむ薄紅色の夕景に、三日月形の瞳を細めながら彼女はつづける。

「だけど、私のことを信じてくれてる先生や先輩やコーチがいるから、だから私もみんなのことと自分自身を信じるようにして、そうやって乗り越えるようにしてるの」

　胸の奥のほうから、ぐぐっとなにかがこみ上げてくる。

「ボクシングも水泳も、たった一人で闘う孤独な競技だけど、でも、私たちの後ろには大勢の仲間がいて、私たちの力を信じて、応援してくれてるから。自分は一人きりで闘ってるわけじゃないって思えば、すごく気持ちが楽になるし、もっともっと頑張れるの」

　三崎さんは僕に目を戻して、朗らかに微笑みかける。

「――ありがと、三崎さん。なんか元気が出てきた。明日から気持ちを一新して頑張れるような気がしてきた」

「なんか、生意気なこと言ってたらごめん」

「そんなことない。すっごくいい話だ」

「ね、ひとつだけ訊いていい？」生真面目な声で三崎さんが訊いてくる。

「うん」

「どうしてボクシングを選んだの？　たくさんあるスポーツのなかで、なんでボクシングなの？」

「そ、それは――」

瞬時、答えに迷ったけど、まっ先に浮かんでくる思いがそのまま言葉になる。

「すげえ奴がいるんだ」

「すげえ、奴？」

「そう。めっちゃ強いボクサーで、小五でデビューしてから無敗で、いままで一度もダウンしたことない天才ボクサーなんだ。そいつ、アカっていうんだけどね、じつは僕の幼馴染みで、子どもの頃はすっごく仲良かったんだ。だけど――」

「だけど？」

三崎さんは僕を見つめて疑問符を口にする。

「だけど、ちょっとした事件があって、それで絶交されてね。で、あるとき偶然、アカが天才ボクサーとして騒がれてるのを知って、なんとなくボクシングに興味を持つようになって、独学で始めてみたんだ。そしたらボクシングの面白さに取り憑かれちゃって」

「ふうん、そうなんだ」

「でもアカは僕なんか絶対に手が届かない、高いところで輝いてる一番星だから。才能の塊みたいなボクサーだから。目標とかそういうんじゃなくて、素直にただの憧れだった。ボクシングをやってれば、いつか再会できるんじゃないかな、とか、そしたら絶交を許してもらえるかな、とか、なんていうか、選手として意識しない気持ちだったんだ」

「それが変わってきたのね。月城くんのなかで」

「なんとなく。顧問の先生とか先輩とか仲間とかにも、頑張って目標にしてみろって言われるようになって、それで特訓が始まって。けど、やっぱ僕にはムリで、アカみたいな天才に勝てるわけない。一番星に手が届くわけない。それでも応援してくれる部のみんなのため、自分のためにも、精一杯努力してるつもりなんだけど、全然ダメすぎて、壁にぶち当たってばっかで。もう苦しくってさ——届くわけないって、あいつになんか——無理だよ——」

いままで誰にも言ったことない本音が思わずぽろぽろ口からこぼれて止まらない。

三崎さんはそんな愚痴を黙って聞きながら、唇を結んでまっすぐ僕に目を定めていた。

「月城くん、自信を持って！」

驚いた。

いきなり三崎さんが僕の両手を、ぎゅっと両手で摑んでくる。柔らかくて、温かくて、すべらかな三崎さんの手の平に僕の手の平が合わさってる。

「届かないって思うと本当に届かなくなっちゃうから。でも、もう心に決めたんでしょ？そのアカさんって凄いお友だちを目指して突き進んでいくって。一生懸命努力して、なんとか手が届くように頑張ってみるって。だったらそれでいいじゃない。あとはもう前だけを向いて、やれるだけやってみればいいじゃない」

「み、三崎さん——」

僕の顔のすぐ近くに彼女の顔があって、目線と目線が真正面で向き合っている。どんどん鼓動が速まる。カアッと体の芯が熱くなってきて、僕はなにも言えなくなる。

「そんな才能がある大きな人を目標にするって、勇気がいるけど、素敵なことだと思う。絶対に月城くんのこれからにとってすっごくプラスになるし、一生残りつづける宝物になるって思う。だから頑張って。もし辛いときとか苦しいときには、いつでも私に言って。月城くんが電車で助けてくれたみたいなすごいことはできないけど、なにか力になれるよう私も努力するから。ね？」

そこで三崎さんはあらためて僕の両手をぎゅっと握ってくれる。

その瞬間、時間が止まったみたいな錯覚に陥る。

暮れかかった夕闇も、まだ夏を含む風も、空に舞ってたこうもりも、なんもかんもが動かなくなって、世界は僕ら二人だけのものになったような気がしてくる。

おそらく、じゃなく絶対に、今日のこの日のこともまた、一生残りつづける宝物になるって、僕は思いながら肯いた。

夏休み最終週に入った。

先週開催された国体の関東ブロック大会、アカは全戦ＫＯの快挙で優勝を果たす。十月の国体も間違いなく優勝するだろう。

この頃の実練習時間は一日十時間近く。残暑とはいえ、部室内の熱気は過酷に心身をいじめ抜いていく。それでも必死な形相で向き合う守屋とのリング上、力と技と気魄がぶつかるスパーリングを毎日30R以上こなしつづけた。

どれほど苦しくても、僕らは諦めることなく、もがきあがきつづけた。

「打ってこい！　本気で思いっきり打ってこいよ！　俺をぶっ倒すつもりでな！」

もはや口癖になりつつある守屋の言葉。肯きながら僕はファイティングポーズを取る。

ここにきてようやく技術的な課題を徐々にクリアできるようになった。

今日は、アカが得意とするインファイトレンジに持ちこまれるシミュレーションだ。

中距離戦での睨み合いから、守屋がダンッと猛烈な速さで深く踏みこんでくる。

接近戦への大胆なアプローチは、まさにアカの動きそのものだ。

すかさず反応し、僕はスピーディに右サイドへ跳ぶ。そうして体勢を入れ替えて間合いをキープしつつ、ジャブで応戦し、間髪容れず左ストレートで攻勢に切り替えるという設定の練習。けど、肝心の決めとなる左ストレートがどうしてもワンテンポ遅れてしまう。

体重移動と身体バランスの転換が一瞬だけどずれてしまい、その隙を突かれ、逆に守屋のカウンターの右ストレートを顔面にもらってしまう。アカの本気の右だったら、一撃で昏倒するのは間違いない。

難易度Aクラスのシミュレーション。この日、もう8Rも同じことを繰り返していた。

「もう一度だ。リズムは整いつつある。自信を持て、月城。普通の選手はそんな動きできないんだぞ。あとはステップアウトとパンチの振り切りのタイミングを合わせるだけだ。

メンタルのリミッターを外してモーションに集中するんだ。自分を信じろ」

辛抱強く新垣先生がリングサイドでアドバイスする。

「はい！」

僕はもう一度ファイティングポーズを取る。けど、疲れと暑さでもはや意識が虚ろだ。

守屋も疲労困憊の面持ちながら両拳を構え、ヘッドギアの奥から血走った眼で睨んでくる。

「いくぞ！」

低い声で守屋が告げる。僕は無言で小さく肯く。

ダンッ——。左足を深く踏みこんでくる。その瞬間、僕はサイドステップで右へ跳び、即座に上体を戻しながら右ジャブを繰り出そうとする。

と、さらに素早い動きで守屋が僕を追うようにステップインして間合いをぐんと詰める。これまでのシミュレーションにないイレギュラーな動作に意表を突かれ、僕はハッとする。

！

慌ててバックへ退こうとする前、守屋は顔を僕の眼前まで近づけてきて吐き捨てる。

「おら、カス野郎の負け犬が。悔しかったら殴ってみろよっ！」

かつての守屋に戻ったかのような暴力的な口ぶり。思わずその顔に視線を合わせると、ニヤッと不敵な面構えでヘッドギア越しに侮蔑するような嫌な笑いを浮かべる。

疲労度が限界マックスで、意識が朦朧としてたせいだろうか。

寸時、現実と過去の境を見失う。

中学時代の暗黒を突きつけられ、たちまち脳内がカァッとスパークする。

一閃だった。噴き上がる激情が眠っていた別の自分を目覚めさせる。

次の瞬間、僕自身を限界点で制御していたリミッターがカツンと砕け散る。

ざけんなよっ！

気がつけば僕は体勢を切り替えると同時、それまでワンテンポ遅れていた右足を深く踏み出し、左ストレートを打っていた。

体が自在に動いていく。いっさいの淀みなくモーションが流れる。

これだ!! 自由だ。自由を手に入れた。僕は心身を解き放つ。

時空を斬り裂くように十六オンスのでかくて重たい左拳のグローブをまっすぐ放つ。

この感覚――僕は新しい次元へと向かい、ついに突破できた。そう悟る。

すると、守屋はふっと頬を緩めた。

自分の脳の損傷などお構いなしのように、だらんと両腕を下ろして広げる。

そうしてノーガード状態で僕に向き合い、満足げに両瞼を閉じていく。

こ、こいつ！

守屋の捨身の作戦だったとわかりながらも、僕は渾身の左ストレートを振り切る。

僕の全力のパンチを避けようともせず、守屋はいっさいの動きを止めたままだ。

しかも破顔している。この瞬間をずっとずっと待ち望んでいたかのように。

ったく、この野郎——僕は全身全霊をこめた拳を打ち抜く。

ごめん。ありがと。そう詫び、感謝し、これが最高のお返しになると信じて拳を貫く。

グジッ！　分厚いグローブが、フルフェイス構造のヘッドギアを捉えて、守屋の顔面真正面にみっしりと喰いこむ。中空に鼻血が散って舞う。

大の字になって、守屋は背面のロープへと吹っ飛んでいく。

殴られながら守屋は、最後まで満足げに笑っていた。


猛特訓に明け暮れた八月が終わる。明日から九月に入る。二学期が始まる。

自らの身を挺した守屋のファイトがきっかけとなり、ついに僕は本格的な覚醒を果たせた。心身の限界点を完全突破した。そういう確かな実感があった。

加速的にボクシング部でのトレーニングはさらなる熱を帯びていく。メンタルが強化されるにつれ、僕のなかで四年以上構築されてきたボクシング技術が相乗的に開花していく。もがきつづけた成果が、いまようやく実を結ぼうとしていた。新垣先生と守屋が信じてくれたおかげで、そして自分自身を信じ切ることで、僕は壁を乗り越えることができた。三崎さんのアドバイスのおかげだ。

同時にそれは、アカとの試合を果たすための、新たな試練の始まりでもあった。

九月が去り、十月になった。大方の予想通り、アカは国体で優勝した。インターハイにつづいて、これで二冠達成となる。当然、一年生のうちに選抜大会を制して三冠達成を狙ってくる。選抜大会はインターハイと国体に並ぶ、三大大会のひとつ。しかし、全国大会が三月に開催されるため、高校を卒業する三年生はエントリーできない。実際には一年生、二年生が鎬を削る、文字通り新人の大会となる。

都の選抜予選を兼ねた高等学校ボクシング新人大会は、十一月十五日から十八日までの四日間開かれる。大会会場は世田谷区にある付属高校の体育館。全百七十四名の選手が参加し、バンタム級でシード権なしの新人選手は四回戦を勝ち抜けば優勝できる。

その先には、翌十二月下旬に開催される関東選抜大会が控えている。

勝者は翌年三月に行われる全国高等学校ボクシング選抜大会の出場権が得られる。

星華高校ボクシング部から都選抜予選に出場するのは、ライトフライ級の橘さんとウェルター級の吉川さん、そしてバンタム級の僕。もちろん、守屋はセコンドとして新垣先生をサポートする。実力不足の成瀬は不参加だ。

ボクシング部存続を懸けた、来年中の公式戦全国大会での二位内入賞は、本選抜大会を入れて四回のチャンスしかない。守屋を除いたわずか四人の部員のなかから、強豪が鎬を削る全国大会で決勝まで勝ち上がるのは至難の業といっていい。それでも全部員は各々、悔いのない闘いをするため、新垣先生の厳しい指導のもとで猛トレーニングに励んでいった。

　毎朝必ず走りつづけている二十キロのランニングで、夜明けがじんわり遅くなっていく。入道雲が浮かぶ濃い青空が、どんどん高く淡くなっていく。走り始めで肌に触れる向かい風が少しずつ冷たくなっていく。

　あっという間に、僕は公式大会でのデビュー戦を迎える。

　大会初日。第一試合の二時間前にトーナメント戦の組み合わせが発表される。

　一回戦の僕の相手は、日章学院高校二年の山根一彰。

「六月の国体予選は三回戦で判定負けしてるね。ボクサータイプ。得意はワンツーで入ってくる右ストレートだって」

　タブレットの画面をタップしながら成瀬がすらすら告げる。

　成瀬が新垣先生からファイティングポーズを教えてもらったのは八月のお盆すぎだ。いまだジャブすら習ってなかったけど、腐るでもなく姿見に向かって拳を構え、毎日バランスやディフェンスやボディアライメントのチェックに余念がなかった。

　単調なうえにスタミナを奪うロープスキッピングも根気強くこなした。そんな成瀬の弛まぬ努力を毎日見るうち、誰もが空いた時間で積極的に声をかけて指導するようになる。

内気だった成瀬は性格が少しずつだけど明るくなり、部に溶けこんでいった。

星華高校ボクシング部が集う控え室。試合前で言葉少なめの吉川さんと橘さんが思い思いにウォームアップしている。僕はパイプ椅子に腰かけて全神経をデビュー戦に集中させていた。

第一試合の僕の出番は午前十時から。あと十分ほどで入場する。

「月城くん、頑張ってね。君なら絶対に勝てるよ」

遠慮がちな緊張した声で成瀬が言う。

「ああ、頑張る」

顎を引いて短く答える。正直、かなり緊張していた。自分の声が上ずっているのがわかる。初の公式戦。対戦相手の山根は、手数よりクリーンヒットを狙ってくるタイプ。一発のパンチは重くない。過去戦歴は十四戦八勝。うち、微妙な判定勝ちが六あると成瀬が教えてくれる。

「そろそろ時間だ。月城、行くぞ」

控え室に入ってきた新垣先生が告げる。隣のパイプ椅子に座る守屋がまず腰を上げる。

「はい」

つづけて僕も立ち上がる。新垣先生と守屋に挟まれるようにして歩き出す。その後ろを成瀬がついてくる。まっすぐな廊下を進むにつれ、会場のざわめきが聞こえてくる。

「ぜってー勝てよ、月城」守屋が激励の言葉をぶつけてくる。

「うん、絶対に勝つ！」

やがて体育館会場に出る。ライトブルーのリングへ降り注ぐ眩しい照明に、思わず僕はまなざしをすがめる。観客はまばらだ。賑わしいアカの試合とはまるで雰囲気が違う。

ぽつぽつ鳴る拍手に迎えられて僕らは入場する。直後、意外な顔を見つけて驚く。

三崎さん。制服姿で星華高校サイドの席に一人ぽつんと座っている。一瞬、目が合うとやや緊張した面持ちで微笑んでくれた。とたんに勇気が湧き出る。僕もまた強張ってる頬をわずかに緩め、なんとか微笑み返すことができた。

歩きながらふたたびリングに顔を向ける。ようやく辿り着いたスタート地点を。

僕は生まれて初めての公式大会のリングに上がる。


嫌な感じの奴。それがデビュー戦の対戦相手、山根の第一印象だ。

いかにも性格が悪そうな顔つき。線のように細い目。面長で頬骨の浮いた輪郭。紫色に淀んだ薄い唇。いまどき珍しいニキビ面。しかもコーナーポストに寄りかかって真正面から僕を上から目線で睨みつけ、ニヤニヤ意味不明に笑ってる。

「落ち着いていけ。いつも通りやればいいからな」

新垣先生のアドバイスにこくっと肯きながら、山根の不気味な顔から視線を逸らす。気分を変えるようにあらためて会場内を見回す。

直後、金縛りに遭ったみたいに全身に電流が走る。視線が一点でぴたりと留まる。

アカ――。アカが観にきている。黒いウィンドブレーカーのフードを頭にすっぽり被り、山根サイドの観客席前方に一人座り、腕組みしてじっとリングを見つめている。フードの奥で据えられた両目と僕の目が合う。アカはわずかに片目を細め、ニヤッと笑った。

ややあってレフェリーに呼ばれ、リング中央で注意事項の説明を受ける。

その間も山根はずっとガンを飛ばしつづける。僕はシカトして視線を落とす。冷静に闘え。そう自らを戒める。アカが観にきてるんだ。絶対に下手な試合はできないぞ。

両者が自軍のコーナーポストに戻って間もなく、試合開始のゴングが鳴った。

山根はそろりとステップを踏み出し、リング中央に向かってくる。にやけた表情とは裏腹に、ガードが高めで堅牢なディフェンスだ。グローブの隙間からのぞく細い目が絶え間なく動き、僕のファイティングポーズの粗を探っている。

癖が悪そうなタイプだな。舌打ちし、試合前に成瀬が教えてくれたことを思い返す。

「焦って踏みこむと、足を使って体力を奪ってくるからね、それと――」

それと――バッティングとかキドニーとかローブローとかサミングとかラビットパンチとか、とにかく反則技の宝庫らしいから冷静にね。挑発的に煽ってきて、打撃戦になったところで巧妙に仕掛けてくるみたいだよ。相当、嫌な奴だよね。

「させるか」

小さく吐く。僕は前後左右への軽いフットワークで間合いを確保し、山根の出方を見る。

やはり、自分から打って出る気は毛頭ないらしい。試合中だというのに、いまだニヤニヤ笑みを浮かべてる。

一気に僕は動く。

左サイドへ左足を大きく踏みこむ。左拳でフェイントのパンチを放つ。サウスポーの僕は、いきなり右利きの構えに切り替えて攻撃を仕掛ける。守屋が教えてくれた。総合格闘技じゃ技巧派選手が多用するスタンスチェンジ。意外に有効な場面が多いから、試しに試合で使ってみろ。そう言われ、いつでも実践できるよう練習を重ねていた。

突然のスタンスチェンジに対して山根は目を点にし、一瞬、全身の動きを強張らせる。それでも左のフェイントパンチに反応してグローブでブロックしてくる。つづけざま、僕は右のロングフックを打ち放つ。これもわざと微妙に速度を緩めた誘いの一打。山根はヘッドスリップで難なくかわす。たちまち得意げな表情に変わっていく。僕のパンチなど軽々見切れるとでも言いたげに。つい先ほど見せた戸惑いの表情がすうっと消える。

ふたたび余裕の笑みを浮かべた、刹那だ。

僕は左右の足を踏みかえてさらにステップイン。

スタンスをサウスポーに戻した。トリッキーで素早い二度のスタンスチェンジに、山根がぎょっとする。反則技は得意でも、奇をてらった攻撃パターンは苦手らしい。

読みが当たった。守屋の言った通りだ。

ほぼ同時、前に出した右足を踏ん張る。上体を振り切って渾身の左ストレートを貫く。

ドウッ！

動揺でガードが下がり、隙だらけの山根の右顔面に左ストレートが喰いこむ。

十オンスグローブの内側で、人差し指と中指の拳骨がみしみし震える。

グジュッと赤黒い無数の鮮血が飛散する。

山根はぐわんと頭を後方へ大きく振りながら、ロープ際まで後退する。

「行けっ！　追えっ！　月城っ！」

守屋の叫び声。僕は追撃を緩めない。速攻で距離を詰める。ノーガードの山根の顔面に、怒濤の集中連打を浴びせる。

ガッ！　ドゴッ！　クジッ！　ゴグゥ！　ドドッ！　ゴッ！

面白いようにパンチが当たる。

「ストップ！　ストップ！」

レフェリーが慌てて僕を羽交い締め（はがいじめ）にし、背後から動きを制す。

ロープに身を預けていた山根の体躯が、ズルズルずり落ちるようにして崩れる。

「よっし！」新垣先生の力強い声が響く。

「やったぞっ！」守屋の声が跳ねる。

「すごい！　月城くんっ！」成瀬が声を上げる。

「おおっ！」

速攻のＫＯ劇に、まばらな観客がどよめく。にわかに会場内が沸き上がり、勝利を称（たた）える歓声と拍手が届けられる。1R五十九秒。KO勝ち。

ハッ。ハッ。ハッ。ハッ。ハッ。ハッ。ハッ。ハッ。ハッ。ハッ。ハッ。

ほぼ酸欠状態に等しい体内に、空気を吸っては送りこむ。

ドッ。ドッ。ドッ。ドッ。ドッ。ドッ。ドッ。ドッ。ドッ。ドッ。ドッ。

血液が暴れつづけ、心臓の鼓動は鎮まるどころか、よりいっそう高鳴って波打つ。

相手選手を倒した昂ぶりと、初めての試合で勝利した達成感が、ごっちゃになって魂を揺さぶる。

これがボクシングか。これがボクシングなんだ。上気した頭でリングに立ったまま、頭上から降り注ぐ光の渦のような眩しいライトを、汗まみれの全身に浴びつづける。

レフェリーに左手を掲げられ、ようやく我に返りながら、無意識に目で追うのはアカが座っていたはずの場所。

そこにはもう、誰もいなかった。

二

二年生の先輩部員もこれまでになく果敢で勇猛なファイトを展開した。

ライトフライ級の橘さんは、インハイ予選通過経験がある格上の選手に3Rでカウンターの右アッパーを捻(ね)じこんで、初のKO勝ちを決めた。部内随一の重量級、ウェルター級の吉川さんもまた、１Ｒで相手選手に左フックを決めてノックダウンを奪い、さらに後半残り二十秒を切った場面で、得意の右フックを相手ボディへ豪快に炸裂させてＫＯ勝ちを捥ぎ取った。出場した三人全員が好スタートを切れたことに、普段はクールな新垣先生も笑みを浮かべて手応えを感じている。

予選大会二日目。僕は同学年の新人選手と拳を合わせる。とはいえ、ボクシングキャリアは六年と僕より長い。二年前にアカと一度対戦し、１ＲでＫＯされていた。

序盤は巧みで手数の多いジャブワークに翻弄され、数発のクリーンヒットを許したものの、２Ｒ終盤間際で得意のワンツーから左ストレートのダブルをボディに叩きこみ、僕は一気に形勢を逆転させた。迎えた３Ｒ。開始直後から主導権を掌握し、一気にたたみかけて左ストレートで顔面を打ち抜き、一発ＫＯで勝利する。守屋がコーナーから飛び出し、抱きついて狂喜する。新垣先生も珍しく拳を振り上げて歓喜を露わにする。

試合後しばらく、ビリビリとした手応えが両拳に残って離れない。僕のなかで眠ってた、自分でも知らなかった闘争心がどんどん湧き上がってくるのがわかる。

怖いけど、もっともっと闘いたい。強い選手と闘ってみたい。そんなモチベーションがぐいぐいと芽生えて自身を触発する。無限の闘気がこみ上げて溢れ出す。

橘さんと吉川さんも大喜びで僕の勝利を祝ってくれた。二人もまた二回戦を突破した。

三日目。準決勝は佐伯晃という癖のある二年生の選手だった。肩と二の腕が鎧のような筋肉で盛り上がっている。胸板の厚さもハンパない。ボクサーというより、Ｋ－１か総合格闘技のファイターに映る。

「こいつはちとタチが悪そうだぜ」

守屋が珍しくネガティブな警告を口にする。

カーン。1Rが始まる。佐伯は左腕がほぼノーガード状態。ごつい体格に似合わず、俊敏にリング上を躍る。よほど反射神経と足に自信があるのだろう。しかもフリッカージャブのような変則打法で、下げ切った左腕から鋭いパンチを伸ばしてくる。リーチが短い選手の場合、有効打になりにくい打撃スタイルのはずなのに、打つ瞬間、一気にインして強引に間合いを詰めてくる。手前でぐいんと腕が異様に伸びる。

「つ、強いぞ、この選手——」

侮ったらえらい目に遭う。緊張が高まる。守屋が指摘した通りだ。

しばし僕は攻めあぐむ。足を使って距離を置くと、痺れを切らしたように佐伯は果敢に踏みこんでフリッカージャブを打ってくる。それをスウェーバックでかわす。そういういたちごっこの展開がしばしつづく。

1Rはそのまま両者の有効打がない膠着状態で終了する。

2R。さかんにセコンドのコーチと話していた佐伯は、ゴングが鳴るや飛び出してくる。ガラリと戦法を変えてきた。フリッカージャブの連打。

ドッ。ドグッ。ゴガッ。ドドッ。さらに重い右ストレートがボディと頭に打ち分けられる。僕はガードでなんとかパンチを殺す。佐伯の連打は止まらない。

落ち着け。落ち着くんだ。僕はあの守屋に鍛えられてる。メンタルがパニックにならないよう、自分に諭しながら、冷静に佐伯の攻撃パターンを見極めようと全神経を尖らす。

どんなうまいボクサーでも必ず癖がある。

アカの試合を観てて感じるのは、相手の弱点を鋭く見極める洞察力と目の良さだ。

パンチやディフェンスの一瞬に生まれる裂け目を見切る。攻撃を誘っておいて、そこに決定的な一撃を捻じこんでくる。そうやってわずか一秒で試合を終わらせる。

「ハーフタイム！」

佐伯側のセコンドが叫ぶ。攻め入られ、僕が完全にロープに身を預ける体勢になったそのタイミングだ。やはり佐伯は勝負に出てきた。力ずくでインファイトに持ちこんでくる。フックとアッパーの猛打が始まる。ガードの上にパンチが当たるたび、骨までビリビリ痺れる。背をもたれるロープがぎしぎし軋む。パンチ力はこれまで闘った三戦で随一。まともに喰らったら一撃でアウトだ。

「手を出せよっ！　打ち返すんだよっ！」守屋が怒声を張り上げる。

「月城、足を使え。回りこんで距離を置け」新垣先生が柄になく声を荒らげる。

僕はグローブの隙間から佐伯の動きをじっと見つめる。

これを待ってた。この猛ラッシュを。

攻勢に出たときこそ裂け目が生まれる。そこに勝機が浮かび上がる。

じっと僕は両目を据える。やっぱり。ガードが緩む。左パンチを打ちこむたび、次の右パンチを振るために、やや肘が上がって右ボディが空く。さらにだ。ブレスする寸時、リズムが崩れ、微妙にパンチが止まる。わずか一秒に満たない刹那だけど。ミット打ちでコーチが指摘することもなかったのか、本人はまるで気づいてない。

穴に誘いこむため、僕は右腕を少し落として隙を作る。さも弱ってきたかのように。

佐伯は乗ってくる。猛然と左フックを放ってきた。わざと顔面にもらう。当たる瞬間、ヘッドスリップして微妙に急所を外す。今度は左グローブのガードを下げ気味にする。

と、佐伯は渾身の右フックを打ち抜くべく、それまでになく大きくテイクバックする。

くる！　僕はダッキングしながら前のめりで右足を強く踏みこむ。

あとは佐伯の右フックと、僕の左ストレートのどっちが速いかだ。速いほうが勝つ。

ドゴォッ！　僕の左グローブが佐伯の右腹部に深くみっしりとめりこんでいく。

鎧のような筋肉に覆われた、屈強な佐伯の上体が不自然に折れ曲がる。怒気に満ちた顔がみるみる痛苦で歪んでいく。白いマウスピースが唇の隙間から浮く。

間髪容れず僕の体が動く。やや距離を空けた次の瞬間、右ストレートで顎を捉える。佐伯の蛇のような双眸が白目を剝く。

僕は追撃をやめない。

ダンッ！　右足でふたたびキャンバスを強く踏みこみ、容赦なく左ストレートを放つ。

レフェリーが止めに入ろうとするより、僕の最後の一撃のほうがわずかに速かった。

顔面にもろに左ストレートを浴びた佐伯は、後頭部をリングに打ちつけるようにして仰向けで昏倒する。カウントを取ることなく、即座にレフェリーが試合をストップする。
一瞬の沈黙の後、大歓声が沸く。僕の劇的な逆転勝利に会場は拍手の嵐でどよめく。

2R一分三十七秒KO勝利。

僕は都の選抜予選を兼ねた高等学校ボクシング新人大会の決勝へと進む。

三回戦。橘さんはRSC敗退、吉川さんは判定負けに終わった。
決勝戦。僕は最終ラウンドで相手選手からダウンを三度奪い、RSC勝ちで優勝した。
新垣先生も守屋も、部員全員が優勝を手放しで喜んでくれる。
だけど僕は心から喜べなかった。準決勝の佐伯は強かった。決勝戦の相手も手ごわかった。まだ都予選だというのに、バンタム級にはこれほどの強豪がごろごろいる。来月の関東選抜大会になれば、近県で勝ち抜いてきた強者（つわもの）選手がさらに集結してくる。そこで優勝して、やっとその先に初めて全国大会が見えてくる。頂点を極め、トップで輝くということは、どれだけ険（けわ）しい途なんだろう。アカは小五から全国の頂点を極めて、トップに君臨しつづけている。その心と体の強靱さに、僕は驚きを隠せない。こうやって公式戦に出場して闘い、初めてその重みと偉大さがじわじわ伝わってくる。

そのアカが僕の試合に姿を見せたのは初日だけだった。

当然、彼もまた一週遅れで開催された神奈川県の新人大会を圧倒的な強さで優勝した。
三崎さんは十八日までの四日間、毎日一人で観にきてくれた。

リングに上がった瞬間、彼女の姿を見られるだけで、僕は勇気をもらうことができた。

都の新人大会で優勝したことで、ボクシング部の知名度が学内でにわかに急浮上してくる。クラスで話しかけてくる男子や女子が増えた。知らない上級生までが廊下や校庭、登下校中に声をかけてくる。そんななか、授業と授業の間の短い休憩時間、視聴覚室へ行く途中の渡り廊下で、「月城くん！」と名を呼んだのが三崎さんだった。

「優勝、おめでとう」

「うん。あ、毎日観にきてくれてありがとう。忙しいのに」

試合から三日後。お礼を言おうと彼女のクラスに何度も行ってみたけど、ずっとタイミングが悪くて会えなかった。

「いまはそんなでもないんだ。それにしても強かったね、月城くん。私、驚いちゃった」

「三崎さんのおかげなんだ」

「え？　私？」

「自分を信じてって言ってくれたでしょ。一人きりで闘ってるわけじゃないって。あれがすごく効いてるんだ」

「ホント？」

「うん、すっごくここに響いた」言いながら僕は自分の胸の部分を軽く指差す。

「そっか、だったらよかった」三日月形した瞳を細めながら、三崎さんは訊いてくる。

「次は試合、いつなの？」

「来月十九日から。関東選抜」

「たぶん、観に行けると思う」

「無理しないで。三崎さんだって大会とか選考会とか合宿とかいろいろあるんでしょ」

「ううん平気。月城くんを応援したいし。まあ、それくらいしかできないけど」

そう言って三崎さんはやんわり微笑む。同世代随一のトップスイマーで、これから世界の頂点に君臨するかもしれない一人なのに、彼女はいつも自然体だ。こうして制服姿で話してると、普通の女子高生にしか見えない。

でも僕は知っている。先月開催された日本選手権水泳競技大会に行って、初めてスイマーとしての姿を目の当たりにし、驚くと同時に深く心に刻まれた。

競泳プールのスタート台に立ったときの、彼女の凛々しくも凄まじく集中した力強い表情と、全身から漲る闘気が。

あの瞬間の三崎さんは水しか見てなかった。そしてイメージしてたんだ。自分が誰よりも速く泳いでいるシーンを。絶対に自分に負けちゃいけないと、自分と闘いながら、それでも自分を信じ、バクバク鼓動する心臓とか、クラクラするほどの緊張感を抑えつけ、〝Take your marks〟のスタート合図の声で構えて、号砲が鳴り響いた一瞬、自身のスイマーとしての可能性だけを信じてグングン水のなかを進んでいった。

瞬く間にメンタルとフィジカルを結合させて、三崎さんは鏡のように美しい水面へ真っ先に飛びこみ、限りなくブルーの世界をまっすぐ突っ切っていった。誰よりも速く。競技種目は違っても、彼女のそんな雄姿に、アカのファイトが重なってしまった。

「どうかした、月城くん？」

その声にハッとして僕は我に返る。

「あ、うん、ごめん。ちょっとぼーっとしてたかもしれない」

すると三崎さんはくすくす笑う。

「月城くんのそういうとこ、いいよね」

「そ、そう？」

「リングの上でボクシングしてるときと、まったく別の人みたい。そういう穏やかで、力みのない普通な感じがとってもいいと思う」

褒められてるのかどうかよくわからないけど、なんとなく心が躍る。こうやってずっと、もっともっといろいろ彼女と話してたいと思う。そういう気持ちが言葉を綴る。

「あのさ、三崎さん」

「なに？」

「この間の大会、初めての出場だったし、じつはすっごく緊張してたんだ」

「そうなの？　ぜんぜんそうは見えなかったよ」

「でも、リングに上がって三崎さんの顔が見られるだけで、すっごい勇気をもらえたんだ。マジな話」

「ホントに？」

「本当。だから、優勝できたのは君の存在があったから。じつはそのことをちゃんと伝えたかった」

本心だった。照れが邪魔して言えそうにないと思ってたけど、すらすら声になる。

自分の胸の奥で淡くて仄かな気持ちが動く。思ってることを言葉にするのは難しいし、恥ずかしい。頭のなかで次々と想いが生まれてくるのに、なかなかうまく伝えられない。もどかしくて、歯がゆくて、心がぐっちゃぐちゃになる。だけど今日はうまく言えた。言った後になって胸がどきどきしてくる。

「うれしいな」

え？

「月城くんにそんなふうに言ってもらえると、すごくうれしい」

え？

「伝えてくれてありがとう、月城くん」

これまでにないくらい、素敵な笑顔に見える。

それは僕が舞い上がってるからだろうか。

「いまの言葉で、私まですっごい勇気がもらえた」

「え？」

やっと声が出せたそのタイミングで、意地悪なチャイムが鳴り響く。

「あ、いっけない。次、化学の授業だった。じゃ行くね、またね」

「あ──」

僕が次の言葉を継ぐ前、三崎さんはスキップするような足取りで渡り廊下を進んでいく。彼女の軽やかな後ろ姿を見つめながら、胸の奥で動く淡くて仄かな気持ちがどんどん膨らんでいった。


「もう1Rミットやったら、次はスパーいくぞ。守屋、準備に入っとけ」

「はい。もう準備万端っす」

リングサイドで僕らの動きを見守ってた守屋がはきはきとした声で返す。

新人大会で優勝してからというもの、先生の指導はさらに熱が入るようになった。

「よっし。昨日の復習で、ミドルレンジの攻防から、コーナーを背にしたラッシュにつなげて逃げ切るまでをやる。徹底的に月城を追い詰めろよ」

「うっす!」返事しながら守屋が用具棚にグローブとヘッドギアを取りに行く。

インファイター。アウトボクサー。ボクサーファイター。戦闘スタイル別に、攻防の局面を具体的に設定し、しつこいほどに実戦シミュレーションを組み立てて繰り返す新垣先生の指導は、もはや守屋の存在なくしては考えられない。近頃は、吉川さんや橘さんもまた、守屋とスパーリングするようになっていた。もちろん本気で殴るのはNG。マスボクシングに近いスパーだけど、その効果は顕著に現れつつある。先頃の選抜都大会での二人がこれまでにない結果を出せたのは、実戦練習を積極的に取り入れたおかげだった。

そういう意味では変幻自在のファイトを演じ切る守屋の功績はすごく大きい。

本人も手応えを感じているみたいだ。将来は指導者としての途を歩もうという決意は、早くも形になりつつある。さすが守屋だと感心する。心が強いんだ。

あれほど嫌悪してたのに、不思議なものだともつくづく思う。

僕らの関係性は、ボクシングを通じて大きく変わった。

でも一方で、まだ十代の僕らの世界はそんなふうにして、どんどん意外な方向へ動いていくような気もする。アカと離れればなれになりながら、ふたたびボクシングで距離が縮まっているように。僕みたいな臆病で気弱な男子がボクシングを始めたように。天敵だった守屋が僕のトレーニングパートナーになったように。

そして、三崎さんと知り合いになれたばかりか、少しずつ仲良くなれているように。

想像もできなかった未知の世界への扉が次々と開いていくんだ。


十二月十九日から二十二日までの四日間にわたって関東選抜大会が開催される。

バンタム級のアカと僕は、本大会を勝ち進んでいけばどこかで必ず対戦する。そう思っただけで全神経がビリビリ震えてくる。

先のインターハイ関東ブロック予選大会と同じく、試合会場は関東随一の設備を誇る、武倉高校体育館になった。相変わらず武倉高校は選手層が厚いうえに強豪揃いで、本大会では全八階級中、五階級で優勝候補と評されるエースたちが集結している。

僕の一回戦は午後二時から。初戦は蔵前高校二年生の相良という選手。戦歴二十一戦十六勝。最高レコードは去年の関東選抜大会での準優勝。右利き。得意パンチは右フックと右アッパー。インファイター。

強敵には違いなかったけど、僕は1R中盤から主導権を掌握し、自分のペースで試合をうまく運べた。先月の都予選で四試合を経験したため、それほど緊張しなかったのもある。

2Rハーフタイム直後、強引に距離を縮めようとラッシュをかけてくる局面を逆に狙い打ちして、ワンツーを決める。出あいがしらでもろ顔面にクリーンヒットし、相良は膝から砕けるようにリングへと沈んだ。即座、相手側のセコンドからタオルが投げられる。

都選抜でのファイトを覚えている観客がいるのか、僕への声援と拍手が増えていた。

アカもまた一回戦を完勝で飾った。1R終了間際での猛攻。ロープを背にした相手選手に、一方的な左右のフックを浴びせ、フィニッシュは右アッパーでボディを抉り、一方的なKO勝利を収める。

翌日の金曜日。午前十一時からの二回戦、僕は1R開始早々、ジャブ牽制なしの大胆な左ロングフックを相手選手のレバーに打ち抜き、KOで圧勝を収める。調子は上々だ。開始前はどれだけ強い選手が出てくるのかと、心の片隅で戦々恐々としてた関東選抜だったけど、くじ運に恵まれたのか、前回の都予選より難なく勝てていた。

「うまく仕上がってるぞ！」と守屋も僕の好調ぶりに太鼓判を押す。

新垣先生の反応は少し違った。

「勝ちを急ぎすぎるな。もう少し攻撃ペースを緩めて、慎重に前へ出ていけ」

と、僕の快勝にブレーキを踏むようなアドバイスを繰り返す。

KOで決めた二回戦。レフェリーから右手を上げられながら、ほぼ満席に近い観客席を見渡す。そこには今日も彼女の姿があって、僕はほっとする。

「月城くん。三回戦進出おめでとう」

試合会場バックヤードの他校選手もひしめく合同控え室がざわつく。

三崎さんが現れたせいだ。

「まあね。俺の後輩だからね、当然っていえば当然なんだけどね〜」

彼女を控え室に連れてきたのは、久々登場の西音さん。突然の三崎さんの控え室への来訪に、もちろん僕は目が点になるくらい驚いた。

「あれって、水泳の三崎絵梨じゃん」

「て、やっぱ実物超かわいーな。それにしても、背でけえし」

口々にささやかれる、他校の選手の声などおかまいなしに、

「で、明日は誰と闘うわけよ？」

と、西音さんは先輩面して訊いてくる。

「前島（まえじま）です。深谷（ふかや）工業高校二年の前島健人（けんと）」

僕のかわりにタブレットを見ながら成瀬が答える。

「えっ？」さすがの西音さんもその名は知ってるようで、一瞬驚いた顔をして、

「マジか？」

と、僕に目を向けてくる。

「はい」

「強いんですか、その前島さんって選手？」

三崎さんが誰にでもなく、少し不安げな声になって訊く。

「その、はっきり言って、これまでで最強の相手です」

少し頬を紅潮させながら、けど硬い口調で成瀬が返す。

前島健人。去年はフライ級でインターハイと国体と選抜の三冠を見事達成した超強豪選手。成長期の減量苦で二年生の選抜予選からバンタム級に転向した。その強さは変わることなく圧倒的だ。ボクシング歴は今年で六年目。今日の前島の二回戦を僕は観戦した。かなり仕上がりは良さそうに映った。

骨張った頭蓋が浮き出る彫りの深い顔に、しっかりとした眉、その下にぎらつく鋭い眼光。厚めの唇が不遜な面立ちを強調する。短く刈りこまれた鮮やかな金髪は守屋のそれより派手で、毛先すべてがピンピンに尖っている。

「そうなんだ――」三崎さんが語尾を細くして黙りこむ。

「大丈夫。たしかに強敵だけど、僕だって調子悪くないから」

重くなりかけた場の空気を打ち消すように僕は明るく声を出す。

実際、調子は上々だった。これまでの二戦じゃイメージ以上の闘いができた。

「試合前からなにみんな暗くなってんだよ。もっと月城のことを信じろや」

気勢を上げるように守屋が言ってくれる。それでいてその表情にはいつもの気魄が欠けているように映る。こいつは前島の実力を誰よりもよく知る一人だ。

「絶対、勝ちますから」僕が言うと、三崎さんだけが顔を上げ、心配げな面持ちながらも、こくんと肯いて微笑んでくれる。その笑顔に救われる。

前島を破れば明後日(あさって)は決勝戦。

お互いが順当に勝ち上がれば、アカと僕はついに拳を合わせることになる。


「いいか。すぐに出ていくなよ。相手は百戦錬磨のテクニシャンだ。こっちが焦れば焦るほど、綻(ほころ)びを突いてくるからな。序盤は慎重に探るんだ」

セコンドの新垣先生が険しい表情で告げる。

守屋にマウスピースを入れてもらいながら、僕はしっかりと顎を引く。

カーン。1Rが始まった。

いきなりだ。前島がコーナーポストを猛スピードで飛び出してくる。まったく想定外だった。僕が立ちすくんでいると、あっという間に距離を詰められる。

完全な奇襲戦法。左右のフックフックフックフック。猛打の嵐。一気に勝負を仕掛けてくる。

凄まじいラッシュ攻勢。防戦一方で僕はディフェンスを固め、足を使って退くしかなかった。

本来、前島はパワフルなパンチ力を備えながらも、長いリーチとフットワークを活かしたヒット・アンド・アウェイを得意とする技巧派。ストイックなメンタルと冷静沈着な判断力を兼ね備えたアウトボクサータイプだ。

それがインファイターさながらの猛攻で接近戦を挑んでくるとは。

ドグッ。バドッ。ドッ。ドッ。グシッ。グゴッ。ギャゴゥ。ドッ。

ドッ。ズドッ。ビシュッ。ドグォ。ドッ。ビシッ。ズッ。ドグッ。

数十連発の重くて速いパンチを縦横無尽に矢のように繰り出す前島。

瞬発力とスピードがハンパない。開始早々の怒濤の猛ラッシュに会場は大いに沸く。

「なにやってんだよっ！　回りこめっ！　足を使えっ！　サイドに逃げろっ！」

「下がると後がないぞ！　切り替えろ！　体勢を切り替えるんだ！」

守屋と新垣先生の怒号が飛ぶ。頭でわかっていても僕はなす術が見当たらない。

辛くも両腕で頭部と腹部をブロックしているものの、鎧を打ち砕くように前島のパワフルなパンチが徐々にガードを引き剝がしていく。弾かれた部分的な隙間に、スピーディで正確無比な左右のパンチが捩じこまれる。そのたびに鈍器で殴られたような重い衝撃が走る。

一発もパンチが出せない。なんとかしなきゃ、と焦って、とにかくジャブで応戦しようと腕を伸ばしかけた、次の瞬間だ。

グジッ。前島が放った凄まじい右ストレートが、カウンター気味でもろ顔面に入る。

きな臭い胡乱ななにかが鼻孔の奥からこみ上げる。激しく脳が揺れる。完全に両目の焦点が狂った。その一秒足らずで世界が歪み、上下左右のバランス感覚まで失いかける。

背が後方へ沈むように倒れていく。ロープに救われてなんとかダウンを免れる。必死で意識を取り戻そうと、両目を見開いて奥歯を食いしばり、顔を前へ向けた刹那だ。

ゴッ。今度は左フックが右頬を抉る。首ごともっていかれるくらい真横に振られる。自分の顔から噴き出る赤い鮮血が無数の点になって中空に舞うのがぼんやり見える。

「ダウン!」

レフェリーの声で初めて自分が仰向けで倒れているのがわかった。

起きなきゃ。立ち上がるんだ。僕は僕に訴え命じながら、なんとかあがくように手足をリングに突いて上体を持ち上げようとする。両膝がガクガク震えている。

ダメージによる震えだけじゃない。僕はこの試合で生まれて初めて恐怖を感じていた。

こいつは僕なんかと格が違う——認めたくないけど、事実だった。

こんな奴に勝てるわけない。こんな強い選手と闘えるわけがない。

そう思いながらも、僕はなんとか立ち上がる。ファイティングポーズを取っても、レフェリーはすぐにカウントをやめない。辛くもカウント9で声を止めると、

「やれるか?」

僕の両グローブを握って訊いてくる。ぶるぶる揺れる顎でなんとか肯いて応える。

泳いだ目が観客席の一点で留まる。アカだ。腕組みして試合を観ている。この準決勝で勝利を収めたボクサーがあいつと闘う。僕は前島のほうに向き直って両目を据える。

「ファイト！」

レフェリーが腕を上げて試合が再開される。

「ハーフタイム！」

両方のセコンドから声が放たれて重なる。

まだ一分もあるのか——朦朧とした頭で僕は気が遠くなる。と、前島の猛ラッシュは止まらない。すぐ目の前にその鍛え上げられた体軀がそびえている。ミドルレンジからインファイトへと、ふたたびみるみる間合いが縮められる。

先ほどと同じ展開。

いや、それ以上に速い。速い。速い。速い。速い——。

防戦一方の僕は、上半身を丸めたまま、あっという間に自軍のコーナーへ殴り戻されるように追い詰められる。なんとかダメージをこらえて、致命傷を避けつづける。

守屋と新垣先生の怒号がすぐ近くで乱れ飛ぶ。なにを言ってるか聞き取れない。まったく手が出せなかった。混乱と動揺と恐怖がごっちゃになって自我が混濁する。

戦況は悪くなるばかりだ。前島の無数の有効なパンチが顔面や脇腹を的確に抉る。

そのうち唇が切れ、鼻血と混じって顎の先端まで鮮血の筋が次々と滴り、ぼたぼたキャンバスマットへ落ちていく。

痛い。怖い。おそろしい――。

眼前で無慈悲に僕を殴りつけてくる残忍な男に激しい恐怖を感じる。

もう両腕は動きそうにない。震えつづける両膝でなんとか立っているのがやっと。

これが頂点を目指そうとするボクサーの実力なんだ。

これがアカと闘うというレベルなんだ。

空高くに輝く一番星はこれほどまで遥かに遠いんだ。

こんなバケモノに勝てるわけない。無理だ。無茶だ。無謀だ。格が違いすぎる。

プツッ――自分のなかで大切ななにかが途切れた。

そう感じたと同時、言い様のないパニックが急襲してきた。

だ、誰か――助けて――――リングから逃げ出したくなって、ずっと縋っていたなにかを諦めるように両手のガードを完全に下ろしたその瞬間、

「バカ野郎ッ！　なにやってんだっ！」

守屋が必死で叫び、
ドガッ！

真下から合金ハンマーを突き上げたような、硬いアッパーカットが下顎に刺さる。

ガッツゥ!!　鉄が割れるみたいな嫌な濁音が頭のなかで轟いて弾ける。

みしみしと頭蓋が崩れていく致死的な衝撃が襲ってくる。

直後だ。

あ——ひび割れていた心が、その一秒で粉々に打ち砕かれた。

視界がまっ黒く消える。意識がまっ白に消える。自分という存在までがふっと消える。

観客の声も新垣先生の声も守屋の声もレフェリーの声も、もうなにも聞こえなくなる。

三

十分以上も昏睡(こんすい)していたらしい。武倉高校の医務室で目覚めても、しばらく動かないほうがいいと、大会会場に待機する若い男性医師に告げられた。

幸いにも、極度に脳が振られるような打たれ方をしなかったのと、ダウンした際にロープが助けてくれて後頭部に衝撃がなかったのと、覚醒してからの頭痛がまったくなかったことから、MRIをはじめとする精密検査の必要はないと言われたものの、付き添ってくれてた新垣先生は病院に行くべきだと何度も執拗に繰り返した。

「大丈夫ですから、一人にしてください」と僕は断って、夕方までそのまま医務室のベッドで丸まったまま、シーツを頭から被り、動けなかった。守屋をはじめ他の部員や三崎さんは容態を考慮してか、誰も姿を見せることはなかった。それはそれでよかった。あんな惨めで一方的なKO負けをしたのだ。慰めの言葉や傷を労(いた)わる見舞いはかえって辛かった。

初めての敗戦。初めてのＫＯ負け。それだけじゃない。ボクシングを始めて、相手選手にあれほどまでの恐怖、格の違い、実力差を感じたのは初めてだった。リングから逃げ出したい衝撃にかられたのも初めてだった。

虚ろな頭でぼんやりと、白い天井の一点を見やる。ショック状態を通り越していた。張り詰めていたものが、ぷつんと千切れてしまったみたいだ。

こういうのを喪失感っていうのかな。ぼんやり考える。

ずっと長い間、ぎゅっと手のなかで失わないよう頑なに握り締めていた、かけがえのない大切ななにかが、ふっと一瞬でなくなってしまったような、不思議な感覚だった。目標とかゴールとか夢とか——いいや違う——可能性だ。

可能性を閉ざされてしまったような、これ以上は前へ進むことができないような、途を見失ってしまったような、そんな空っぽでがらんどうな感じだった。

なんのために五年もボクシングにしがみついてたのか、自分でわからなくなっている。いったいボクシングになにを見出(みいだ)そうとしてたんだろう。

なんであんな必死で走って、必死で跳んで、必死で殴って、必死でこらえてたんだろう。

すべてが、わからない。長い夢から目覚めたみたいだ。

アカと僕が見ていた夢は、おんなじじゃなかったんだ。瞬きすると涙がこぼれて、こめかみを伝う。瞳に涙が溢れていたことをそれで知る。涙は次から次へとこぼれていく。

俺を踏み台にしてくれと言った守屋とか、僕なんかに星華高校ボクシング部の命運を託そうとしていた新垣先生とか、僕なんかを信じてずっとリングサイドで応援してくれてた三崎さんとか、仲間全員の期待を裏切って無様に負けてしまった自分が許せなかった。

自分が恥ずかしくてしょうがない。真剣勝負の途中で、試合を諦めてしまったことが。いるはずのない誰かに助けを求めて、闘いをやめてしまったことが。ファイティングポーズを放棄してしまったことが。リングから逃げ出そうとしたことが——。

そんなことを思い始めると、どんどんどんどん涙が溢れ出て、止まることはなかった。

僕はどうしようもない人間だ。弱すぎる人間だ。あれだけの人たちに支えられ、励まされながら、結局なにひとつ変われてなかった。強くなんてなれなかったんだ。やっぱ負け犬のままなんだ。アカが言ったように。兄が言ったように。

内側からこみ上げてくる寒さに震えるように、シーツに顔を押し付け、薄い掛け布団で全身をくるんだまま、白い医務室のベッドで僕は一人、ずっと泣いた。

すでに外が暗くなりかけた午後四時すぎ。

なんとかベッドから起き上がると、制服に着替えて武倉高校を後にする。

正門に立ったところで後ろを振り返る。アカが通ってる高校だ、とあらためて思いながら、もうここへくることはないんだろうなとも思う。

三年前に全校舎を建て替えてクラス数を増設しただけでなく、広い総合グラウンドと、全運動部の施設、さらにはスポーツ特待生用の学寮まで増築した武倉高校はまだ新しい。広大な敷地が必要とされたため、もともとあった横浜市内から神奈川県南西部の郊外に移転した。お世辞にも立地が良いとはいえない。最寄のJR駅までバスで十五分。徒歩だとゆうに一時間近く。おまけに近隣は雑木林や遊休農地、古い平屋の空き家ばかりが目立つ。住民の姿はほとんど見ない。たまに武倉高校の生徒と思われる十代の男女が自転車に乗って通過するだけだ。僕はウェアやシューズが入ったバッグを肩からぶら下げ、駅までの長い道のりを歩くことにした。帰路を急ぐ理由はなにもない。

歩きながらふと目を動かすと、遥か西の方角がオレンジ色に染まろうとしている。寂寥感に満ちる荒涼とした日没の風景をぼんやり見つめながら、僕は歩きつづけた。

二十分ほど進んだところ、ひたすらまっすぐなバス通りを左に折れて広い公園に入る。方角的に駅へ向かうと思った。

鬱蒼と木々が茂る、ひっそりとした場所だった。歩くうち、とっぷりと日が暮れた。数十メートルおきに立つ街灯に、明かりが点り始める。近くに池があるんだろう。たまにボシャンと魚が跳ねる音が聞こえる。その一瞬、冷たい水の匂いが漂う気がする。

と、ザッ、ザッ、ザッ、ザッ――軽快に地面を蹴る足音が背後から近づいてくる。

こんな時間にこんな場所を走ってる奴がいるんだ。そんなことを思いながら振り向く。街灯に照らされるグレーのウィンドブレーカーに身を包んだ男を見て、僕は驚いた。

「シロ？」

「アカ――」

先に名を呼ばれ、一拍遅れて僕が名を呼ぶ声が重なる。

「うちの高校の体育会系スカウト生徒の専用宿舎、ここの真裏なんだ。この公園は夜のランニングコースになっててな。冬なのに珍しく人が歩いてんな、なんて思ったら、街灯に照らされたお前を見て、マジで驚いた」

凄まじい闘争心で相手選手を殴り倒していく、無敗の天才少年ボクサーの面影はここにはない。七年以上もの時間の隔たりを感じさせないような普段着な会話でそこまでしゃべった後、声のトーンを落としてアカは訊いてくる。

「体、もう大丈夫なのか？」

「うん、なんとか」

言葉を返しながら、チラリと顔を動かす。アカもまた僕のほうに顔を向けていて、目が合うと、どちらともなく微妙に逸らす。

僕らはすぐ近くにあった、池に面した木のベンチに座っていた。

会話が止まって数瞬の間が空く。なにを話せばいいのか、僕は少し混乱している。

七年振りの再会、にしてはタイミングが最悪すぎた。

あと一戦、前島との試合に勝っていれば、明日のバンタム級決勝戦で拳を交える予定だったのに、大惨敗を喫してしまった。それだけじゃない。完全に心が折れかけている。

昏倒から目覚めたとき、もう僕のなかにはボクシングへのモチベーションが消えかけていた。

普通のスポーツとボクシングは違うからな、と前に新垣先生が話したことがあった。

「バスケや陸上やテニスと違って、ボクシングは一試合負けただけで、つづけることができなくなるくらい、壊滅的ダメージを心身に被る場合がある。百戦錬磨のプロの世界チャンピオンでもそれは同じだ。二度とリングに立てなくなる選手は少なくない。特に酷い負け方をしてしまうと、恐怖心に抗えなくなる。まあ、人体の急所を殴り合って相手を倒す特殊な競技だ。一戦の勝敗が分け隔てる落差が、これほど過酷なスポーツはほかにない。それもたった一秒以内のパンチの一撃で、すべてを捥ぎ取られ、失ってしまうからな」

どこか遠い目をしてそう語る新垣先生だった。もしかしたら先生自身のことなんじゃないかなって思ったりもしたけど、そのときは半分くらい聞き流してしまった。

でも、その通りだと、いまならわかる。ひしひしと伝わる。

前島の豪気とパワーは、僕のボクシングへの情熱を捥ぎ取った。それも一瞬で。

「なあ、シロ、なんでお前がボクシングやってるんだよ？」

素の声で訊いてくるアカ。それは僕がぶつけたい質問だった。

どうしてお前が高校生最強ボクサーなんだ？

どうしてそんな変わってしまったんだ？

どうすればそんな強くなれるんだよ？

疑問符ばかりが溢れるように浮かぶけど、声にはならず、そのかわりに思ったことを正直に返す。

「強くなりたかったんだ。アカがめっちゃ強くなりたいって、ずっと前に言ってたように、僕だって本当は強くなりたかった。ずっとずっと」

するとと、ふっとアカが小さく笑う。

「ね、アカ、覚えてるでしょ？　小三のとき、二組の金井がほかの学校の生徒にいじめられてたの」

「ああ、そうだったな。そんなことあったな」

「あのとき、アカが言ったんだよ。そしてその後、僕らは気まずくなって、直後にお前が引っ越して、それで離ればなれになったまま、疎遠になったんだ」

「覚えてるよ、当時のことはなんもかんも」

「そっか——」

そこでふたたび会話が止まる。

思い出したように、バシャッと魚が水面を破る音が聞こえてくる。

「お前、僕のこと、負け犬呼ばわりしたんだよ」

「まだ根に持ってんのか？」

「そうじゃない。あの言葉に発奮した。そして数年して、ネットでボクサーになったアカの映像を偶然見つけて、それで僕もボクシングを始めようって決めたんだ」

兄のＤＶのことは触れたくなかった。いま言うと、ますます惨めになる気がした。

「ふうん。そうだったのか」

他人事のように肯いた後、座ったままで伸びをしながら、アカは言葉を継ぐ。

「で、強くなれたのかよ？」

今日の試合をリングサイドで観ていたくせして訊いてくる。

その言い草にカチンとくる。

「観てただろ、今日」

「観てたよ。ひっでぇ試合だった」

ははは、とアカは笑う。小バカにされた気がして、ますます腹が立ってくる。

アカが言う通りなのに、悔しくてしょうがなくなる。もう強くなることを諦めたはずなのに。ボクシングを諦めたはずなのに。いったいどれだけ神様は残酷なんだろう。すべてを捥ぎ取られた直後に、ずっと会いたかったアカを引き合わせるなんて。最悪だ。

「もう、やめるんだろ？」

いきなり心を見透かしたように核心を突かれて、僕は一気に言葉を失う。

「もう、やめるんだろ、ボクシング」

「――な、なんで？」

なんとか声を返すと、アカはふんと鼻で笑う。

「顔に書いてあるぜ。その情けない負け犬の面にな」

「な、なんだと！」

僕は身体ごとアカに向き直り、怒りを露わにして声を荒らげる。

「ふん。負け犬のくせして、プライドだけはいっちょ前か」

アカもまた僕に向き直って睨みつけてくる。

「変わってないな、シロは」

「どういう意味だよ！」

「臆病で気弱で、すぐ諦める。なんでもっと自分を信じようとしないんだ？　なんで自分の力を信じない？　一回壁にぶち当たっただけで、それで終わりなのかよ？　え？」

言葉が出ない。三崎さんと守屋に言われたのと同じことをアカまでが言う。そうして僕は最後の最後で、結局自分のことを信じてない。自分の力を信じられなかったんだ。

「シロがボクシングやってることを知って驚いた。だから先月観に行ったんだ。どんだけお前が強くなったのか、知りたくてな」

アカは僕の目を睨みつけたままでつづける。

「たしかに少しは強くなってた。けど、しょせん想像の範囲内だった。想像を超えるほどじゃなかった。その意味、お前にわかるか？」

力なく僕は首を振る。

「お前は強くなったと勘違いしてたかもしれないけど、本当の強さには、どんだけ負けてもまた起き上がって、這い上がっていこうとする、そういう覚悟と執念があるんだよ。そしてそういう覚悟と執念は、自分を支えて応援してくれてる人たちのため、絶対に持ちつづけてなきゃいけない。お前の強さは全然違う。ただのまやかしだ」

僕は唇を固く結んだまま、なにも言葉を返せない。

「自分だけ痛みから逃れようとする、身勝手な強さだろうが。そんなんじゃ覚悟を決めてる奴にかなうわけねえ。今日の前島みたいにな。あいつはな、あのタッパで成長期に死にもの狂いで減量しながら、勝ちつづけることにこだわってきた。絶対に勝つ。そういう理由をいくつもいくつも抱えて背負いながら、どれだけ苦しくても、諦めずに闘い抜いてきた。だから、お前は負けた。でもそんなことより俺が許せないのは、途中で勝負を放棄したことだ。がっかりしたよ。お前がリングから逃げようとしたことに、ファイティングポーズを解いたことにな」

アカはいっそう鋭く睨みつけながら、さらにきつい語調をぶつける。

「俺だけじゃない。お前を支えてきた部の連中だって、がっかりしてるだろうよ。わかるか？ 俺が言ってること。間違ってるか？ 黙ってないでなんとか言ってみろよ」

アカが言葉を止めると、冬の夜の公園がしんと静まり返る。

「――どうすればいいんだよ、僕は？」

動揺と混乱と失意と挫折感で、頭がくらくらしながら、なんとか声を絞り出す。

「いつまでたっても、てめえは甘すぎるんだよ」

呆れたように言い捨て、おもむろにアカは立ち上がる。

「なあ、教えてくれよ、アカ」

縋るように訊く。「と、友だちでしょ。僕ら」

「教えねえよ。俺ら、もう友だちでもなんでもないだろが。あの夏の日、絶交したままだぞ」

「ア、アカ――」

寸時、間があった。なにを思ったのか、アカは冷たい声で僕に告げる。

「一回だけチャンスをやる」

僕はアカを見上げる。

「起き上がってこい。這い上がってこい。そういう覚悟と決意で、来年春から夏のインハイ、関東でも全国でも、なんでもいい。とにかく勝ち抜いてこい。俺が立つ同じリングにお前が上がってきて、一度でも俺をダウンさせたら忘れてやる。認めてやるよ」

「――ア、アカをダウン――」なんとか喉を動かして声を出す。

「ああ、そうだ。無理だとかぐちゃぐちゃ言うんなら、それまでだ。どうする?」

僕は曖昧に肯くしかなかった。

「立てよ、シロ」

「え?」

「立ってみろよ」

きつい口調で命じられ、僕が木のベンチからそろりと立ち上がった、次の瞬間。

ビシュッッ。

いきなり放たれたアカのパンチ。

僕の鼻頭の皮膚一枚に、アカの右拳骨がぴたりと触れて止まる。

一拍遅れ、パンチが引き起こした風が、冬のひんやりした空気を運んで僕の頬を打つ。

不意打ちとはいえ、一瞬で凄まじい一撃を打たれ、僕は微動だにできない。

もし、まともに振り抜かれていたら——。

「なめるなよ、シロ。ボクシングを」

超然とした表情で言い放ちながら、至近距離で奥二重の双眸が僕の目を射貫く。

ぞくり。背筋が震える。

一方で畏怖を凌駕する熾烈な怒りがふつふつ湧き起こってくる。

この野郎——言いたいこと言いやがって。バカにしやがって。

僕もまたアカの両目を射貫くように睨み返す。

刹那、アカは鋭いまなざしを細める。なにかを確信したみたいに。そしてなにも言うことなく、すっと音なく右拳を収めると、突然身を翻して疾走していく。

まるで一陣の風が去るように、公園の深い闇にその背があっという間に溶けてゆく。

僕はアカの姿をずっと目で追いつづけた。漆黒の夜に消えてしまった後も。

思い出したように、そこでボシャッと魚が水面を破る音がふたたび聞こえる。

ふと我に返る。気がつけば、折れかけた心でボクシングを諦めようとしていた自分が消えていた。いま、僕のなかに宿るのは圧倒的な闘争心にほかならない。

あいつに負けたくない。絶対にこのままじゃ終わらない。アカをぶっ倒してやる。無敗ノーダウンを止めてやる。

そういう憤激が膨張し、ぼろぼろの心身に闘気が復活していく。

異変を感じたのは直後のこと。アカが右拳を寸止めしたはずの鼻から生温かい血が垂れて唇に伝わってきた。それを手の甲でぐいと拭って見つめ、ハッとする。

七年振りに会ったんだ。適当に受け応えてやりすごしてもよかったはずなんだ。表面的な慰めの言葉でその場を終えてよかったはずなんだ。友だち面して励ましの声をかけておいてよかったはずなんだ。

それなのに、なんであいつはあそこまで真剣に真正面から怒りをぶつけてきたんだ?

挑戦的に煽るようにして、ぎりぎりまで拳を打つ必要があったんだ?

僕はアカのまっすぐな勇気が羨ましかった。幼稚園で初めて出会ってから、これまでいったいどれだけアカの勇気に助けられ、救われてきただろう。

自分の気持ちや思いをうまく表現できず、感情のままに行動する不器用な奴だけど、そういうひたむきなアカの強さに僕は憧れてたんだ。臆病で気弱な僕は。

ハッとする。

もしかして、あいつ、僕のために——。

◇

翌日の関東選抜大会バンタム級決勝、アカはあの前島健人を、なんと1R二十九秒KO勝ちという、これまでの選抜大会の最短記録を更新して優勝を果たす。決めのパンチは二発連続で放った凄まじい右ボディブローだった。まるでふがいない僕への怒りをぶちまけるかのように。なにかを見せつけるかのような強烈なフックだった。

翌年三月。全国高等学校ボクシング選抜大会も、アカは全四戦をオールKOで決めて優勝し、一年生にして三冠を達成する。

僕は前島に惨敗した三日後、勇気を振り絞って部室に向かった。

さすがに翌日というわけにはいかなかった。肉体的なダメージや精神的ショックをひと通り落ち着かせるための時間が必要だった。その間、携帯電話の電源はオフにしたまま、あらゆる外部との接触を遮断し、僕は真剣に心の向きを前へと定めた。

部室のドアを開けた瞬間だ。

新垣先生をはじめ、誰もが驚いた顔で僕を見る。守屋はひどく落ちこんだ様子で、部室の隅のベンチに座ってうなだれていた。全員を前にし、僕は深々と頭を下げる。

「あの、先日はすみませんでした。あんなボロ負けしてしまって、星華高校ボクシング部の名を汚してしまいました。でも、もう一度だけチャンスをください。今度こそ平井選手に届き、闘って、勝てるよう頑張ります。お願いします。もう絶対に逃げ出しません。だからもう一度、今日から鍛え直してください。どうかよろしくお願いします」

頭を下げたまま、僕は腹から力をこめて叫ぶように言った。

部室はしんとしている。誰もなにも言葉を発しない。そのまま十数秒が経過した。

おそるおそる顔を上げると、いつの間にか守屋が目の前に立っていた。

「バカ野郎！　あんだけの強打をもらったら、普通一週間は安静にするんだ！　ダメージを引きずったまま練習に入ったってマイナスになるだけなんだよ！　この、バカ！」

顔を真っ赤にして言いながら守屋は、くるりと背を向けてしまう。両肩が震えていた。

「月城、お前、本当に大丈夫なのか？」

新垣先生が訊いてくる。なにを問われているのかよくわかった。

「は、はい。さすがに試合直後は、もうダメかと思いました。でも僕は、やっぱりボクシングが大好きで、この部も大好きで、みんなに支えられながらここまでこられました。もう一度、やらせてください」

すると新垣先生はじっと僕の目を見つめ、「そうか」と肯いた。

橘さんと吉川さんと成瀬が笑顔を向けてくる。

「ご心配をおかけしてほんとすみませんでした」僕がもう一度頭を下げたタイミングだ。

「てめえ、マジに心配してたんだぞ！　電話ぐらい出ろよな！　みんなで何百回電話やLINEしたかわかってんのかよ！」

いきなりガバッと守屋が僕の頭にヘッドロックを決めて怒鳴り散らす。

「あ、守屋！　月城は頭をやられたんだぞ！　一週間は安静ってお前が言ったばかりだろ」

新垣先生が慌てて声を荒らげる。

「この野郎にはこれくらいどうってことないっすよ。それにあのアッパー、脳を振るような打撃角度じゃなかったっす。この俺がわからないとでも思ってるんですか？」

「痛い、痛いって、放せよ！」

僕がそう言ってもがいても、守屋は技を解こうとせず、さらに乱暴に言い放つ。

「次はぜってー勝つからな！　わかってんだろな！　なあ、おい！」

その声が湿っていた。この三日間、どれだけ心配をかけてしまったか、あらためて僕は反省する。そして思う。アカが奮い立たせてくれなかったら、僕はここにいなかったと。

そしてここにいる仲間だけはもう絶対に裏切っちゃダメだって。

「うん、約束する。もう逃げないから。だからもう一回、鍛え直してくれよ」

「当たり前だろが、そんなの！　いままで以上に超きついメニュー用意しとくからな！」

そう言って守屋はようやくヘッドロックを解くと、

「ったく。この野郎が、心配させやがって！　でも、よかった。マジでよかった――」

荒々しく言葉を吐きながら、柄にもなく僕の両肩をわしっと摑み、涙と鼻水でぐじゃぐじゃになった顔で泣き笑いする。僕も涙をこぼしながら、なんとか笑ってみた。

三崎さんにも謝るために彼女のクラスへ足を運んだけど、オリンピック強化指定選手合宿で海外渡航中だと顔見知りの女子に教えてもらう。結局、会えず仕舞いで一月も終わろうとしていた。

彼女の後ろ姿を渡り廊下で見つけたのは、小雪が舞う一月最終日の放課後。

僕を見るなり、いきなりその場にしゃがみこんでしまった三崎さんにへなへなおろおろしていると、部室へ行く途中で偶然通りかかった成瀬と守屋がタッグを組んで背後から、「しっかりせいや！」と叫びながら、僕の背中をバシッと叩いてくれて、なんとか正気に返ることができた。三崎さんを促して、人の少ない校舎裏へ行き、ボクシング部に復帰したことと、もう一度全国を目指してやってみる覚悟と決意を一生懸命伝えた。

アカが言うレベルの覚悟と決意じゃなくても、いまの僕にできる精一杯の可能性に懸けてみると、思ってること全部を正直に打ち明けた。もう一度、みんなと自分を信じてみるとも。

三崎さんはこくんと肯いてくれて、今後は連絡がいつでも取れるようにと、お互いに連絡先を初めて交換した。

◇

やがて四月が訪れ、二年生に進級する。偶然にも、三崎さんと同じクラスになった。三年振りのことだと吉川さんがうれしげにこっそりと教えてくれる。

星華高校に新入生が入学し、ボクシング部への入部希望者が十名を超えた。

ボクシング部の新部長には橘さんが任命された。

二年生に進級する春休み前後からだ。成瀬はぐんぐん技術とスタミナがアップしていく。入部から丸一年かけ、今月下旬のインターハイ予選大会で念願の初公式戦を迎えることになった。

身長が伸び、ぐんと体重が増加し、階級は四十六キロから四十九キロまでのライトフライ級でのチャレンジだ。そんな成瀬は顔つきまでも逞しく成長している。

守屋は多数の新入部員が入ったことで、強面のマネージャー兼凄腕のトレーナーとして、部活の裏方全面を支える役割を一手に引き受け、さらに新垣先生と部全体をバックアップする重要な任務を担っていった。

僕は冬から春に向けた三ヵ月間、自分自身のメンタルとフィジカルにオールリセットをかけて、基礎トレーニングからの再出発を図っていた。あらゆる甘えと妥協を払拭してのストイックなスタート。もう、後はない。目標はアカが待つリングに上がること。頂点での闘い。そこに行き着くには、数えきれない試練が待ち受けるはずだ。でも最後の最後で、神様は僕を見放さなかった。あの最悪なタイミング、幼馴染みのあいつに再会させてくれたから。ここから先は、自分を支え応援してくれてる人たちのため、自分自身のために、覚悟と執念を背負って闘い抜いてやる。そんな頑なな闘気をあらためて抱く。

小学五年生以来、朝五時に起床しての河川敷までのランニングは、学寮暮らしになっても欠かさなかった。前島戦直後の一週間を除いて。

雨だろうが、雪だろうが、とにかく僕は走りつづけた。

いつもの河原の広場に着くと、シャドー10Rに集中する。

凛とした早朝の空気の向こう側にアカがファイティングポーズを取って対峙しているとイメージするだけで、課題は無限に湧き上がる。

あの圧倒的な右フックへのカウンター。ミドルレンジのコンビネーション。フットワークを駆使したヒット・アンド・アウェイ。打ち負けないインファイトラッシュ。

ふいに頭をよぎるのは前島の猛ファイトだ。想像上のアカの姿が前島に変わっていく。

あの試合以来、脳内の深い部分に残像が張り付いたまま離れない。まったく自分のボクシングができなかった。一発もまともなパンチを打ち返せなかった。

自分が歯がゆい。ふがいなさすぎる。なんのための五年間だったんだ――。

悶々とした気持ちを振り払うように、朝靄の晴れかけた澄んだ空気に向かって、無数のパンチを連続して繰り出している、そのときだった。

「まだ、ボクシング、やめてなかったか」

え？　ま、まさか――懐かしいその声を聞き、ぴたりと全身の動きが止まる。

振り返ると、レンさんがニヤッと笑う。

「もうやめたのかと思うとったぞ」

「な、なんで？　どうして？」

あまりの驚きで、僕はうまく声が返せなかった。


「十二月、関東選抜、準決勝。相手は前島健人、か」

草むらの斜面に僕らは座った。緩やかに流れる川面(かわも)を眺めながらレンさんが言う。

「ありゃ、ひでえ試合だった」

まるでアカと同じ台詞を吐いて、ははははと乾いた笑い声を上げる。

「み、観てたんですか？」

五年振りに会ったというのに、挨拶もなにも口にすることなく、心に針が刺さることをぶしつけに言ってくる。あの頃の記憶にあるレンさんそのままだ。

「ああ、観とった」

「なんでなんです？」

「一応、俺もボクシング関係者やから」

当たり前のようにしれっと言う。

「やっぱ、そうなんですか？」

「ああ。ここで坊主と会った頃は、昔こっちで世話になったジムに短期間の条件で雇われとってな。夏になって契約満了したんで大阪に戻ったんや。ところがなんの因果か、今度は神奈川が職場になってもうて、またまたUターンというわけや」

そう言うレンさんは、当時とまるで変わらない。歳は三十代くらいのままで、老けた感じはない。もともと年齢不詳な雰囲気の人だった。精悍な顔立ちも無精髭も相変わらずで、独特の雰囲気とオーラを醸し出している。服装は上下黒のジャージにウィンドブレーカーを羽織っているけど、服の上からでも相変わらずシャープな体型なのがわかる。

「一応、仕事、してるんですね」思わずそんな間の抜けた質問をしてしまうと、

「坊主、じゃなかった、もう兄ちゃんか。俺のこと、プータローか家なしと思うとったんか」

と返し、またも、はははは、と愉快げに笑う。

「い、いいえ、そんなわけじゃ」

「まあ、そんなことは脇に置いといて、なかなかのボクサーになったで、兄ちゃん。わしが睨んだ通りや」

「ひでえ試合でも、ですか？」

「あれはしゃあない。前島とは格が違いすぎる」

これまたアカと同じようなことを言う。僕は言葉を失って黙りこむ。

数瞬の間の後だ。

「1R二分。3R合計、六分。たった三百六十秒、か」

レンさんがぼそっと声にする。

またしても唐突になにを言い出すのかと、僕は顔を動かす。

「そのたった三百六十秒のなかに、山と谷がぎょうさんあって、白星と黒星がいくつも並んどるのや」

「いったい、なんの話です?」

レンさんは僕のほうを向いてまたもニヤッと笑う。

「坊主、じゃなかった、兄ちゃん。ボクシングは一秒先が見えん競技なんやぞ。わかるか?」

「ええ、なんとなく――」

遠慮がちに返す。一発でも強烈なパンチをもらうとKOされてしまう、ということを言いたいのだろう。それくらい僕だってわかってる。実際、前島戦でそうなったばかりだ。

「球技や陸上や水泳と違うて、ボクシングは負けるイコール肉体的損傷を伴う厳しいスポーツや。いや、本来ならスポーツという括りより、格闘技といったほうがふさわしい。タイムやスコアで勝負するアスリート競技とは試合の重みというか過酷さの次元がまるで異なる」

言いながらレンさんは自分で小さく肯く。

「たった三百六十秒のなかで、一秒でも気を抜いたり、よそ見したり、別のことを考えたり、あるいは諦めようとしたりすると、深い谷底に落とされるような肉体的損傷を負わされてまう。その時点で黒星が決まる。あるいは二度と試合ができんほどの大怪我を負うこともある。いや、死ぬことだってありうる世界や。大げさやのうてな」

僕は押し黙ったままレンさんの話に耳を傾ける。現にあの守屋も現役続行が不可能になった。アカのワンパンチで。

「でもボクシングの面白いとこは、その瞬間に黒星をつけられても、致命打をもらわん限り、また白星に塗り替えることができる点や。たった三百六十秒のなかで何度でもな。なぜなら一秒先が見えん競技やから、最後の最後まで諦めずにチャンスを狙っていけば、わずか一秒で勝敗を変えていける可能性が潜んどる。これだけでな」

ぐいっと自分の左拳を握りしめ、レンさんは僕の目の前にかざす。

「強いボクサーいうんは、何度、試合を黒星に転がされそうになっても、三百六十秒のなかにあるはずの、自分の白星を掴みとろうとする。死ぬ気でもがいてあがいて、相手からそれを奪い取るように、己の拳を前へと突き出していくんや」

そこまで言うとレンさんは座ったまま、左拳でおそろしくキレのあるジャブを打ち放つ。

ビシュッ。透明な空気が鋭利な刃物で切り裂かれるような音がする。

「ボックスの意味、知っとるよな」

「はい。殴るって英語ですよね」

「まさに殴ってこそボクシング。競技が成立する。で、殴ることでしか相手に肉体的損傷を負わせて、白星を捥ぎ取ることはできん。兄ちゃんはあの試合で、まだ前島を殴れる可能性があったはずなのに、自ら諦めてしもたな。リングから逃げようとした。そやろ？」

この人も見抜いてたんだ。アカが見抜いたように。

「自分で相手との格を違えたら、その時点で勝てるものも勝てんやろが。俺がひでえ試合と言うたんは、兄ちゃん自身が前島には絶対かなわんと諦めてしもうたからや。あの準決勝で与えられた三百六十秒、じつはまだ全然終わってなかった。まだまだ兄ちゃんの白星はいくつか転がっとったはずや」

僕はなにも言えなくなる。

「一秒先が見えんボクシングやからこそ、その一秒先の自分を信じられる奴だけが勝てる。だとしたら、たったの三百六十秒、三百六十回くらい己を信じてみんかい」

レンさんの言葉が心に響く。ぐっと奥歯を噛みしめ、心の芯に刻みこむ。

たったの三百六十秒。その一秒先の自分を信じる。三百六十回——。

「ボクシングは人が生きてることによう似とる。うまくいったと思うても、勝てたと感じても、何度でも新たな壁が立ちはだかる。どんな強い世界チャンピオンでも、そうやっていつも苦しみながら、乗り越えてるんや。そうして人生は二転三転、いや四転、何度でもひっくり返される。いいほうにも、悪いほうにもな」

言うなり、おもむろにレンさんは草むらから立ち上がる。

「しゃべりすぎてしもうた。もう行くわ」

あっさりと捨て台詞のような言葉を向け、その場を去ろうとする。

「あ、あの」

反射的に僕は声を上げる。

「なんやねん？」

振り返るレンさんに僕は言う。

「ボクシング関係者って、いまでも高校アマに関わってるんですよね？　選抜大会を観てたってことは」

「そや」

「じゃ、僕みたいな高校生ボクサーのこと、よく知ってるんですか？」

するとレンさんは、ははははと笑う。

「よくどころやないねん。知り尽くしとるわ」

「じゃ、平井暁、知ってますよね？」

なにかヒントがほしかった。無敵の王者と闘うことになったら、どうやって向き合えばいいのか、アドバイスを聞きたかった。

と、レンさんはひときわ豪快に笑う。

「知っとるもなにも、あれは俺が作った最高傑作や」

「え？」

「あのときの兄ちゃんより、島で幼いときからしごいてな。まさに骨の髄まで完全無欠なファイターに仕上げた、いわば芸術作品や。あいつは、何度試合を黒星に転がされそうになっても、三百六十秒のなかにあるはずの、自分の白星を絶対に掴みとろうとする。どれだけの苦境に陥っても、最後の一秒まで勝負を諦めん男やねん。いや、その一秒先を信じ切っとる。絶対に最後に勝つのは己やとな」

目が点になって思考が止まりかける。

「レ、レンさんが、アカを？」

辛うじて声を押し出す。信じられない思いが胸中を駆ける。

「史上初となる無敗ノーダウンでの高校八冠達成に向け、先週から武倉高校のボクシング部にトレーナーとして正式に雇われてな。再来週から始まるインターハイ予選、おそらくは関東ブロック、それか八月の全国でぶつかるやろ。兄弟弟子の対決、ほんま楽しみにしとるで」

四

四月十八日。土曜日。インターハイ東京都予選大会が杉並区にある私立盛徳(せいとく)高等学校の体育館で始まった。試合は来週月曜日までの計三日間。

アカが出場する神奈川県の予選大会も同じ日程で行われる。武倉高校が直々に特別顧問として招致したレンさんは、アカにぴたりとついて、最終調整を終えてるに違いない。

ただでさえ厄介なアカに、あのレンさんがトレーナーとして再タッグを組んだとなれば、ますます勝率が目減りするように思えてならない。想像するだけで憂慮と煩悶が尽きない。けど、僕は僕でまず都予選を勝ち抜くことに全神経を集中させるしかない。

今回、星華高校ボクシング部からは、四名の選手が出場する。

三年で部長の橘さんが一階級上げたフライ級。同じく三年の吉川さんがウェルター級。二年生は成瀬がライトフライ級で初公式戦出場。そしてバンタム級の僕だ。

応援席には先月入部したばかりの一年生四人が座っている。

新学期当初十一人もいた新入部員の大半が、やはり二週間以内にやめた。


「行くぞ、月城」

新垣先生が言う。僕は無言で肯いて控え室のベンチから立ち上がる。

星華高校ボクシング部の一番手は僕だ。

午前十時からの第一試合。対戦相手は松陰高校二年生の徳永司。先の新人大会には出場してない。つまり公式戦デビュー。成瀬と同じだ。

「まずは問題ない相手だとは思うが慎重にな。最初はじっくり見ていけ」

セコンドに入った新垣先生が小声でアドバイスする。

聞きながら僕はコーナーポストに立って徳永を見やる。がちがちに硬くなっているのが、この距離からでも手に取るようにわかった。

「月城。頑張れよ！」観客席から聞き覚えのない男性の声援が送られる。

少しずつだけど、僕の名前が知られるようになってきたのかもしれない。予選の朝一番、三百以上ある椅子の半数近くが埋まっている。星華高校サイドの応援席にも同学年の男女生徒がちらほらいる。そのなかに三崎さんの姿がある。水泳のインターハイ予選も間もなく開催されるのに、練習の合間を縫って観にきてくれてることが素直にうれしい。

目が合うと、にっこり微笑んでくれる。それだけで護（まも）られている気がする。

「リラックスしてけよ。いいな、お前の実力ならぜってー勝てる相手だぞっ」

厳しい目をした守屋が、マウスピースを僕の口に入れながら言う。

間もなくレフェリーに呼ばれて、リング中央へと向かう。注意事項を聞いている間も、徳永は視線を合わせようとしない。そればかりか松陰高校のセコンド陣まで硬い面持ちで上がっているようにも映る。説明が終わって自軍のコーナーへ戻ろうとする途中だ。自分の目を疑う。神奈川県予選大会でアカに付いてるはずのレンさんが会場後方の壁に背をもたれ、腕組みしてこっちを見つめている。アカなら予選などセコンドに付く必要もなく、勝ち上がっていけるとでも言いたげな、そんな余裕の顔に映る。

その瞬間、僕のなかで熱いなにかが発火する。ぐおっと身体の内側が燃え盛る。

「先生。この初戦、僕のやりたいように打ってみていいですか？」

コーナーに戻ってそう切り出すと、

「最初はじっくり見ていけ、飛ばすなと言ったろ」

「なんだ、どうしたっていうんだ、シロウちゃん?」

新垣先生と守屋が同時に口を尖らせてくる。

そのタイミングで二人の口を塞ぐように、セコンドアウトのブザーが鳴る。

「月城、慎重にいけ。今年初の試合で、前回のこともあるんだぞ」

「もっと、教え子を信じてください」

自然と漏れた言葉に、一瞬、新垣先生は目を点にしながらも、ふっと笑う。

だったらやってみろ、ということだ。

カーン。試合開始のゴングが鳴る。僕はコーナーを出ながら、徳永に目を据える。

レンさんが見てるんだ。圧倒的勝利を見せつけてやらなきゃならないんだ。

「一秒の一撃でぶっ倒してやる!」そう僕は心で唱える。

序盤、あえて徳永をいきなりコーナーまで追い詰めず、リング中央で待つ格好をとる。

慎重な足取りでガードが高めの構えをキープし、僕たちはアウトボクシングの距離圏で右回りのサークリングに入って睨み合う。

ようやく闘いを覚悟した本気モードの顔つきに徳永はなっていく。

左ジャブが放たれる。そうだ。それでいい。僕は思う。本気でこい。僕もそうする。

ボクシングという特殊なスポーツを選び、厳しい基礎トレーニングに耐え、一年以上もハードな特訓を耐え抜いたんだろ。だったら積み上げたその実力のすべてで殴りかかってこい。僕もそうしてやる。

ダンッ。やや左足を踏みこんで今度はワンツーを打ってくる。けど腰が引けてる。そんなパンチじゃ当たらない。僕は両手のガードの隙間から挑発するように睨みつける。シュ、シュッ。スピーディになったジャブ二連発。僕はそれをスウェーバックで難なくよける。そうして、今日の洗礼を忘れるなよ、と徳永に念じて告げる。

僕は幼い頃、兄のDVでボコボコにされてたんだ。でも立ち上がった。ぐじゃぐじゃの泥沼から自力で起き上がって、こうしてリングの上にいる。徳永、お前もそうなれ。今日の初戦の惨敗を心に刻み、バネにして起き上がれ。リングに立ちつづけろ。闘いつづけろ。それがファイターのさだめなんだ。

僕が一発も打ってこないことで、次第に徳永の気が大きくなっていく。闘争心に火が灯る。アウトボクシングの距離感が徐々にミドルレンジへと縮まっていく。必然的に徳永の手数が増えてくる。

そうだ。それでいい。もっと打ってこいよ。僕はじっと観察しながら分析する。徳永の攻撃パターン、身体の一部が晒す予備動作、ガードとディフェンスの裂け目を。

シュ。シュッ。バズンッ。ジャブ二発の後、右ストレートを打ってくる。パワーが増している。僕はパンチ力を確かめるため、最後の一打をグローブで受け止める。

悪くない、徳永。お前のパンチはけっして悪くない。基本に忠実で、緻密で、全身のバネを駆使して、鍛え上げた筋力をフル稼働して打ってる。もし相手選手に恵まれれば、三回戦くらいまで進出できたかもしれない。

今度は左ロングフック。僕はヘッドスリップで避ける。と、徳永は大胆に距離を詰め、右アッパーを顎めがけて突き上げた。それをすかさずスウェーバックで紙一重にかわす。ヒュー。観客席から徳永を称賛する声が上がる。そればかりか徳永が攻勢に映る予想だにしない展開に観客はざわついてくる。その雰囲気が徳永の攻撃の背を押す。

ビシュッ。ドッ。ドッ！　左ジャブから頭部を狙う右フック。さらにボディへのトリッキーな右フック。ハッ、いまのダブルフックはすごい。素早い引き戻しと的確なアプローチ。左ガードがまったく下がっていないのはコーチの指導が優れている証拠だ。

「よし！　いいぞ！」

あれほど硬かった松陰高校セコンド陣営から活気に満ちた声が上がる。

「その調子！　効いてる効いてる！」

顧問らしき四十代の男が満足げな声を放つ。あなたが徳永をコーチングしたのなら大したものだ。僕は思う。指導に忠実で、基本を全う(まっと)し、冷静に戦法を組み立てている。距離感の読みは秀逸だし。とてもデビュー戦とは思えない動きだ。

今度はいきなり左フックが飛んでくる。僕は右グローブの甲でブロックする。

ドゥッ！　炸裂音が轟く。

「おおおう！」

会場内がざわつき、不穏にどよめく。

初めて徳永の口角が上がる。両目に鋭い光が宿っていく。

ファイターの顔になった。同時に、僕のなかで鎮めていた闘争本能が一気にたぎる。

次の瞬間、徳永はこれまでになく、ぐいんと伸びるジャブから、右ストレートを打ってきた。

ここだ！

僕は左サイドへ約十センチほど最小限のヘッドスリップでかわす。前足を半歩踏みこむ。そして徳永の右腕の外側を伝って、内側へと抉るように打ちこむ強烈な左ストレートを豪快に貫く。勝負にはやる心が基本を疎(おろそ)かにし、一瞬ガードを落とした箇所を狙って。

「あ！」

松陰高校のセコンドが短い悲鳴を上げる。もう遅い。

クロスカウンター。わずかにガードが落ちた徳永の右顔面に、僕の左拳がグシャッとめりこんでいく。約一秒後。徳永は斜め後方へ吹っ飛んでいく。

血飛沫(ちしぶき)が舞う。マウスピースが飛ぶ。驚きで揺れる会場。

「やったぁー！」誰か男性の叫び声。

ドドッ！　徳永が仰向けでリングに倒れ落ちた。そのままの姿勢で動くことはない。

一拍遅れて、歓喜の声と僕の完勝を称賛する拍手がこだまする。

レフェリーが両手を交差させて試合を止める。数秒遅れてさらなる歓声が沸く。目を動かすと、観客席にいる三崎さんが黒い瞳を見開いてフリーズしている。その後ろの壁際で、レンさんがニヤッと笑ったかと思うと、踵を返して足早に会場を去っていく。

レンさん、もう僕は諦めないぞ。

何度、試合を黒星に転がされそうになっても、三百六十秒のなかにあるはずの、自分の白星を絶対に摑みとってやる。

その一秒先を信じるんだ。

予選大会初日。第二試合。ウェルター級の吉川さんは、重量級らしい力強い試合を展開し、2R中盤の接近戦でパワフルな左アッパーを相手選手のボディに決め、その一発でKO勝ちを収めた。相手は去年惜敗を喫した選手だった。

橘さんは新部長の意地を見せ、吉川さんに負けない勇猛なファイトで3Rフルで殴り合い、大きくポイントを引き離して圧勝した。階級をひとつ上げての勝利はなかなか難しいだけに、橘さんは大喜びだ。

部員の誰もを、さらには新垣先生までも大いに驚かせたのが、成瀬のファイトだった。

軽量のライトフライ級。四十六キロから四十九キロ。相手選手も二年生。これが初戦。

初日、勝ちムードに浮かれる星華高校ボクシング部だったけど、最終戦の成瀬にだけは、正直誰も期待してなかったと思う。実際、試合前は緊張で硬くなりすぎて、顔面が蒼（そう）白（はく）になり、何度もトイレに駆けこんでいたほどで、応援にきてくれたOBの西音さんに、

「ナッキー、もっとリラックスしろよ〜」

と、再三注意を受けていた。

西音さんは今日だけ成瀬のことをナッキーと呼んでいる。

ところがいざリングに立ち、ゴングが鳴った瞬間から、成瀬は腹を決めたように落ち着きを取り戻した。そればかりか1Rのハーフタイムが経過したあたりから、軽快なフットワークで相手を翻弄し、絶妙なタイミングでジャブをいくつもクリーンヒットさせる。

まさにヒット・アンド・アウェイの見事な一撃離脱をやってのけた。

「なんだよ。試合前とはまるで別人じゃねえか」

「いや、デビュー戦であの動き、橘よりマジ上だろ」

「何げにナッキー、超頑張ってるじゃんか〜」

三年生部員の二人と西音さんがリングサイドで口々に感心している。

セコンドの新垣先生と守屋も、信じられないといった面持ちで試合を注視する。

戦局が動いたのは1R終盤。それまで鋭いジャブを中心としたパンチで距離を空けていた成瀬が、いきなり前足を深く踏みこんでいく。ほぼ同時、鋭いワンツーを打ちこむ。両パンチは相手選手の一瞬の隙を突き、ともに顔面にクリーンヒットした。成瀬は冷静に相手の一挙手一投足をよく見ている。攻勢に出た成瀬にひるんだ相手選手は一気にペースが乱れる。足が止まり、肩に力が入り、ファイティングポーズの均衡が失われる。成瀬はあくまで基本に忠実に、新垣先生や守屋から教えられた左右のシンプルなコンビネーションを打ちつづけた。

カーン。1R終了。満足げに肯きながら踵を返す成瀬とは対照的に、殴られた顔面を赤く腫らせた相手選手はぜえぜえと肩で息を繰り返している。

「よくやった、成瀬。2Rもその調子で落ち着いていけ！」

成瀬にかける新垣先生の声が弾んでいる。成瀬が勝てば部員四名全員がインターハイ予選の第一戦通過となる。久々の好スタートだ。

「はいっ！」成瀬の声もまた手応えを確信している。

「絶対に四人全員で一回戦を突破します」いつになく積極的な成瀬の言葉に、

「おっしゃ、よく言ったぜ、成瀬！」

守屋が成瀬のヘッドギアをポンと叩く。

2R。調子づく成瀬は一年間の鍛錬をまざまざと見せつけるように、変幻自在に動いた。アウトボクシングではジャブとストレートを打つ。ミドルレンジでは左右のロングフックを多用する。インファイトに持ちこむと鋭いアッパーを突き上げる。相手選手がクリンチに持ちこもうとすればバックステップで退き、ふたたびアウトボクシングに戻ってジャブを当てにいく。完全に試合のリズムを掌握していた。

相手選手の足はまるで追いつかない。ここまでやれるとは。僕もまた正直驚いていた。

その反面、これがボクシングなんだ、と成瀬の果敢なファイトを見つめる。

一見すると、地味で過酷なだけの基礎トレーニング。単調なパンチ打ちの反復練習。相手不在のシャドーボクシング。ただひたすら殴りつづけるサンドバッグ。パンチを寸止めして相手に当てないマスボクシング。実戦的なスパーリングを除き、ボクシングの練習はおそろしくつまらないうえにハードで苦しい。野球やバスケやテニスとは異なる、孤独な鍛錬の連続。日々、異様に厳しい試練がリピートして待ち受け、モチベーションの維持が非常に困難になる。ゆえに脱落者が驚くほど多い。ところが繰り返し繰り返し、過酷な練習を執念で継続した者だけが、強さを手にできるんだ。

知らず知らずのうち、信じられないくらいのパワーとメンタルが身についていく。

成瀬は一番きつい最初のハードルを、自力で乗り越えた。

結局、3Rも成瀬が手数とクリーンヒットで相手選手を圧倒し、勝負は判定に持ち越された。星華高校ボクシング部全員が固唾(かたず)を呑むなか、レフェリーが成瀬の手を上げた瞬間、先輩部員も新垣先生も守屋も喜びの声を上げてガッツポーズを決めた。

観客席から拍手と声援が送られる成瀬は、ぼろぼろぼろぼろぼろうれし泣きした。

大会初日の星華高校ボクシング部の勢いは、二日目も失速しなかった。

第二試合に出場した橘さんは3Rの序盤で相手選手をロープ際に詰め、スタンディングカウントを取った。その後も優勢のまま、後半でもダウンを奪い、RSC勝ちとなる。

第三試合で闘った成瀬は判定勝ちを決める。一回戦を大差の判定で勝ち抜いた成瀬は、さらに落ち着いた試合運びで相手選手を圧倒した。

第四試合の吉川さんは想定外の1RKOで、相手側セコンドからタオルが投入される。

第五試合の僕もまた、1RKO勝ちを収めた。

四名の選手が二回戦を勝ち上がった戦果は、三年ぶりの好成績だった。新垣先生は満足げに全勝した部員たちを労(ねぎら)った。

けど、インターハイを含む三大大会には、勝ち進むにつれて、試練が牙(きば)を剝いてくる。毎日、リングに上がって闘うためのメンタルモチベーションと、フィジカルコンディションの維持が難しくなっていく。ハンパないプレッシャー。飲食や睡眠のケア。スタミナのキープ。試合開始時間に合わせた日々の仕上げ。一瞬でも気を抜いたり、緊張感が欠落したりすれば、敗北を招いてしまう。高い自己調整能力と集中力が求められる。

小学五年生でアンダージュニアの大会に初出場して、現在までの約六年間、無敗を誇るアカの心身の強靱さに、僕はただ驚かされてしまう。並々ならぬ努力と痛苦があったに違いない。


「足を使え！　逃げ切れ！　ガードを上げろ！」

叫ぶ新垣先生の声も虚しく、吉川さんは3R中盤で相手選手に捕まり、コーナーに詰まった。直後、重量級ならではの猛打を浴びて、惜しくもリングに沈んだ。

橘さんも昨日までの好調ぶりから一転、2RでダウンをKOしてKO負けになった。

大会三日目。これで三年生選手の二人が敗退してしまった。

そんななかやはり気を吐いたのが成瀬だ。日を追うごとに調子が上がっていく成瀬は、この日も3Rを優勢に闘って判定勝ちを収めた。それでも少なからずパンチをもらい、2R後半で鼻血を流す。幸い出血が微量だったため、試合は最後まで継続された。

レフェリーが成瀬の右手を上げた瞬間、観客から歓声が沸いた。

僕は1R一分十五秒で、相手選手を得意の左ストレートで一撃KOする。

これで成瀬を含む僕ら二年生組の二人は、関東ブロック予選へと駒を進めた。

一方で気になることがあった。一年生部員二人に撮影してもらった神奈川県予選大会のビデオを観ていて引っ掛かった。

明らかにアカの調子がおかしい。

一回戦、3Rでなんとかアカは相手選手を右フックで倒した。

二回戦、アカは判定にもつれこんで勝利を手にした。

三回戦、やはり最終ラウンドまで殴り合ってアカは辛くもKOを捥ぎ取り、県予選大会を勝ち進んだ。

どの試合でも浮かない表情で、心ここにあらずといった、ぼんやりした面持ちだった。ボクサーとしてそういうアカを見るのは初めてだった。

「今日の試合もすごかったね、月城くん。どんどん強くなってるじゃん」

全試合終了後、盛徳高校からの帰路。成瀬と僕は二人して最寄駅までの道を歩いた。

「僕も、もっと頑張らなきゃ」

噛みしめるように自分にそう言う成瀬の右瞼は赤く腫れ上がり、鼻には絆創膏を貼り、唇はめくれ上がって痛々しい裂傷がいくつも目立つ。

「いや、成瀬はよくやってるよ」

僕は思う。成瀬が都大会で優勝できたのはまさに努力の賜物だ。この一年以上、本当にこつこつ努力を積み上げてきた。

「月城くんのおかげなんだ。ここまでやれたの」

「どういう意味？」

「僕さ。小学生のときから、超いじめられててね。よくある話なんだけど、何百回、自殺しようって本気で考えたかわからないくらいだった。特に、夏休みとか春休みが終わる頃は、朝から晩まで死ぬことしか頭になくて。情けないでしょ」

ははは、と自虐的に笑う成瀬は、日没間際のうっすらオレンジ色を帯びた空をぼんやり見上げながら、ゆっくりと言葉を継ぐ。

「中学のいつ頃だったかなあ。やっぱり毎日のようにいじめられてて、バイキン扱いされたり、ガン無視されたり、シャーペンで背中を刺されたり、日によっていじめメニューがころころ変わるんだけどね。あまりに生きてるのが辛くて、自分が惨めで情けなくって、そのうち一人で我慢することにも疲れちゃって。うん、やっぱもう死のうって、学校の帰り道、自殺の方法とか場所とか真剣に考えながら、街をとぼとぼ歩いてたんだ」

ずっと成瀬は誰かに自分のことを話したかったんだろう。三日間、リングの上で相手選手を殴りながら、ずっと過去を思い出してたんだろう。殴られつづけた過去を。

「ああ、電車に飛びこむのもありかなって、それで線路沿いの細い道を歩いてると、ボクシングジムがあったんだ。古ぼけたビルの一階に。ガラス張りでなかがよく見えるわけ。どういうわけか、僕、足を止めてしばらくの間、ぼんやり見てたんだ。ジムで練習してる人たちのことを」

そこまで言うと、突然、成瀬は僕のほうに顔を向けてくる。

「あ、ごめん。こんな暗い話、月城くん、嫌だよね。やめるよ、やっぱ。ごめん」

「嫌じゃないって。最後まで話しなって」

「ほんとに?」

「そこまで話しといて、いまさら訊くなって」

「ご、ごめん。いや、ありがと——」

やや間を空け、気を取り直したように、歩きながら成瀬は口を開く。

「そしたらさ。ずっとボクシングの練習風景を眺めてるうち、なんだかよくわかんないんだけど、胸の奥のほうから、むくむくと湧き上がってきてね。死ぬんだったら、その前に死ぬ気で強くなる努力をしてみたらって。強くなれなかったら、その後で死ねばいいじゃんって。そういう気持ちがどんどん広がってきてさ。強くなりたいって想いが膨らんでくるほど、自殺願望が消えてったんだ。あれは不思議だったなあ」

僕は成瀬を見る。吹っ切れたような穏やかな表情を浮かべている。

「そのとき心に決めたんだ。ボクシング部がある高校に入って、ボクシングが強くなって、いつか大会に出て、優勝するって。そしたら、これまでの過去がきれいさっぱり消えて、僕はもう一回、生まれ変わってやり直せるって。でも、入部してから何度も何度も挫けかけた。だけど月城くんがいたから、やめずにつづけられたんだ」

「なんもしてないと思うけどね」

成瀬が首を振る。

「してくれてるよ。おんなじ一年なのに、すっごいボクシングが強くて、去年の選抜大会に大抜擢で出場して、準決勝までいったの観てて、超勇気もらったんだ」

「前島にボコボコにされたけどさ」

すると成瀬は苦笑いしながらつづける。

「月城くんのボクシングって、うまく言えないんだけど、観てる人の心を打つんだよね。なんて表現すればいいんだろ――」

そこで成瀬はしばし言葉を止めて考えるように黙りこみ、ややあって僕の顔を仰ぐ。

「僕なりの考え、しゃべってみていい？」

「ああ、別にいいけど」

すると成瀬は少し照れた表情になって言う。

「なんかさ、月城くんの闘ってる姿って、辛さとか、苦しみとか、寂しさとか、悔しさとか、僕みたいにいじめられてる弱い人が内側に抱えてる傷を治してくれるような、そんな勇気を与えてくれるんだよ。たぶんそれは、頑張れば誰だって強くなれるっていう、メッセージだと僕は思うようにしてる。毎日、部室で月城くんのことを見ながら、そのメッセージをもらってるんだ」

言い終わると、成瀬は自分の言葉に納得するみたいに肯く。

「大げさだって、そんなの」

僕が笑いながら否定すると、成瀬は真顔になって返す。

「そんなことない。あの守屋くんが現役で闘えなくなったのに、月城くんのこと、必死でバックアップしてる気持ちもよくわかるんだ。どんどん強くなって成長していく月城くんのそばにいることで、守屋くんもメッセージを受け取ってるんだって」

「守屋はそういうタマじゃないから」

「だって、橘さんや吉川さんが今年のインハイ予選であそこまでいけたのも、月城くんの頑張りを間近で見てるうちに奮起できたからなんだよ」

「勝手に言ってろ」

するると、へへへと成瀬は一人で笑う。

とっぷりと日が暮れようとするなか、しばらくして成瀬はふたたび口を開く。

「ありがとう。月城くんがいたから、予選で優勝することができた。自分でも信じられない。月城くんには本当に感謝してる。だから、どうしてもお礼が言いたかったんだ」

もう僕は無言を決める。横を歩く成瀬は満足げな笑みを浮かべている。

唇が腫れ上がり、ぼろぼろに傷ついた痛々しい顔だったけど、どこか誇らしげで清々しい面持ちだった。

五

五月二十九日。金曜日。今日から四日間、インターハイ関東ブロック予選大会が武倉高校で行われる。アカとの対戦は、クジ運に恵まれたといっていいのか、トーナメントブロックが分かれたため、全国大会へと持ち越しになった。

新垣先生は珍しくもふっと笑う。正直、僕は複雑な胸中だった。早く闘ってみたいという焦れる気持ちと、二ヵ月後に持ち越されたことで、どこかほっとする思いが交錯する。

もっともアカと同じリングに上がるには、僕がこのブロックで優勝しなければならない。

大会初日。僕が第三試合で、成瀬が第四試合になった。

第三試合の一回戦。僕はまったく相手を寄せつけない、一方的な攻勢で完勝する。

明日は昨年の国体関東ブロック大会でアカをロープ際に追い詰める接戦を繰り広げたという青翔高校三年生の長谷大樹。先の選抜大会では古巣のフライ級に戻して予選出場したため、僕とは対戦しなかった。おそらくアカを警戒しての階級チェンジ。しかし無理な減量でコンディションが狂ったのだろう。関東七県の予選で敗退を喫していた。

そして迎えた今年のインターハイ、ふたたびバンタム級に戻してきた。埼玉県予選の第一戦は2RでダウンをKO奪ってKO勝ち。第二戦は1RでKO勝ち。第三戦も1Rで相手選手をダウンさせての勝利。圧倒的なKO劇で快進撃をつづけている。

「前島に匹敵する強豪選手だからな。十分警戒して取り組めよ」

二回戦の対戦相手に決まったとき、新垣先生が声を硬くして僕に警告した。

会場内に視線を動かすと、長谷が敵陣営席の前から二番目に座り、不敵に睨んでくる。

思わず僕も双眸を据えて睨み返す。

◇

つ、強い——瞬時にこれまでの対戦相手とは実力が違うと僕は悟る。

インターハイ関東ブロック予選二日目、第二回戦のゴングが鳴った。

序盤から気負いも気後れもない、悠然としたファイティングポーズで迫ってくる長谷。

一年生のとき、国体と選抜で二連覇を達成しただけのことはある。

ドゥッ。ドゴッ。パワフルなワンツーをあえてグローブのブロックで受けてみる。想像以上に重いパンチに驚く。とてもフライ級から上がってきたとは思えない。

ここぞと踏みこんでくる長谷。

力だけで押し切らない、技巧派らしい上下左右の打ち分け。しかも、やっぱり重い。打ってくるフックとストレートとアッパー、それらパンチの一打一打が異様にパワフルだ。

それでも僕はプレッシャーに負けることなく前へと出ていく。頭のなかにあるのは前島戦。同じ轍は踏まない。退いたら負ける。そう心に誓っていた。

と、顔面をガードするグローブに稲妻のような左ストレートが打ち下ろされる。

力技の強引な一撃で上体が大きく右へと振れる。クリーンヒットは免れたものの、ロープのバウンドで足がよろけ、体のバランスが崩れた。

その一瞬、ガードが甘くなった左顔面を狙って強烈な右フックが放たれる。

バスンッ！　なんとか慌ててグローブを上げてブロックし、衝撃を緩和できたものの、あ――不覚にも僕はその場で腰が折れ、思わずリングに右手を突いてしまう。

「ダウン！」

レフェリーが長谷との間に割って入り、そのままカウントを始める。

スリップです！　首を振って僕は激しく訴えるが、レフェリーは聞く耳を持たない。

懸命に拳を構えてファイティングポーズを取る。闘えるとジェスチャーで意思表示するも、レフェリーはカウントを止めず、数えていく。

ちっきしょー。公式戦二度目のダウン。完全に頭に血が上る一方で、

ハッ、ハッ、ハッ、ハッ、ハッ、ハッ、ハッ、ハッ――――。

気がつけば肩で大きく息している自分に気づく。たったいまガードの上から右フックを

もらった顔面がビリビリ痛む。

「落ち着けっ！　月城っ！　切り替えろっ！」

異変を察し、守屋が叫ぶ。開始早々の荒れた試合展開に観客がざわつく。

ニュートラルコーナーに立つ長谷が鷹揚に睨んでくる。余裕の表情だ。まるで息が上がってない。しかもハーフタイムもすぎてない。

カウント8でようやくレフェリーは声を止めた。

「やれるな？」

僕のグローブを両手で掴んでレフェリーが訊いてくる。すかさず僕は顎を引く。

だけど、本音じゃ長谷の強さに慄いている。パンチをおそろしいと感じる。

そのときだ。強い視線を感じ、ふとそのほうへ目線を向ける。

三崎さん。半泣きの顔で祈るように両手を合わせてこっちを見つめている。

とたん、胸の奥のほうからなにかがこみ上げてくる。マウスピースを含んだ口で、ぐっと歯を食いしばる。負けちゃダメだ。自分を信じろ。信じ切るんだ。

たったの三百六十秒。その一秒先の自分を信じろ。三百六十回——。

その瞬間、すでに僕の内側には、圧倒的な闘志が復活し、焔のようにたぎっていた。

リング中央で睨み合う。長谷は僕のダメージレベルを虎視眈々と洞察するように、鋭いジャブを打ってくる。僕はわざと足を止め、甘めのガードで鈍い反応をする。

直後、いきなりワンツーが放たれる。僕はぎりぎりグローブガードで受けて避ける。くる——そう感じたコンマ数秒後、長谷はダンッと踏みこんできた。まず左フックが振り下ろされる。防御に回るのではなく、僕は右フックのカウンターで応戦する。

想定外の攻撃に案の定、長谷は慌てる。

ダウンを奪われた直後、まさか打って出るとは予想していなかったようだ。

お互いのパンチが相打ちになる。だけど、外側からクロスで打ちこんだ僕のパンチのほうがパワーに勝る。それでも退くこともなく、長谷は強引に右フックを打ってきた。

またも僕はカウンターで応戦する。左ストレートを思い切り伸ばす。

お互いのパンチは今度も相打ち。

グゴッ。ドッ。凄まじい打音がリング上で轟く。これも、まっすぐ打ち放った僕のパンチのほうが一瞬早く長谷の顔面を貫いた。当然、ダメージが大きいのは長谷。

どっと観客が沸く。リング中央でお互いが譲らない、足を止めた殴り合いがつづく。

アマチュアボクシングに珍しい、激しい展開に観る者は興奮する。

長谷は一歩も退かない。ここが勝負どころと判断している。あと一回倒せば戦局は大きく変わる。そういうはやる気構えが熾烈な殴り合いに向かわせている。

今度は強気で右ロングフックを打ってきた。僕もまた右のロングフックで応戦する。

これはイーブンの相打ち。きな臭いにおいが鼻孔に広がる。生温かい液体がどろりと上唇に這う。鼻血。が、それは長谷も同じ。僕のロングフックをもろ顔面に受け、赤黒い鼻血を顎先まで垂らし始めた。

ゴガッ。ドドッ。グドッ。ゴッ。パンチの応酬が繰り返される。両者ともに顔面を血まみれにして殴り合う。どちらも拳を止めない。相手が打てば反射的にパンチを打ち返す。

絶対に諦めない！　絶対に逃げないぞ！　見てろアカ！

カーン。ゴングが鳴る。1R終了。レフェリーが慌てて僕と長谷の間に割って入る。

ハッ、ハッ、ハッ、ハッ、ハッ、ハッ、ハッ、ハッ、ハッ——。

酸欠寸前の全身に酸素を送りこむ。このラウンド、なんとか二度目のダウンを奪われることなく踏ん張れた。そればかりか拳骨が軋むほどの手応えを終了間際に何発も感じた。

その証拠に、長谷はぐったりとした面持ちで、ゴングの音にほっとした表情を浮かべた。


カーン。2Rが始まった。

コーナーを離れ、僕はリング中央へ向かう。長谷も向かってくる。その足取りは重い。先のラウンド後半は一分近く、無呼吸に近い状態で殴り合った。しかも少なくとも五、六発、顎とストマックにまともに僕のパンチを受けている。

元来、ボクシングセオリーを厳守する長谷の技巧は、規格外の戦法に弱い。僕はそう踏んだ。だから足を止めた殴り合いに誘い出す賭けを仕掛けた。体格差で勝る長谷は、優勢であるがゆえ勝利を焦った。二度目のダウンを奪おうと打ち合いに乗ってきた。結果、計算外にスタミナを消耗してしまった。自分の力を信じ切り、僕は殴り勝ったのだ。

さあ、どう出る？

あえて緩いフットワークでじりじりと僕は距離を計る。

十秒経っても、十五秒経っても、長谷はジャブすら打ってこない。

「ボックス！」

レフェリーが試合を促す。それでも膠着状態がつづく。はたと僕は気づく。マウスピースを噛む長谷の口が薄ら開いている。止血したはずの右鼻から、だらりと血が垂れてくる。かすかに苦しげな呼吸音が漏れる。1R前半の窮地の自分と、まるで立場が逆転していた。

そういうことか。もう迷いはなかった。

ダンッ！　今度は僕から豪胆に踏みこんでいく。

ビクンッ。とっさに長谷の両肩が反応し、ジャブで出鼻を挫こうとする。が、矢のように鋭く、パワフルだった1Rのジャブはいまや見る影もない。

勝機だ。いきなり僕は左ストレートを打つ。右グローブのガードで長谷は顔面を守る。すかさずもう一発。左ストレートのダブル。長谷の右グローブが辛くも二発目のパンチもプロテクトする。直後、右のストレートで僕は同じ箇所を狙って強く打ちこむ。果敢な左右ストレート三発に、長谷が慌てる。その一瞬、全神経が顔面に集中し、ボディが無防備状態に陥る。すかさずそこに左フックを捻じこむ。グローブが腹部にめりこむ。

ハウッ。苦痛で長谷が顔を歪める。体軀を前傾に折る。今度は顔面のガードが甘くなる。

これを待っていた。ありったけのパワーをこめ、渾身の左ストレートを貫く。

ビシュッ。十オンスグローブの内側、人差し指と中指の拳骨をググッと内側へ絞りこむ。

全身を捻りながら、力の限りを左拳に集中させて一気に振り抜く。

ゴグッ！ 長谷の下顎が自らの首に埋まるほど深く傾ぐ。長谷の両足が浮く。脱力した長い左右の腕がちぐはぐに宙を舞う。一瞬、中空に身を預けた長谷は、リングに強く背を打ちつけ、大の字で倒れた。相手側陣営から白いタオルが投げられる。

ひらひらと空気に漂う白くて細長いそれは、昏倒する長谷の血まみれの顔を覆い隠すようにふわりと落ちて動きを止めた。

準決勝。決勝。両試合とも2Rに相手選手をKOで沈め、僕はついに八月のインターハイへのキップを手に入れる。

星華高校ボクシング部の存続の可能性もまだなんとか残りつづけている。

成瀬は三回戦に勝利し、ブロック大会決勝に進出する。昨年の全国選抜でベスト4に入った三年生選手を相手に、手数でも技術でも負けることなく成瀬は前へ前へと出て、勇猛果敢に闘った。けど、キャリアで差がついた。相手選手は試合運びがうまく、足を使って成瀬をコーナーに詰め、有効打をクリーンヒットさせる。成瀬が打ち勝るシーンでは難なくクリンチで逃れる。しかも、グローブの親指で目を突くサミングや下半身を狙うローブローといった反則技を、レフェリーの隙を見て巧妙に仕掛けてくる。それでも成瀬は正々堂々と最後まで力を出し切って闘い抜いた。

結果は僅差の判定負け。

コーナーへ戻ってきたとたん、下を向いてぼろぼろ涙をこぼす。

新垣先生が「よくやった。大したもんだ」と肩を叩いて慰める。

「次は国体だぞ！　今度こそ全国行くぞっ！」と守屋が殊勝なことを言って励ます。

健闘した成瀬に、しばらく惜しみない拍手が鳴り響く。三年部員はまたも見学にきた西音さんと一緒になって、リングサイドから慰めの声を向ける。成瀬は本当によく闘った。

一方のアカは、県予選大会の不調から回復し、別ブロックで四戦連続ＫＯを決めた。

僕はほっと胸を撫で下ろしたが、それでもかつてのアカとはどこか違うように映った。危うさというか、脆さを感じたのは否めない。

◇

翌六月中旬。東京都の国体予選が開催された。

三年生には背水の陣となる公式戦。橘さんは第二試合で判定にもつれこみ、惜敗した。

吉川さんは第三試合で三度ダウンを奪われてRSC負けした。二人はこれで全日程の公式戦を終え、部活に幕を閉じることとなる。

僕は四戦四勝。沸きに沸く会場内で、全戦KO勝ちを収めて、八月に開かれる国体関東ブロック大会へと駒を進める。

成瀬もまた四戦を危なげなく勝ち上がり、関東ブロック大会進出を果たした。

インターハイのブロック予選での敗退を糧にした、堂々たる勝ちっぷりだった。

いまやライトフライ級じゃ、成瀬は武倉高校をはじめ、強豪が揃う他校からマークされる軽量級ファイターの一人になりつつある。少なくとも星華高校の同学年男子で、どれだけの体格差があろうと、いまの成瀬とガチで殴り合って勝てる奴はいないはずだ。

それでもいまだにいじめに遭っていると、つい先週、成瀬は僕にぼそっと告白した。

殴り倒せば？　そう言ってみると、それだけはしたくないんだ、と成瀬は首を振る。

なんでだよって訊くと、それは自分自身の問題だから、と生真面目に返してくる。

月城くんならわかってくれるでしょ、と言う。そういう成瀬が、僕は嫌いじゃない。

六

八月一日。ボクシングのインターハイが始まった。

会場は岐阜県営アリーナ総合体育館。初日は開会式の後、トーナメント戦の組み合わせが発表される。明日から五日間、全国都道府県から勝ち上がってきたファイターたちの熾烈な闘いが繰り広げられる。アカと僕は五回戦目、決勝で闘うことになった。

「頂上決戦か。なかなか粋な演出をしてくれるな」

腕組みして壁に貼られた対戦表を見つめながら、神妙な声で新垣先生がつぶやく。

その口ぶりには、ここまでこられたという実感がこもっている。思い出が詰まった星華高校ボクシング部を守るため、先生なりに踏ん張ってるんだ。感謝する気持ちは絶えない。先生がいなかったら、僕はこの場にはない。

もちろん、守屋の存在も大きかった。最終的に残った一年生四人の基礎トレーニング指導を受け持ちながら、僕のスパーリングパートナーをつとめ上げ、大会出場のための宿泊予約や交通機関の手配、連盟との連絡と手続きまで、すべてこなしている。マネージャー不在だったボクシング部のままなら、新垣先生が学校の授業や部活指導に加えて、一人でやらなければならなかった。いまや守屋がいないボクシング部は考えられない。

その守屋がトレードマークの金髪頭で訊いてくる。

「いけるか？　てっぺんまで、シロウちゃん」

きっぱりと僕は肯く。

突破口。僕は突っ切る。あいつが待ってるリングに上るんだ。

意を汲んだみたいに守屋はそれ以上なにも言わず、がっしりした手で僕の肩をぐっと摑む。僕もまた、筋肉で盛り上がる守屋の肩を拳でぽんと叩く。

けど、気がかりなことがあった。トーナメント方式で試合を勝ち上がっていけば、アカと決勝で闘う前、またも準決勝であの男が出てくる。

対戦表に浮かび上がる、四文字のその名を僕は無言で見つめる。

前島健人。先に行われた関東ブロックでは名前が見当たらなくて、誰もが内心ほっとしていたはずだ。その前島が知らない間に九州ブロックの強豪私立校へ転校し、インターハイ全国大会に黄金のバンタム級で出場していたとは。


翌日。僕の一回戦は第二試合、アカは第三試合で組まれていた。

新垣先生や守屋と選手控え室へ向かう途中の廊下、その姿を見て思わず足が止まる。

三崎さん――。制服姿で少し心細そうな顔をしてぽつんと一人立ちすくみ、男性ばかりが行き交う廊下できょろきょろしている。

昨日もＬＩＮＥのやり取りはしていたけど、わざわざ岐阜まで観戦にきてくれるとは、ひと言も聞いてなかった。それに競泳のオンシーズンである真夏は、全国規模の大会や全日本の強化合宿、海外チームとの合同練習などが開催され、多忙を極めてるはずなのに。

「ど、どうして、こんなとこに？」

「ああ、月城くん。よかったあ。すごい人だし、もし会えなかったらどうしようって、すっごい不安だったんだ。試合前に会えてよかった、ホントに」

「月城、先行ってるからな」

新垣先生と守屋が気を利かせて歩いていく。

「あ、すぐ行きますから」

「まだ時間がある。ゆっくりしてろ」

「はい。ありがとうございます」

驚きが鎮まらないまま、三崎さんへ顔を向けて僕は言う。

「水泳でインハイの全国出るだけじゃなくて、オリンピック強化指定選手の合宿とか、超大変な時期なんじゃないの？」

「いいの、いいの。水泳のインハイは二週間以上先の十七日からだし。まだ全然余裕あるし。それにほかの練習もちゃーんとこなしてますから」

にっこり笑いながら、はい、と言って三崎さんは両手を差し出してくる。

「勝守」と毛筆で書かれた白いお守りが握られてある。

「なに、これ？」

「亀戸(かめいど)の香取(かとり)神社のお守り。勝負運の神様なの。私が大会に出るとき、いつもおばあちゃんがお参りに行って、持たせてくれるの。すっごい効くんだから」

「え？」

その一瞬、声を失う。わざわざ、そのために岐阜まで？　三崎さん——。

「これを渡すために？」

「もちろん、それもあるし、インハイ初出場で全国大会まで勝ち進んだ月城くんのこと、間近で応援したかったから。ちょっと驚かせたかったのもあるけどね、えへへ」

屈託なく、真夏の向日葵（ひまわり）みたいな笑顔になって差し出すお守りを、静々と受け取りながら、僕は礼を言う。

「ありがとう。本当に」

「頑張ってね。でも、絶対に無理しないで」

笑みを浮かべながらも、いつになく真剣で、訴えるような目つきに変わっていく。

とくんと僕の心が波打つように揺れ動く。

淡い情感がゆっくりこみ上げて、微熱にも似た仄かな温かみが体内を包む。

「勝敗も大事だけど、月城くん自身を削るようなボクシングだけはしないでほしい。お願いだから無理しないでね」

「――うん。わかった」

僕は目を落として、拳に巻かれたまっ白なバンデージのなかに収まっているお守りを見つめる。

「ごめんね。試合前にこんなこと言って」

「ううん。うれしいよ。誰かにそんなふうに心配してもらえるのって初めてかもしれない。でも大丈夫、僕のことなら」

そう言って笑顔を向ける。きっと彼女のなかには、いまだ去年の前島戦がありありと残っているんだろう。もちろんそれは新垣先生も守屋も、そして僕も同じだ。

「慎重にいくから。無理もしない。だから安心して観てて。三崎さんのお守りもあるし」

「はい」

三崎さんは僕に視線を定めたまま、素直にこくんと肯く。

「あ、そうだ。アカと決勝で当たることになったよ」

「そうなんだ。いよいよなのね」

「その前に四回も勝たなきゃいけないけどね」

「ずっと猛練習してきたのは、その人を目指してたからなんでしょ。前も言ってたもんね。昨年の夏の夕べ」

そんなこともあった。猛特訓が開始され、思い通りにいかなくて、苦しくて辛くて、誰にも口にしたことない本音を思わずぽろぽろ三崎さんにこぼしてしまった。

あれからもう一年になるんだ。

「月城くんの夢ね。空高くに輝く一番星」

夢と言われて、ぐっと胸の奥が詰まる。

「そう、ずっとその夢を抱いてきた。遥か空高くに瞬(またた)いて輝く一番星に、手が届くよう頑張ってきたんだ。強くなりたい、めっちゃ強くなりたいって」

すると三崎さんはクスッと笑う。

「なにが可笑(おか)しいの？」

「だって月城くん、子どもみたいなんだもん」

子どもか——そうかもしれない。アカと毎日遊んだ、四歳のあの頃から自分の根っこはなにも変わってないのかも。あいつもそうであってほしいと思う。

「でも、凄く強いんでしょ、そのアカさんってお友だち」

「うん。もう強いってレベルじゃないよ。あれからも無敗のまま、ずっと勝ちつづけてる。しかも、一度だってダウンしたことがないって、すごいでしょ?」

「そんな強い人に勝負を挑むんだね、月城くん」

「だけど、勝ち負けなんて、もうどうだっていいんだ。ただ一度でいいから、同じリングの上に立って、グローブを合わせてみたい。ただそれだけ。幼馴染みのあいつと。それさえ叶(かな)えられれば、ボクシングをやめたってかまわないくらい」

するとミ崎さんはなにかを考えるように寸時黙りこくる。

「どうかしたの?」

僕が訊くと、ううん、と彼女は微笑みながら小さく首を振る。

「なんか羨ましい。男の人同士のそういうのって」

「そう?」

「月城くんは本当にそのアカさんってお友だちが大好きなのね」

「大好きだけど、凄すぎて、届かなくて、苦しくて、でも、おんなじ男として憧れてて、もう何年もずっとずっと僕の先を疾走してる奴だから。でも、あいつがいるから、去年の苦しかったときだって乗り越えられたし、いまこうしてここにいられるんだ」

いままで誰にも言ったことないアカへの想いが言葉になっていく。

ややあって三崎さんが言う。

「私は月城くんのほうがすごいと思うな」

妙にきっぱりとした声だった。

「ぼ、僕が？」

「そんな凄い人に届こうとずっと頑張ってる。けっして諦めずに努力を重ねて、自分を信じて前を向きつづけてる。そうしてインハイの全国まできたんだもん。思った通り、月城くんには強い心があるんだよ」

時間が止まった気がした。まわりのあらゆる雑音が消えて、真空のただなかに僕ら二人だけが存在してる、そんな気分になる。

いまなら三崎さんに正直な言葉を伝えられる。そんなふうにも感じる。

「ねえ、三崎さん？」

「なに？」

「僕と三崎さんのインターハイが終わったら、二人でどこか行ってみない？　夏が終わってしまう前に」

一瞬、三崎さんの瞳が驚いたように動いた。たちまち笑顔になる。

「うん、行きたい」

「ほんと？」

信じられないくらい脈拍が速まり、心臓の鼓動が高鳴っていく。

「どこでもいいから、一緒に行きたい。私もそう思ってたから」

「ほんとに？」

「うん、本当」

きらきらした笑みをたたえて答えてくれる彼女が目の前にいるだけで、世界が色鮮やかに塗り替えられていくみたいだ。

と、バンタム級の第一試合が終了したというアナウンスが流れたのは直後のこと。

「じゃ、行ってくる」

「頑張って」

僕は三崎さんがくれたお守りをぎゅっと握ってかざしながら、新垣先生と守屋が待つ控え室へと足を向ける。

◇

一回戦。ほぼ満席の観客の拍手と歓声に送られて、僕はリングに上がる。

相手選手は広島県の城南高校三年生、日下雄二。

レフェリーに呼ばれ、リング中央で反則行為などの諸注意を受ける。ぱっと見でわかるくらい、日下は浮かない表情をしている。「あの長谷を破ってKO勝ちの快進撃をつづけているお前が一回戦の相手でナーバスになってんだよ」と、ついさっき守屋が笑いながら耳打ちした。新垣先生曰く、日下は今月下旬の国体ブロック予選にもエントリーするらしい。つまり公式戦のチャンスはあと一回残されている。そう前置きして言われた。

「序盤からいきなり揺さぶってみろ。おそらく無理してこない。ここにきて騒がれ始めている月城の実力がどれくらいか、まずは探りたいはずだ」

セコンドにつく新垣先生の好戦的なアドバイスに守屋も同意して深く肯く。

「わかりました！」

カーン。ゴングが鳴る。指示に従って勢いよく僕はコーナーから飛び出す。対して日下は、新垣先生の読み通り、慎重に出方を探ろうと、堅牢なガードでゆっくり進む。

アウトボクシングの技巧派。パワーファイトではなく、クリーンヒットでポイントを奪取する。アマ軽量級ではこの戦法で器用に勝ち上がる、判定優先タイプが少なくない。相手を倒す一発も、倒せない一発も、的確に当たれば同じ有効打として等しいポイントでカウントされるアマチュアボクシングのルールに則った闘い方は、接近戦での果敢な殴り合いを挑まない分、肉体的ダメージが低くなる。言い換えれば、打ち合いを嫌うボクサーだとしたら、そういう戦術を展開させないまでだ。

突如として猛進していく僕に、日下が戸惑いの色を浮かべる。

ダンッ！　僕は強く右足を踏みこんでさらに前へと出ていく。

「いいぞー！　月城！　KOキングー」

「その調子でガンガンいけよ！」

「超イケてるぞー。このまま優勝しろよ！」

　1R四十八秒ABO（アバンダン）勝ち。一方的な展開でコーナーポストに追い詰め、左ストレートで日下の顎を捉えた次の一瞬、倒れるよりも早く相手側のセコンドがタオルを投げ入れた。

　リング上で僕は腕を上げて観客に応える。視界の片隅に制服姿の三崎さんが映りこむ。どこかほっとした表情になっているのは、早々と勝利したからだろう。視線に気づいたようで、小さく手を振ってくれる。またしても、とくんと僕の心が揺れ動く。

　一回戦。僕が1RでKO勝ちすれば、アカもまた1Rで圧倒的なKO勝利を収める。
　二回戦。僕は一ラウンドで三度のダウンを奪ってRSC勝ちする。アカは2R前半で右フックを相手の顔面にめりこませてリング上に昏倒させる。
　三回戦。僕は3R中盤でリングに沈める。アカは今大会最短となる1R二十二秒というタイムレコードで完勝する。

これまでと一転して、無敵の王者ぶりを見せつけるような勇猛なファイトを展開した。

今日の準決勝戦。アカの相手は、ライトからバンタムへ転向してきた沖縄県首里南高校三年生の真栄田俊。これまで高校二冠を達成している沖縄を代表するエースファイター。大手プロジムや大学からスカウトの声がかかっているらしいぜ、と、守屋が教えてくれた。将来を嘱望される真栄田があえてリスク覚悟で階級を落としてまでアカに挑むのは、その無敗記録を破るという意思表示にほかならない。

まさしく、こいつもアカを追う頂点側の一人。戦歴は五十九戦五十六勝三敗。

真栄田とアカが闘う準決勝は立ち見が出るほどの人で埋め尽くされた。マスコミの取材陣も多数見受けられる。僕もまた守屋とともにリングサイドで観戦する。

ところがだ。ここにきて予期せぬアクシデントが起きる。首里南陣営がすでにリング上でスタンバイしているのに、アカをはじめとする武倉陣営は誰も姿を見せない。すでに試合開始予定時間をすぎている。そのまま五分、六分と時間が経過するも変化はない。

次第にざわつき始める会場内。

「巌流島の武蔵かよ」

隣に座る守屋が焦れるようにぼやく。

「どうしたんだろうな。なんかおかしい――」

不安を覚えながら僕はリングサイドの審査員席に目をやる。

神妙な表情を浮かべた関係者四人が集まってなにか話している。その雰囲気からして、もしかするとアカはまだ会場に到着すらしていないのかもしれない。

だとしたらマズい。もう間もなく棄権になってしまう。

直後、困惑した面持ちのレフェリーが審査員席に呼ばれてリングを降りていく。

いっそう不穏にざわついて揺れる満席の会場内。ますます嫌な予感がたちこめてくる。

アカ——なにやってんだよ——。

祈るような気持ちで、誰もいない武倉陣営のコーナーポストを見つめる。

マイクを持ったレフェリーがふたたびリング上に戻ってきた。手には白い紙片が握られてある。その様子を見て最悪の状況を察したように、失望の声や怒号や悲鳴がどよめく。

首里南陣営がにんまりと笑みをたたえる。当の真栄田選手は眉間(みけん)に皺(しわ)を寄せ、納得できないような不満の表情で、小刻みにグローブを打ち下ろしながら立ちすくんでいる。

「えー、午前十一時から予定しておりました、バンタム級準決勝ですが——」

そこまでレフェリーが発しただけで、超満員の観客席から怒濤のブーイングが噴き上がった。想像以上のリアクションに、レフェリーは戸惑いを隠せず、寸時声を止める。

そのタイミングだ。神奈川県のプラカードを掲げる係員の先導のもと、武倉高校陣営が入場してきた。一気に沸く会場内。歓声と拍手が轟いて体育館が揺れる。強張った表情のアカが、明らかに怒りをつのらせた樋口顧問とレンさんに挟まれるようにして歩を進める。アカの顔つきはいつもと違う。どこか虚ろだ。

「故障でもしたか——」

守屋もまたなにかを感じ取った。誰にでもなく、鋭い意見をぼそっと声にする。

リングに上がったアカの両手にレンさんがグローブを装着する間、樋口顧問が審査員席に行って頭を下げている。その後、数分間あれこれ大人たちで話し合いがつづいたが、最終的には試合決行の判断が下された。

自軍のコーナーポストに佇むアカは、いつの間にか虚ろな面持ちから一転、豪気な双眸で真栄田を睨みつけている。けど、僕のなかにたちこめる嫌な予感は消えなかった。


カーン。ゴングが鳴る。1R開始早々、猛然と仕掛けにいく真栄田。遅刻した件に関して、レフェリーや運営側から特にアナウンスはない。高校アマ公式戦で、しかもインターハイ準決勝戦での、釈明も謝罪もない遅刻を受けてか、怒り心頭の面持ちで真栄田は一気に攻めこんでいく。足早にリング上を駆けながら、ジャブの猛打を連発する。

ライト級から下りてきただけあって、パンチプレッシャーはハンパない。

対してアカは、調子が悪いのかという不安な読みに反し、ゴングが鳴った瞬間からいつもの超絶ファイターに戻った。

真栄田の猛撃を難なく華麗なフットワークでかわし、パリーやブロックで次々と打ち放たれるパンチを殺していく。

それでも真栄田は果敢に攻めつづける。一歩、一歩、前へ出て、ジャブとワンツーの連打でアカをロープ際へ追いこもうとする。

突然だ。音なくふっと、アカの姿が消えたように映った。

宙を跳ぶ大胆で鮮やかなステップ。真栄田の直線的な進撃を見事に曲線でかわす、優美に舞うような身のこなし。俊敏に躍るアカのしなやかな体軀がリングに着地するや、ぐいとステップインして接近戦に転じる。魔法を見てるみたいなスピーディな動きだった。

直後、右ストレートを放つ真栄田の顎めがけて鋭利な左アッパーを突き上げる。

ガシッ。鈍く硬質な濁音が砕けて飛び散る。非の打ちどころがないカウンターだった。

こ、こいつ、どれだけ身体能力と動体視力がすごいんだ——。

一閃のモーションで防戦から反撃へ変幻する、心身の強靱さに僕は舌を巻く。

真栄田の左ガードがわずか数センチ落ちたところを狙った、劇的な一撃。間髪容れず、両足が止まった真栄田の横っ面に左フックを決めてとどめを刺す。

真栄田の口から白いマウスピースが吹き飛ぶ。中空が斑な血飛沫で染まる。

満席の会場内が一気にどよめく。デジカメのシャッター音が軋むように鳴りつづける。

腰から砕けるように、真栄田はキャンバスマットに仰向けで崩れ落ちる。

タフで打たれ強い沖縄の強豪選手が、わずか数瞬であっけなく大の字になって転がる。

レフェリーに促されてニュートラルコーナーへ進むアカは、汗ひとつかいてない、冷ややかな面持ちで勝利を喜ぶこともない。武倉陣営のセコンドを見やると、圧勝にもかかわらず腕組みしたレンさんが、眉間に皺を寄せた厳しい面持ちでアカを見つめている。

意識がない真栄田に気づいたレフェリーが即座に試合を止める。

割れんばかりの歓声と拍手で会場が揺れに揺れる。

左のダブルパンチKO。強豪相手の準決勝戦、アカは二発しかパンチを放たなかった。

しかもインターハイだ。ほかの二大会とはレベルが違う。

ところが本人はレンさんにマウスピースを取り出してもらうと、一人足早にそそくさとリングを降りていく。リングサイドに座っていた黒髪の美少女も立ち上がり、アカの後を追うようについていった。

最強と名高い一人を秒殺で討ち取って決勝進出を果たしたというのに、武倉陣営はまるで喜ぼうとする雰囲気がない。僕はアカの姿を目で追いながら、ますます違和感を覚えていく。インファイトに転じた刹那、右ではなく左のパンチを打ったことが引っ掛かる。右利きのアカの勝負パンチはほぼ右打ち。左で相手を沈めるKO劇は記憶にない。

アカの身体能力なら、フィニッシュで右アッパーか右フックで決めるスタンスポジションを作るのは造作なかったはずだ。左アッパーだったから、とどめにもう一発、念入りに左フックで仕上げたように思えてならない。

右パンチを打たなかった理由。いや、打てなかった理由が、そこに存在したのか？

ここにきて嫌な想像が頭をもたげ、それを払拭するように首を振って否定する。

「不自然すぎるな、いまの左のダブル」

守屋もまたなにかを考えるように腕組みしたまま、ふたたびぼそっとつぶやいた。

◇

同日、第四試合で行われる僕の準決勝戦。大方の予想通り、あの前島健人が出てきた。

前島は三年生に上がる春休み、福岡県の修道館高校に転校してのインターハイ出場だ。骨張った彫りの深い顔に鋭い眼光の不遜な面立ちは、以前よりさらに研ぎ澄まされた凄みを放っている。鮮やかな金髪は黒髪に変わっていた。その分、ファイターとしてのストイックな迫力を感じさせる。

先の選抜大会、アカと決勝戦で闘う手前で阻まれるように対戦し、今回のインターハイでも同じように準決勝戦でグローブを合わせることになるとは。

レフェリーに呼ばれ、リング中央で前島と向かい合う。闘気漲る面持ちでぎりぎりと睨みつけてくる。僕もまた強く睨み返す。

カーン。1Rが始まった。前島はゆったりとした足取りで出てくる。前回の猛ラッシュとはまるで違う。それでも長いリーチで両拳を高めに構え、じりじりと迫ってくる圧力は並の選手とは比較にならない。

僕は慎重に出方をうかがいつつ、右サイドへサークリングしながら、リズムを刻んでいく。注意深くステップインして右ジャブを放つ。前島は動じることなく、最小限のスウェーバックで難なく避ける。

ふたたび僕はジャブを放つ。今度はダブル。前島は二発目をグローブで払って僕の右拳を弾き飛ばす。バシッと重い音がリング上に響く。

前島もジャブを打つ。手前でぐいんと伸びる。すかさず右ストレートがつづく。僕はウィービングでかわしながらジャブを返していく。

次第に前島がプレッシャーをかけるように巧みなフットワークで前へ前へと出てくる。伸びのあるジャブが僕の両手のグローブに当たる。だが、以前ほどの威力は感じない。

ビシュッ。僕は深めに踏みこみ、いきなり左ストレートを繰り出してみた。力のこもった一撃で顔面を狙う。

！　ほぼ同時、前島もまた右ストレートを返してきた。スピードが乗っていた。

辛うじてヘッドスリップで僕は避ける。チッとヘッドギアの側面に前島のグローブが当たった。それだけで頭部に衝撃が響く。僕の頭が振られる。思わずよろめきかけた。

「おおっ!!」という観客席からのどよめきの声がいくつも重なる。

すかさずバックステップで退いて距離を確保し、体勢を整える。

カウンターを狙っていたんだ。迂闊に踏みこめない——そう思った矢先、またも前島が強烈な右のストレートを打ってきた。僕は左グローブでブロックする。

ドウッゥ。重い低音が唸って左拳をみしみし震わす。

「ハーフタイム！」

守屋の尖った声が届く。ここまでの展開、五分五分に近いが、微妙に押されている。

ふたたび距離が空く。今度は僕から出ていく。やや踏みこんで、速いジャブを連続して繰り出す。深く踏みこめば、またカウンターを狙ってくるに違いない。

今日の前島のファイトスタイルは、従来の闘い方に戻っている。それはそれで難敵であることに変わりない。ジャブを放ちながら僕は突破口を探しつづける。

速い連続ジャブで牽制して前島の動きと構えを洞察するも、変わらずガードが堅い。

ん？　ふいに気づく。左肘で特に入念に左脇腹をガードしていることを。

さっきからなんとなく気にはなっていた。拳半個分くらい微妙に下がりすぎのように映る。そのため右拳の顎ガードを高めにして構えている。

もしかして――。

即座に僕は顔面へのジャブ二発から、踏みこんだ右フックで素早くボディを狙う。肘ガードの上から思い切り殴りつける。

今度はカウンターを打ってこなかった。左肘ガードに集中していた。そう判断する。

そればかりか前島は、いまのボディへの右フックを嫌がるように距離を空ける。

この試合で初めて前島が後退した。

じんわりと思い返す。昨年十二月の関東選抜大会決勝戦を。

アカはこの前島を、なんと1R二十九秒KO勝ちという、当時の最短記録を更新して優勝を果たした。倒した二発は右ボディブローだった。

僕は左右に上体を振りながら、足を使って前島に攻め入るように距離を詰める。

片時もジャブはやめない。さらにトリッキーな右フックを混ぜて脇腹に二発見舞う。

ドッ、ドッゥ！

前島は右で応戦してくるが、左ジャブを打ってこない。大振りの右ストレートとロングフックはジャブの牽制がないため難なく避けられる。

またも僕は右ジャブを当てにいく。そしてワンツーの左ストレートで顔面にフェイントをかける。

前島が右手ガードを上げてブロックする。ただちに右フックをまたもボディへ叩きこむ。それもスピーディな右ステップを踏みながら、肘ガードの外側から抉るように。

ドグッ。これがきれいに入った。みしっという手応えが拳に伝わる。

一瞬、前島の不遜な顔が歪む。固い仮面が割れ裂け、その奥に潜む素顔を垣間見る。

だけど前島も負けてない。ボディが効いているはずなのに、すかさず右フックを上から打ち抜いてくる。鉈（なた）を振り下ろすような一閃が左顎をかする。それでもすごい威力があった。瞬時、脳が揺れ、バランス感覚を失ってしまった。

たまらず僕は片膝をリングに突いてしまう。

「ダウン！」レフェリーが割って入る。

カーン。そのタイミングで１Ｒが終了する。ゴングに救われる形で僕は立ち上がり、自軍のコーナーへと向かう。

「おいおい、大丈夫なのかよ？　前に出すぎだろが。頭冷やせよ」

守屋が心配げにささやき、ヘッドギアの上からミネラルウォーターをかけてくれる。

「頭部のダメージは？」新垣先生が眉間に皺を寄せて訊いてくる。

「問題ありません。かすっただけです。ちょっと芯を振られてしまいまして」

「なあ、そういうのが一番ヤバいんだぞ」

守屋が口を尖らせて警告する。そうだった。こいつがアカに負わされた致命傷は顎から脳を直撃した衝撃による損傷だ。気を取り直すように僕は小声で二人に伝える。

「左脇腹です。嫌がってます。あれだけ動いてくるので、怪我しているとまでは思いにくいですが、もしかすると弱点なのかもしれません」

「ふむ。道理で瞬時に後退したわけか。いいだろう。左脇腹を攻めていけ」

新垣先生がクールに指示する。

「で、でも、そういうのって――」

言い淀むように僕がそこまで言葉を発したところ、

「シロウちゃん。勝負に情けは禁物だぞ。お前、去年の屈辱、忘れたのか？　それに言ったよな？　部に戻ってきたとき、平井と闘って勝つって。あれは嘘だったのかよ！」

僕の肩をがしっと掴みながら守屋が鋭い目を向けて告げる。

「月城、守屋の言う通りだ。明日の決勝で平井が待ってるんだぞ。万策を講じていけ。アンフェアなことじゃない」

そこでセコンドアウトのブザーが鳴って会話を止める。

カーン。２Rが始まった。

三百六十秒のうち、残り二百四十秒。ぐっと僕は腹に力をこめる。

開始早々、僕は一気に走りこむ。ジャブジャブジャブジャブの連打。積極的に前へ出ていく。前回惨敗させられた前島のお株を奪うラッシュで攻め入る。

前島は足を使ってサイドへ逃げようとする。それを僕が追う形になる。

縦横無尽に僕はリングを躍るように駆ける。右ジャブで顔面を打ってから、間髪容れずに右フックを前島の左頬に捻じこむ。つづけて今度は左ストレートで逆サイドの右頬を突き抜く。

二発、三発と、前島に左右のパンチが当たり始める。大柄な体軀が、次第に前傾姿勢になっていく。上体が落ちてきたところ、またも顔面を真横から左右のフックで捉えていく。

ガゴッ！　スピーディな左フックが前島の鼻頭に突き刺さった。鼻血が吹き飛ぶ。

たまらず長い足をふらつかせて前島が後退する。明らかに両足に痙攣が走っている。

逃がすか！　僕は追う。

体を沈ませ、ここぞと左右のフックとアッパーカットを交ぜて前島を攻める。

「なにやってんだ！　ボディを打てよ！　なんで狙わないっ！」

いきり立った守屋が叫ぶ。

でも僕はボディへのパンチを完全封印した。フェアに勝ちたい。前回、あそこまで自分を追い詰めた相手だからこそ、実力で白星を捥ぎ取りたい。そういう強い想いがあった。

ドグッ、ミシッ、ゴガッ、ビシュ。前島のガードの隙間を縫うように、次々とパンチが突き刺さっていく。前島はなんとかフックの連打で迎え討とうとするが、明らかにダメージに負けてパワー不足だ。僕の猛撃を止めることができない。

グゴッ！ 今度は僕の鋭い左フックが前島の顎にもろにヒットする。

どっと観客席が沸く。辛そうに顔を歪め、長い両腕を伸ばしてクリンチしようと前島が体を寄せてくるところ、ショートストレートをカウンター気味に下顎へ捻じこむ。

うぐっ——マウスピースが浮いた口元から前島がくぐもった声を漏らす。

鼻血が唇を赤く染め、顎先まで垂れている。またも僕は右フックを顎に打ち放つ。

これも見事に決まった。クリンチを諦めた前島がロープに背を預けてもたれかかる。同時に両手のガードがだらんと下がる。

慌ててレフェリーが止めに入るより数瞬早く、ぐっと踏みこんで追撃の一打を決める。

膝、腰、上体のバネを、ぐいんっと全力で突き上げる。

ガッ!! 真下から抉り抜く左アッパーカット。前島の下顎に突き刺す。

みしっと十オンスグローブが骨にめりこんでいく。

前回、僕が見舞われたフィニッシュパンチと同じだ。

左拳を貫いた瞬間、悶絶状態の前島はスローモーションで前のめりに倒れ、キャンバスマットに伏した。そこでレフェリーは続行不可能と判断して試合を止める。

「やったぞっ！」守屋が歓喜の声を上げる。

「おっし！」新垣先生もまた力強く叫ぶ。

満員の観客が沸きに沸く。目を動かして、三崎さんのほうを見る。両手をぎゅっと合わせて祈るようなポーズでこっちを見つめていた。

勝負の神様、守ってくれたよ、三崎さん——心のなかでお礼を言い、僕は左グローブをちょっとだけ上げて応える。そこで彼女もまた小さく手を振り返してくれた。

自軍のコーナーポストに戻る前、いまだ倒れたままの前島を僕は見下ろす。

勝った。勝てたんだ。白星を捥ぎ取った。

じっくりと勝利の実感がこみ上げてくる。

しかも、一度ダウンを喫したものの、前回と違って圧勝で決めた。

僕を震え上がらせ、ボクシングの恐怖のどん底に突き落とした、頂点ボクサーの一人、前島健人はインターハイバンタム級準決勝戦で敗退した。

明日の全国大会最終日、僕とアカはバンタム級決勝戦を第一試合で闘う。

七

決勝戦当日。午前八時。会場に到着し、新垣先生と守屋とともに控え室へ向かう。

まっすぐな廊下の途中、反対側から武倉高校ボクシング部の樋口顧問とレンさん、そして黒いパーカのフードを頭から被るアカの三人が歩いてくる。

すれ違いざま、新垣先生は関東ボクシング連盟の副部長もつとめる樋口顧問に目礼した後、寸時足を止める。レンさんも申し合わせたように足を止める。

「笹口蓮」

「新垣巧」

お互いが名を呼び合って睨み合う。

「まさか、俺らにこういう日が訪れようとはな」

「よもや、俺らの弟子がこの舞台で闘うとはの」

「悪いが、今日は勝たせてもらう」

「すまんが、今日も勝つよってな」

似たような捨て台詞を交わし合い、二人はなにごともなかったように歩き出す。

アカはすれ違う瞬間、豪気漲る両目で僕を射貫く。すでに完全にリミッターが外れている。相手が幼馴染みだという馴れ合いや懐かしみなどいっさいない、凄まじい顔だ。

だがその面持ちは血色が悪く、浮腫んでいるようにも映った。昨日の真栄田戦に遅れて入場したときも、どこか虚ろな顔つきだった。

県予選大会の不調で見せた危うさというか脆さ以上の、深刻な負の予兆を感じた。

いや、あいつに限ってそんなことはない。

即座に僕は自分に諭しながら、いよいよ始まる決勝戦に向けて闘志を集中させる。

「いったい、どういう知り合いなんすか？」

控え室に入ったところで、守屋が新垣先生に訊く。レンさんとの関係を言っている。

「そうだな。いわば、月城と平井のようなもんだ」

「僕と、アカ？」

先生の口からいきなり自分とあいつの名前が出てきて、思わず顔を向ける。

「高校二年のインターハイ全国大会、俺たちは決勝戦で闘った。バンタム級でな。それが最初だった。笹口はジュニア時代から天才ボクサーと騒がれててな。当時、高校四冠を初めて達成した男だ。俺とあいつの対戦成績は七戦一勝六敗。ボロ負けで終わった」

「そうだったんですか」守屋と僕の声が重なる。

「それだけじゃない。大学に入ってから、俺は減量苦でライト級に上げたんだが、あいつもライト級に上げてきたんだ。結果、幾度となくグローブを交えた、いわば戦友みたいなもんだ。まあ、ほとんど歯が立たなかったけどな」

「そんな強かったんですか、レンさんって？」

「いわゆる天才肌だ。ボクシングセンスの塊のような男で、パンチ力もあるし、目もいいし、身体能力も高いし、足だって速いし、体も柔らかい。しかもメンタルが抜群に強い。どんな逆境でも切り返してくる屈強な闘志がもの凄くてな。おまけに名指導者として名高かったトレーナーがついていたからな。てっきりプロボクサーになって世界を狙うと思ってたんだが、プロにはいかず、トレーナーとして頭角を現してきた。あいつが抱えるプロボクサーが事故死してからは、しばらく見なくなったが、突如ボクシング界に復帰してきてな。プロアマ問わず、請負で選手の個別コーチをやる、いわばフリーランスのトレーナーになったんだ」

「へえ、道理でさっきすれ違うとき、なんかバチバチな感じだったんすね」

腕組みした守屋が納得といった感じで肯く。

「あいつはインファイターで、俺はアウトボクサー。タイプやスタイルは違ったが、俺は笹口をライバル視してた。あいつが俺のことをどう思ってたか知らんが、強敵ながらも同じリングに上がって闘うときは、どこか晴れがましいというか、言葉にできない誉れを感じたもんだ。ああ、またこいつと闘えるんだ、みたいな不思議な情感に満たされてたよ。いまとなってはもう懐かしい話だがな」

いつになく新垣先生は感情のこもった声で語った。

「それがこうして、今度は指導者の立場でまたぶつかるんだからな。しかもインターハイ決勝で。ったく腐れ縁というか、ふざけた因縁だ」

語調に反して表情はやっぱりどこかうれしそうだ。口元が笑っている。

「てことは、シロウちゃんが勝ったら、先生の分もリベンジできるってわけっすね？」

「ああ、そうだ。積年の恨みを今日ここで晴らせるってわけだ」

そう言いながら新垣先生は僕の肩をぽんと叩く。

「まあそれは冗談としても、な、月城」

「はい」

「お前が前島選手に勝った時点で、もううちの部の廃部はなくなったんだ。ありがとな」

そうだった。昨日は前島に勝った興奮と試合後の疲労感ですぐに一人ホテルに帰って、三崎さんと電話で少し話した後、いつの間にか爆睡してしまった。

今朝は今朝で、アカと闘う緊張と神経の昂ぶりで、ほとんど自分の世界に入りこんだままタクシーのなかでも黙りこくり、守屋とも先生ともほとんど口をきかず会場入りした。

「そうでした。試合に次ぐ試合の連続で、そこまで気が回りませんでした。大事なことなのに、すみません」

「お前が謝ることない。俺は光栄に思ってる。部を守ってくれたばかりか、月城と守屋がこの大舞台にふたたび連れてきてくれたことを、心から感謝してるんだ。星華高校でこういう機会はもうないと、ここだけの話、半分くらい諦めてたからな。はは」

そう言うと、新垣先生は僕と守屋に向かって深々と頭を下げる。

慌てて僕らはほぼ同時に、先生の双肩を摑んで、

「ちょ、やめてください。先生が頭を下げるなんて！」

またも声を重ねながら、先生の体を起こす。と、

「先生。俺らの最後の闘い、まだ残ってまっせ。礼ならシロウちゃんが優勝したとき、焼肉屋かステーキ屋であらためて口にしてくださいよ」

守屋にしては気の利いたことを言ってニヤリと笑う。

「そうですよ。ここからが本当の勝負です」

思いをこめて、負けじと僕も言う。

アカをダウンさせる——言葉にはならないけど、二人と会話しながらあらためて胸中で誓う。たとえそれが不可能な目標であっても、ここまできたらベストを尽くすしかない。ここにいる先生と、守屋のために。そして応援してくれる先輩や、三崎さんのために。

自分自身を信じて、最後の一秒まで最高のファイトで闘い抜くんだ。

「そうだな。お前らの言う通りだ。一番大切な試合はこれからだもんな」

新垣先生は緩やかに破顔し、直後、なにかを思い出したように真顔を向けてくる。

「笹口の話に戻るけどな、月城」

「え、はい」

「あいつ自身が天才肌のボクサーだったけど、じつはもうひとつ、笹口は天才的な才能に恵まれてるんだ」

「そうなんですか？　なんの才能があるんです？」

「天才ボクサーを見出す才能だ。昔からあいつは身体の動きをひと目見ただけで、その選手にどれくらいの才能があるか見極める慧眼(けいがん)があったんだ。つまり、あいつが自分から教えたいと近づくボクサーには絶対的な天賦の才がある」

なにも返せない僕の目を、新垣先生は真顔でじっと見つめる。

「平井暁と、月城四六。俺が知る限り、飯島選手を亡くして以来、笹口が自分から率先して教えたのは、この二人だけだ」

◇

「少し早いが、行くぞ」

新垣先生が告げて、守屋と僕はベンチから立ち上がる。

「ここにきて平井人気はもの凄いからな。学校関係者や熱烈なファンだけじゃなく、マスコミもかなり集まってるようだ。場の空気に呑まれるなよ」

歩きながら新垣先生が言葉をつづけた。僕らは無言で肯く。

控え室のドアを開けた瞬間、早くも会場のどよめきが轟いてくる。

新垣先生が肩で深く息を吐く。先生自身も相当緊張しているみたいだ。

想像以上の熱狂ぶりに、守屋までもやや強張った表情に変わっていく。

「ついにきたな。勝とうぜ、シロウちゃん」

それでも廊下を歩きながら、笑顔ではきはきした声を向けてくる守屋。

僕は深く肯き、気持ちに正直な言葉を返す。

「守屋、いままでありがとな」

すると、守屋は目を点にして、まじまじ見つめてくる。

「なんだそれ？　お前が俺に礼なんて、さっきの先生のマネかよ。へっ、バーカ」

驚いたような、はにかむような、そんな微妙な表情になって悪態をついてくる。

「僕は真面目だよ。先生もそうだけど、お前がいなかったら、僕はここまでこられなかったんだ」

「あー、やめろやめろ、そういうの。この期に及んで。なんか超ウゼえし、きしょいから。いまはただ試合に集中してくれ。頼むから。な、シロウちゃんよ」

でも、その声は超ウゼえと思ってる感じじゃない。照れてる。こういう男なんだ。

丸一年間、ずっと僕につきっきりで筋トレからストレッチ、マッサージ、そしてスパーリングパートナーまでやってくれた守屋。あんなに嫌な奴だと思い、心底憎んでたのに、いまは部室でも試合会場でも、こいつがいないと不安になる。

どうなるかまるでわからなかったけど、僕らが組むって心に決めたとき、こいつが言ってくれた言葉はいまでも忘れられない。

「勝てるかどうかは、やってみねえとわかんねえ。でも闘う前から諦めるより、挑戦だろ。俺を踏み台にしろ。そして羽ばたいてくれ。そのためにスタートラインに立ってみよう」

ああ言われて覚悟を決めた。

そして言葉通り、こいつは自ら踏み台に徹して、僕を支えつづけてくれた。

身を挺して裏方に回り、臆病な僕を励まし、辛抱強く背を押しつづけてくれたんだ。

「なあ、守屋」

「なんだ？」

「シロウちゃんって呼ぶなって、前にも言ったよな？」

「あ、ああ——そういや、そうだったな」

「その呼び方、もうすんなよ」

「あ、ああ——わかったよ」

バツが悪そうに守屋は空返事する。僕はつづける。

「シロだ」

「え？」

「シロって呼んでくれ」

「は？」

「シロって呼ばれてたんだ、昔、一番の仲間から」

「あ、ああ？」

「今日のこの決勝戦、その呼び名で応援してくれよ」

一拍の間があった。数瞬、ぐっと守屋は深くなにか考えるように俯き、そしてガバッと笑顔を上げる。わずかな間を置いて、僕に真顔を向けると、力強く返事する。

「わかった、シロ」

ただ、それだけ言うと唇を結んで肯き、ずいと守屋は前へ進んでいく。

僕もまたまっすぐな廊下を突き進む。

光眩いリングを目指して。その先にアカが待っている。

間もなく会場に入ろうとする手前、『東京都』と書かれたプラカードを持つ係員が待機していて、僕ら三人をリングへと先導する。

観客席に足を踏み入れた瞬間だ。どっと割れんばかりの歓声が沸く。拍手が鳴り響く。気圧(けお)されそうな、これまでにない迫力だ。思わず足が止まりそうになる。

横を歩く守屋が、僕の背を指先でとんと叩く。そしてニカッと笑いかけてくる。

「よっしゃ！」

珍しく、新垣先生が気合いを入れる。そんなの初めて聞いた。

短い声のなかに、すごくいろんな想いがこめられてるって感じた。

なんとなく僕はまっ白なバンデージの巻かれた右と左の拳骨をゴッと合わせる。

そして両目を定める。眩しいライトに照らされたリングに。

ようやく辿り着いた、この場所に。

遥かなる空高くで一番星が瞬いて輝く場所に、僕らは辿り着くことができたんだ。

やや遅れて入場してきたアカと武倉陣営が真向かいのコーナーにスタンバイする。

闘気が全身からほとばしっているものの、やはりアカの顔色は優れないし浮腫んでいる。レンさんの表情もどこか浮かない感じがする。そればかりか、アカの試合でいつも必ずそばにいる黒髪の美少女までが、悲壮感に満ちた面持ちをアカに定めていた。

「昨日の真栄田戦からなにかがおかしいな。あちらさん」

守屋が小声でつづける。「もしかすると大チャンスかもしれねえぞ」

複雑な心境で僕は守屋に顔を向ける。

こいつもまた僕と同じように、先の真栄田戦でアカが右パンチを打たなかったことを不自然に感じていた。

「いいか、この試合、優しさを捨てて、鬼になれよ、シロ。平井は前島のようにはいかないぞ。お前が一番わかってんだろ」

普段見せることのない、かつての凄みの露わにした表情になって守屋が訴える。

そこでセコンドアウトのブザーが鳴る。目を動かすと、星華高校陣営の最前列で、橘さん、吉川さん、成瀬、そして三崎さんが僕を見つめていた。

数瞬、僕はコーナーポストに立ったまま瞼を閉じてみる。
大観衆のざわめきを聞きながら深呼吸して全身の力を抜く。
やがて不思議なくらいの静寂が訪れる。
脳裏に浮かぶ。十一歳の春。兄のＤＶから身を守るために始めたボクシング。

以来、ずっと走りつづけてきた。闘いつづけてきた。
強くなりたくて。本当の強さを手に入れるために。
だけど、自分一人じゃ到底無理だった。たくさんの仲間がいて、あいつがいたから。
強さの頂点に君臨する幼馴染みのあいつが待ってくれてたから。
いま、僕はここに立っていられるんだ。
アカ――お前のおかげなんだ、なにもかも。
僕は静かに両目を見開いて、体を反転させる。
リングの対角にアカがいる。僕だけを見て両拳を構えている。
僕もまたアカだけを見て両拳を構えていく。そして自分に言い聞かせる。
ゴングが鳴ったその一秒先から、もう僕らは幼馴染みじゃない。ファイターだ。
3R終了のゴングが鳴るまで。
気持ちが通じたようにアカが肯く。僕も肯く。
と、同時だった。
カーン。1Rが開始する。

悠然とした足さばきでアカはリング中央へ進んでくる。序盤は相手選手の出方を虎視眈々と洞察する。それがアカならではの特殊で、唯一無二のファイトスタイルだ。
僕もまた慎重に足を進める。左回りでサークリングしながら、睨み合う形になる。

「ボックス！」

レフェリーが声を上げ、ファイトを促すが、僕たちは睨み合ったまま牽制し合う。

アカは鋭い両目で僕の一挙手一投足を睨みつづける。放たれる闘気がハンパじゃない。

そのまま十数秒が経過した。にわかに観客の声が静まり返っていく。

リング上を躍るように、アカが前後左右に動くトリッキーなステップを踏み始めるのは直後のこと。キュッキュッキュッキュッ。シューズを鳴らしながら縦横無尽に移動する。

は、速すぎる——僕は目が点になる。

これまで見せたことのない猛スピードで、ダンスするようにリング上を舞うアカ。

「おおおっ——」観客席からどよめきが轟く。

パンチは一発も打ってこない。それでも卓越したフットワークで翻弄され、僕はペースを奪われたように硬直する。得体の知れないプレッシャーがぐいぐい押し寄せてくる。

まるで鳥かごのなかの小鳥みたいに、僕は周囲に張りめぐらされていく、見えない壁の内側に閉じこめられ、身動きできないまま、攻撃半径がどんどん狭められていく。

これがアカと闘うということなんだ。

完全に高校アマレベルを超越した、変幻自在のボクシングスタイル。

と、いきなり凄まじい一撃が放たれた。

一閃の出来事。ダンッと深く踏みこまれた後、アカの動きがまったく見えなかった。

グゴゥッ！　脳を揺らす強烈な衝撃が襲う。瞬間、意識が飛んだ。

一瞬でバランス感覚が奪われる。視界が暗転する。なにが起きたかわからない。

気がつけば、僕はリングの真ん中にひれ伏していた。

どっと観客が沸く。絶叫と拍手と歓声が入り乱れ、場内は興奮の坩堝と化す。

渦の中心で僕はキャンバスマットに這いつくばり、ただただ全身をガクガク震わせる。

「ダウン！」レフェリーの声が遠くで聞こえる。

「月城っ！」新垣先生が叫ぶ。

「立てっ！　まだ始まったばっかだぞっ！」守屋もまた呼ぶ。

うつ伏せの状態、俺は両腕を立てて身体を起こそうとする。思考と行動が一致しない。

ぴくりとも腕に力が入らない。ビリビリと頭の芯が痺れている。体内をめぐる血液が停止したみたいだ。身体が重い。こんな速くてパワフルなパンチ、生まれて初めて喰らった。これほど凄まじいのか。アカのパンチは。こういうパンチを打てる奴がいるのか。

ドッ。ドッ。ドッ。ドッ。ドッ。ドッ。ドッ。ドッ。ドッ。ドッ。ドッ。ドッ。ドッ。

じんわりと意識が戻るにつれ、全身の血液が逆流するように脈打ち始める。心臓の鼓動が速まっていく。動揺と混乱と恐怖がごちゃ混ぜになって、パニックが襲いかかろうとするのを、虚ろな意識下でなんとか必死に抑えつづける。

「――トゥウ！　スリー！　フォー！」

レフェリーのカウントが耳に届く。

朦朧としていた脳が感覚を取り戻していく。頭を振ってみる。動く。今度は両手をリングに突いてみる。動いた。ゆっくり膝を立てる。

動く。動け。動け。動くんだ。

僕は自らに命じ、全身の筋肉を稼働させ、上体を起こし、立ち上がる。

ハッ。ハッ。ハッ。ハッ。ハッ。ハッ。ハッ。ハッ。ハッ。ハッ。ハッ。ハッ。ハッ。

酸欠状態に近い体内へ、強引に空気を送りこむ。狼狽する脳に酸素を与える。

同時に考える。

さっきの決め手は、左フックだったのか？　いや、右か？　まったく見えなかった。落ち着け。落ち着くんだ。混乱を解け。こんなに速いのか？　こんなに重いのか？　こんなに鋭いのか？　いったい、どんだけのパワーがあるんだ？

僕は慄く。信じられないという思いが湧き上がる。それでも本能が闘えと告げる。

懸命に呼吸を整えながら、両拳を構えてファイティングポーズを取る。

やがて、ぼんやり霞んでいたレフェリーの顔が視界にくっきりと象られる。

カウント9。ギリだった。レフェリーが両グローブに手を置いて訊いてくる。

「やれるか？」

「──は、はい」なんとか僕は震える顎で肯く。

「ボックス！」

レフェリーが両手を掲げる。試合再開だ。

「切り替えろっ！　月城、切り替えるんだ！」

新垣先生が檄を飛ばす。

「落ち着けっ！　距離を置いて時間を稼げ、シロ！」

ロープ越しに守屋が上半身を乗り出して声を張り上げる。

観客席はアカコール一色。倒せ倒せ倒せ倒せ倒せ倒せ倒せ倒せ、と誰もががなる。

熱気を帯びるギャラリーをまったく無視し、アカは無表情でニュートラルコーナーから動いてくる。熾烈な威圧感が伝わる。両拳を構え、僕はアカの躍動する姿を見つめる。

こんな奴がいるのか――――こんなファイターがいるのか――――。

これほどの破壊力なのか――――まったくパンチが見えなかった――――。

リングサイドで観るのと、リング上で見るのとではまるで違う。こいつは本物だ。力が違いすぎる。前島とは比較にならない圧倒的強さ。あらためて戦慄が走る。

僕の混乱と動揺をよそに、アカはあらゆる記憶や情緒や感情が排除されたマシンにすら映る。プログラムされた複雑で敏捷なリズムのフットワークがふたたび始まる。

知らず知らずのうち、早くも僕は後退している。

アカは獲物を追い詰める肉食獣のように、じんわりと僕をコーナーへ追いこむ。

ビシュッ。強烈な左ジャブが放たれる。なんとか僕はスウェーバックで避ける。

ビシッ。ふたたび左ジャブが追ってくる。バックステップで間合いを空ける。

と、たちまち足を使って迫ってくる。

アカは踏みこみが異常に深くて速い。

強いボクサーの条件は踏みこみにある。

深く速く踏みこんで放たれるパンチほど威力が増す。間合いを制覇するファイターは、身長差やリーチ差をものともせず、自在にパンチを当てることができる。

ダンッ。異様な身体能力を駆使し、アカがまたしても大胆に踏みこんでくる。

ビッッ。今度は右顔面を狙った左ロングフック。

ドゴッゥゥ！

ガードの上から鋼鉄ハンマーを振り下ろされたような重度の衝撃が頭部全体を揺らす。

完全に避けたつもりだった。右グローブで頭をプロテクトしたつもりだった。そのはずなのに、グローブとヘッドギアを打ち破る、凄まじいダメージが頭蓋を震わす。目の前が真っ暗になる。膝が抜ける。腰が落ちる。

グジッ。そこに左フックのさらなる一撃が叩きこまれる。

ボディ。辛うじて右肘でガードする。それでもみしみしと内臓に、ガードする右腕ごと喰いこんでいく。

ふたたび左フック。今度はガードの隙間を突いて、ずっしりめりこんでくる。

ウグゥッ——口からマウスピースを吐き出しそうになる。それを必死でこらえる。

いまのボディブローは効いた。肋骨がビリビリ痺れる。もしかすると骨を痛めた？

そういう不吉な激痛が疼いて体力と気力を挽ごうとする。耐え切れず、僕はロープに体を預ける。思わず必死でロープを握る。なんとかダウンを免れるために。

１Ｒ内に三度ダウンした時点で試合は終了する。

レフェリーが割って入る。僕のグローブが両手で摑まれる。

不穏に会場内がどよめく。

「やれます！　倒れてない！」

マウスピースを吐き出さんばかりの勢いで、必死にわめき、訴える。

絶対負けるわけにはいかない。新垣先生。守屋。橘さん。吉川さん。先輩たち。成瀬。そして三崎さん。僕はみんなに支えられてきたんだ。助けられ、勇気づけられ、見守られ、励まされて、背を押されてきたんだ。

まだ一発だってパンチを打ってないのに、こんなところで無様に負けるわけにはいかないんだ。僕は闘う。まだ闘いたい。闘わせてくれ！

「グローブの血を拭います！　鼻血を！」

レフェリーはそう言って、試合を止めなかった。

その声で初めて、自分がだらだらと鼻血を垂れ流していることに気づく。

僕のタンクトップにグローブを押し当ててレフェリーが鮮血をぐいと拭う。

上唇に滴る血の味。舌で舐めて唾を吐く。リングの一点が赤黒く染まる。

まだだ。まだまだ、これからだ。白星はいくつも転がってる。絶対にチャンスはあるんだ。

僕はファイティングポーズを取る。ここまでまるで自分のボクシングができてない。

「ボックス！」

瞬時にアカは走りこんできた。一気に標的を追い詰める攻勢に入ってくる。

僕は足を使って右側に回りこみ、アカの猛攻を避ける。同時に右ジャブを連打する。

ビシュゥ。ビッ。ビシッッ。ビシュ。ヘッドスリップで間合いを詰めようとするアカ。

させるか。僕は愚直に素早いジャブを打ちつづける。右脇腹の痛みをこらえ、足を使ってサークリングでリズムを取り戻そうとする。その間もジャブは止めない。

リーチで勝っている分、アカは僕の右ジャブを嫌う。

ワンツー。アカのお株を奪うように、今度は僕が深く踏みこんでいく。

ドゴッ。右ジャブでアカのガードを崩したタイミングでの怒濤の左ストレート。初めてアカの顔面を捉える。十オンスグローブ越しに強い手応えを感じる。

さすがのアカもひるむ。一瞬動きが止まる。

さらに僕は半歩踏みこむ。今度は左フック。

みしっ。アカの右ボディにきれいに入った。グローブがアカの腹部に喰いこむ。

だが、打ったと同時、僕の右脇腹にも激痛が走る。それでも渾身の力で拳を振り抜く。

ハウッ！　声にならない悲痛な叫びをアカが上げる。初めて声を発した。上体がくの字に折れ曲がる。その瞬間を見逃さない。僕はがら空きの横っ面に右フックを捻じこむ。

グゴゥッ。完全に決まった。アカの顎が激しく振れる。

足が止まったそのままの体勢で、アカは膝から崩れ落ちかける。

奪える！　ダウンを決められる！　このチャンスを逃さない！

さらに僕はにじり寄る。

左アッパーをボディに捻じこむべく、インファイト圏に攻め入ろうとした刹那、

「ヤバいっ！　月城！　離れろ！」

突然、新垣先生が叫び声を上げる。

グオゥッ！　一閃だ。ダメージを受けてダウン寸前のはずのアカが、凄まじいスピードで上体を起こしながら、信じがたいほどパワフルな左フックを放ってきた。

紙一重の間合いだった。僕は頭部を後ろに数センチ動かして避ける。

新垣先生の声がなければ、まともに横っ面を吹っ飛ばされていた。

次の一瞬、早くも体勢を整え直したアカが片頬を歪め、ぎりぎりと僕を睨んでくる。

その後しばし、僕らは睨み合う格好になる。

つつーっとこめかみから冷たい汗が落ちる。

「ボックス！」レフェリーが交戦を促す。すぐにはお互い動かない。

相手がどれだけのダメージを受けているのか、探るように洞察する。

レンさんが言ったようにアカは凄い。骨の髄まで完全無欠のファイターだ。絶対に自分の白星を掴みとろうとする。どんな苦境に陥っても最後の一秒まで諦めない。打たれても打たれても、攻撃で立ち向かってくるとは。そのメンタルの強さはやっぱハンパない。

　でも、さっきのボディへの左フックは絶対に効いているはず。

右脇腹の激痛をこらえ、僕は足を使って動き始める。

ここは好機。僕にも分がある。猛攻で一気に討ち取ってやる。

僕はジャブを放つ。

と、その一発目を虎視眈々とアカは狙っていた。神がかり的な素早い身のこなしのヘッドスリップ。またしても、ふっと目の前からアカが消える。おそろしいスピードで間合いを詰めてくる。なんという大胆さ。あれだけのボディを喰らった直後だというのに、まるでパンチを怖がらない。体力の回復を待とうとしない。時間稼ぎすらしようとしない。

ダンッとまたも強気で踏みこんでくる。

どれだけの自信があるというんだ。この男は。

次の一瞬、強引にインファイトに持ちこまれたと思ったら、抉るような左アッパーが突き上げられる。狙いは右脇腹。さっき僕が痛めたことまで緻密に読みこんでいる。

こんなパンチをまともに受けたらダウンじゃすまない。それほど強烈な一撃。

だが、到底避け切れる距離じゃない。

とっさに僕は両手のグローブでアカのパンチを上から抑えこむようにブロックする。

ドッゥ！　信じられない——身体が浮いた。ふっと両足の爪先がリングから離れる。

完璧にブロックしていても、肋骨に凄まじい衝撃がビリビリ伝わる。

カーン。ゴングが鳴る。次の瞬間、ぐらりと僕は膝を突いてリングに体を落とす。

ぼたっ。鼻血が垂れ落ちてリングを赤黒く染める。

あと、一秒。一秒早ければ、二度目のダウンをとられていた。

奇跡的に救われた――。

あまりの熾烈な激闘にざわつく会場。圧倒的なアカの迫力に誰もが息を呑んでいる。

三百六十秒のうちの、百二十秒がようやく終わった。

長い。この試合は長くなる。

激痛をこらえ、僕はゆっくりと立ち上がる。なかば無意識に目を動かした先、三崎さんが映る。小さく首を振り、泣き出しそうな、なにかを訴える目で僕を見つめている。

彼女がくれたお守りは、トランクスベルトの内側にガムテープで貼ってある。

いまの壊滅的な一打から救ってくれたのは、勝負の神様のおかげかもしれない。

そう感謝しながら、僕は彼女の目に目で合図して応える。大丈夫、って。


「ダメージは？」

よろける足どりでコーナーへ辿り着くと、すぐに新垣先生が硬い声で訊いてくる。

「平気です。まともにもらいましたけど、なんとか切り替えていきます」

「奴、右拳を痛めてるぞ」

守屋が耳元で告げる。微妙な間を置き、新垣先生も同意して小さく肯く。

「気づいてんだろ、シロ。あいつは1Rで一発も右を打たなかった。真栄田との準決勝もな」

「嘘だ」

「嘘言ってどうすんだ。俺らは仲間だぞ」

守屋がきつく声を押し出す。

「まだ百パーセントの確証はないが、可能性は高い。次から意識して見ていくんだ。いいな月城。平井の強さは常軌を逸しているが、そこに勝機があるかもしれん」

新垣先生まで真顔で守屋の意見に賛同する。

僕はなにも言えない。複雑な気持ちで胸中が揺れる。

お互いが完全な状態で試合に臨みたかった。アカとだけは弱みにつけ入るような闘いはしたくない。フェアな一騎打ちで、正々堂々あいつとボクシングがしたい。

すると、気持ちを読みこんだみたいに、いきなりグイと守屋が二の腕を摑んでくる。

「これは真剣勝負だ。相手の弱みにどうだとか、いまさらくだらねえこと考えんな。前島の左脇腹だって殴れなかっただろ。その優しさがシロ、お前の弱さなんだ。いいか、勝つことがすべてだぞ。わかってんのか？」

訴えるような真剣な目で守屋が睨んでくる。やはり僕はなにも言えず視線を落とす。

そこでセコンドアウトのブザーが鳴る。追い縋るように守屋が背に叫ぶ。

「シロ！　お前は俺を踏み台にして、羽ばたくんだぞっ！」

八

カーン。２Ｒ開始早々から試合はさらにヒートアップする。

アカが猛攻を仕掛けてきた。僕も退かない。

どちらもリング中央で足を止めて殴り合う格好になった。

僕は渾身の左ストレートをアカの顔面に決める。

アカは強烈な左ロングフックを僕の顎に叩きこむ。

その直後だ。アカが右フックを打つモーションに入った。

アカの右！　痛めてるはずじゃないのか？

とっさに僕はビクッと過剰反応してしまい、仰け反るように上体を引き離した。

怯んだ一瞬の隙をアカが見逃すわけがない。

グフォゥ――すかさずパワフルな左アッパーが右脇腹に突き刺さった。

激痛をこらえきらず、僕はうずくまるように足を折り、その場に崩れてダウンした。

フェイント？　いまの右はフェイントだったのか？

キャンバスマットに倒れたまま、ぎりぎりと奥歯を食いしばり、悲鳴を上げる内臓の痛みに耐えながら、いましがたのアカの動きを虚ろな脳裏で反芻する。

容赦なくレフェリーのカウントが刻まれる。

なんとかカウント8で立ち上がる。僕はふたたびアカとのファイトに向き直る。

「ボックス！」

ただちにニュートラルコーナーを飛び出すアカは、猛ラッシュで勝負を決めにくる。

ボディへのダメージは残ったまま。ここはなんとか足を使って回復を待ちたい。

いいや、無理だ。僕は浅はかな戦略をただちに否定する。

逃げ切れない。こいつのスピードに対して逃げるなど、どうしたって無理なんだ。

こんな凄いボクサーに小賢しい防戦を試みたところで通用するわけがない。

目には目を、だ！　それでしかこの試合に勝機は見い出せない。

退いたら負ける。白星を捥ぎ取ることはできない。

その一秒先を信じろ。自分を——。

僕は覚悟を決める。ふたたび足を止めて真正面からの殴り合いを決意する。

そうしてぐいぐいと迫ってくるアカのパンチに対して、渾身のパンチで対抗する。

中盤。どちらかがボディを打てば、どちらかが顔面を貫く。手数はほぼ互角。

ハーフタイムが経過し、次第にアカの動きには精彩がなくなってきた。1Rでの右ボディへの一打がじっくり効いてる。僕はそう確信し、ボディブローを中心としたコンビネーションで、アカの腹部を狙っていった。

アカもまた執拗に僕の右脇腹に狙いを絞って、ここぞと左拳を打ちこんでくる。それを僕は右肘でガードする。それでもアカは執念で左パンチを打ちつづける。

右腕に異変を感じたのは2R後半のこと。

アカは肘のガードを無視するように、僕の右脇腹めがけて左アッパーと左フックを捻じこんでくる。とにかく僕は必死で右脇腹を護りながら、負けじと左右の連打で応戦する。

終盤に向かうにつれ、なにかに取り憑かれたように、僕は闘いにのめりこんでいった。

両者の激しいパンチの応酬に、観客もまた大歓声を上げている。

インターハイの決勝戦で、こうやってアカと闘ってるなんて——そういう気持ちが自身を鼓舞し、さらに激しいファイトを求め、なにかに突き動かされるように、僕は殴り合いに没頭していく。

カーン。2R終了のゴングが鳴る。

満身創痍(そうい)で僕はコーナーへと向かう。一瞬も気が抜けない、パワフルでスピーディな攻防がみるみるスタミナを削っていく。

左のパンチだけでこれほど苦しめられるなんて——。

あらためてアカの驚異的な強さに慄く。

もし得意の右がいつも通りなら、まず僕はこの時点で立ててないように思える。

なあ、守屋、お前が心配するまでもないよ。あいつの左だけでも、超絶すげえぞ。

そんなことをぼんやり思い、僕はキャンバスマットをふらふら進む。

けど、なんとか2Rを乗り切った。三百六十秒のうちの二百四十秒が終わったんだ。

そう自分に言い聞かせながら。

コーナーに戻った僕を間近で見て、新垣先生と守屋が言葉を失う。

視線を落とすと、右腕の肘を中心にして紫色に変色し、ぱんぱんに腫れ上がっていた。

もう、僕の神経はおかしくなりつつあったのかもしれない。

序盤でのダウン以降、あまり痛みを感じなくなっている。いつの間にかアカのパンチへの恐怖も消えていた。体内で大量のアドレナリンが噴出される効果なのかはわからない。

いずれにせよ、恐怖心を凌駕し、アカとの死闘に我を失いつつある。

「これ以上、右肘を打たせるな。足だ。もっと足を使うんだ。いいな、月城。まともに打ち合って勝てる相手じゃないんだぞ。なりふりかまわず、とにかく逃げて裂け目を探せ」

新垣先生が強張った声で告げる。右脇腹を痛めたことも、先生は1R終了時点ですでに気づいていた。

はっきりと僕は首を振る。

「あと1Rです。好きにやらせてください」

「ダメだ。このまま平井の左パンチを受けつづけると、右腕が使いものにならなくなる。それだけじゃない。右脇腹に左フックがもろに入ったら、どういうことになるかわからん。もしかすると、今後のボクシング人生に大きく影響する。たとえ右が打てなくても、平井のパワーはそれくらい異質な力があるんだぞ。お前だってわかってるだろ！」

「いいんです、もう。あいつとの試合さえ終えれば、後はどうなったっていいです」

「なにを言ってる、月城。冷静になれ。いつものお前らしくないぞ」

「今日のこの試合のために六年間ボクシングをやってきました。だから思うように闘わせてください。あと二分、百二十秒なんです」

「だったらタオルを投げる。選手の安全が第一なんだ。わかってくれ」

反射的に僕は椅子から立ち上がって、必死の思いで言葉を絞り出す。

「それだけはやめてください。お願いします」

「嫌なら俺の言うことを聞いてくれ。お前のボクシング人生は始まったばかりだ。平井との闘いはこれからもつづくんだぞ。俺と笹口蓮のように、ずっと」

「先生――」

守屋が横から切り出す。新垣先生も僕も、思わず守屋のほうを見る。

「ここまできたら、最後まで月城を信じてみませんか」

「なんだと?」

「こいつは本当にこれまで死ぬ気で頑張ってきました。こいつこそ最高のファイターです。そう信じて、先生も俺もこの一年間やってきましたよね。けど、一番辛かったり、苦しかったりして、ずっと自分と闘ってきたのは、なによりこいつ自身なんです」

新垣先生は唇を結んだままなにも言わず、守屋に目を向けている。僕も同じだ。

「俺、真面目に感謝してるんです。もう闘えなくなった自分の分まで引き受けるように、こいつが歯を食いしばって努力に努力を重ねる姿を毎日見てて、もう一回、立ち上がってみようって思えるようになったから。こいつのそばでファイトを支えることで、俺もまたずっと支えられてたんです。折れかけてた心が折れず、元に戻せたのは、月城のおかげです。だから、こいつの思うように闘わせてやりたい。あと二分間。百二十秒です。月城、いや、シロの好きなように、闘わせてやってください。どうかお願いします」

深く守屋が頭を下げる。

僕の胸の奥のほうからなにかがこみ上げてくる。

満員の会場のなか、僕らのコーナーポストにだけ数瞬の空白のような時間が流れる。

新垣先生はじっと守屋に視線を定めていた。

「わかった。頭を上げろ、守屋」

突然だ。先生が短く言い、今度は僕の目にまっすぐ視線を向けてくる。

「出し切ってこい。悔いがないように」

「は、はい」

僕もまた深く一礼する。そこでセコンドアウトのブザーがなる。

「頑張れよ、シロ」

顔を上げた守屋が僕の肩をがしっと摑んでくる。

「しかし、すげえよな、あいつ」

この期に及んでなにを言い出すのか、思わず守屋を見入る。

「すげえよ。お前も、そして平井も。あいつ、左腕一本でここまで闘うんだもんな。俺は誇りに思ってるよ。この大勝負に関われてることを。いま、この場所に立っていられてることを。勝負がどうであれ、いつかまた、あいつに会わせてくれないか、シロ？　俺、間違ってたよ、本当に強いって意味がわかってなかったんだ」

そこまで言うと守屋は目を伏せて唇を噛みしめる。

「――うん」

それ以上の言葉はもう出ない。僕は対角のコーナーポストにまっすぐ向き直る。

闘志剝き出しでアカがこっちを睨んでいる。

あと二分間。百二十秒。

カーン。インターバル終了のゴングが鳴る。僕らの最終ラウンドが始まった。

「よおし！　ええぞ！　いけっ！」レンさんの叫び声が聞こえる。
「左、左！　ボディ効いてるぞ！」新垣先生の叫び声が聞こえる。
3R序盤からお互いのファイトがヒートアップする。相乗して両コーナーのセコンド陣営から、なりふりかまわない激しい声が飛ぶようになる。
ここまでで僕は二度のダウンを喫していた。対してアカはゼロ。圧倒的劣勢。スコアは相当引き離されている。RSCかKOでしか勝利はない。それでも手数じゃ負けてない。

愚直に右ジャブから始まるワンツーで左ストレートを繰り出し、突破口を探りつづけた。

直後、僕が放った全力の左ストレートと、アカが打ち抜いてきた鋭い左のロングフックが、ともに空を斬る。力余ってバランスを崩した僕ら二人は前のめりでお互いの体をぶつけ合い、この試合で初めてクリンチの状態になった。アカと僕の身体が密着する。

その一瞬、なにを思ったかアカは耳打ちするように訊いてくる。

「なあ、シロ。お前、ボクシング大好きだよな?」

即座に僕もまた耳打ちするように返す。

「お前とおんなじだよ、アカ」

ふっ——どちらともなく小さく笑う。

そしてただちに弾かれるように相手の身体から離れ、ファイティングポーズを取る。

「ボックス!」レフェリーが告げ、試合が再開される。


奇跡的に戦局が大きく動いたのは、その後間もなくのこと。

右ジャブ三連打の後、ボディへの左ストレートがアカの肘ガードの隙間を縫うように右脇腹近くに鋭くめりこむ。苦痛で顔を歪めるアカ。ここぞと僕は右足を踏みこんでいく。

次の一瞬だ。

ドッ! 渾身の右フックをアカの顔面真正面に突き刺す。

間一髪、打たれながらも反撃してきたアカの強烈な左ストレートをかわしての一撃。

勝負を懸けたパンチがクリーンヒットする。ついにアカが鼻血を噴き出した。観客は大きくどよめく。おそらくアンダージュニアでのデビュー以来、流血は初めてのはず。

すかさず僕は足が止まりかけたアカのボディを狙って左ストレートをもう一発放つ。

ところがアカは負けてない。逆境の局面で、こいつは絶対に後退しない。前に出てくる。両足を踏ん張りながら全身でフルスウィングする右ロングフックを繰り出してきた。

この試合、初めての右だ。

ドッ！　ガゴッ！　完全なタイミングでの相打ち。

僕の横っ面にみしっとアカの右拳が刺さる。

アカの右脇腹にみっしりと僕の左拳が食いこむ。

刹那、僕は立ったままで意識を失いかける。

左パンチの比じゃない。アカの右の一打はおそろしいほど重くてパワフルだった。

「シロ！　気を戻せ！　集中しろっ！　まだだっ！」

守屋が大声でがなる。それでハッと意識が戻る。

「なにさらしとるんじゃ！　踏みこみが甘いっ！　一発で決めんかいっ！」

レンさんもまたこれまでにない怒号を張り上げる。

僕の左をもらい、アカもまた足が止まっていた。ハンパないダメージの相打ちの後、数瞬、お互いの目と目が合う。不敵にもアカがニヤッと笑った。僕もニヤッと笑い返した。

その瞬間、昔の二人に戻れた気がする。

あの日のまま、なにも変わることない、アカとシロに。

両者ともに完全にフットワークを使わなくなったのは直後のこと。

あと百秒足らず。もう小細工など必要ない。

ドグッ！　ドッ！　グゴッ！　ドスゥッ！　相手のパンチが当たれば、相手にパンチを打ち当てる。力と力の勝負。拳と拳の一騎打ち。

だが、打ち合いとなれば、百戦錬磨のアカのほうに俄然分がある。

しかもアカは最終ラウンドのこのタイミングで、これまで封印していた右拳を解いた。

左フックのフェイントから入る右ストレートが僕の腹にまともに入る。

ぐぉぅ――一瞬呼吸が止まって、上半身が前傾で折れる。

即座、アカが猛ラッシュで迫りくる。

ハンマーみたいなショートフックの連打で両腕のガードが打ち崩され、空いた顔面めがけて放たれた右フックがもろに顎に突き刺さる。

ぶるぶると両膝が震え、大きくバランスを失いながら、僕はロープを背にしてしまう。

すぐさまアカが追撃の右フックを打ってくる。ぐいんと伸びるそれがまたも顎を捉える。限界が近づいている。虚ろな頭で僕は思う。こいつは強い。ヤバいくらい強すぎる。

「クリンチだっ！　抱きつけっ！」

守屋が必死の声を張り上げる。

すぐさまアカは反応する。クリンチさせまいとばかりに即座にミドルレンジまで離れ、今度は伸びのある左右のストレートに切り替えて猛攻を仕掛けてくる。

僕は歯を食いしばってロープから背を離すや、右足を大きく踏みこみ、捨身の左ロングフックを打ち放つ。

圧倒的劣勢からのその大胆な猛撃を、さすがのアカも予想してなかった。

外側からフルスウィングして急角度で切れこんでいくトップスピードの乗った僕の左拳がアカの顔を殴る。

グゴッ!

アカの頭が直角近くまで振れる。白目を剥く。

千載一遇のチャンス。残存するエネルギーをフル稼働して僕は果敢に躍り出る。

アカが得意とするインファイトレンジにあえて飛びこみ、がら空きになっているボディへ左右のショートフックを集めて滅多打ちする。

二発、三発、四発。五発――何発もまともにパンチが入っているのにアカは倒れない。

なんというタフさ。なんという打たれ強さ。そして、なんというメンタルの強さなんだ。

パンチを繰り出しながら呆れかけていると、直後、アカが信じられないほどパワフルな右フックを打ってくる。

負けるか! 僕もまた右フックを繰り出す。

ドドッゥ! 今度は顔面の相打ち。

パンチ力じゃ断然アカが勝る。スタミナが違う。気力が違いすぎる。

たちまちアカがステップインしてきて、真下から信じられないほど鋭角の右アッパーを突き上げてくる。ガシッ！　これがふたたび顎へまともに入る。

パンチ圧でマウスピースを吐き出す。僕は仰向けでリングへと倒れていく。

ドッ。ドッ。ドッ。ドッ。ドッ。ドッ。ドッ。ドッ。ドッ。ドッ。ドッ。

キャンバスマットに沈み、耳を澄ます。心臓の鼓動が聞こえる。

まだ生きてる。僕は思う。

これが生きてるということだ。僕は実感する。

遠くでレフェリーのカウントが聞こえる。

焔が燃え上がるような激情を剝き出しにした形相で、アカが上から睨みつけてくる。

リングに倒れたまま、目だけを動かすと、視界の片隅に三崎さんが映る。

もう泣き出しそうな、いや、すでに泣いてるのか、潤んだ瞳でこっちを見ている。

こんな局面だというのに、ぼんやりした頭で昨晩の電話を思い出す。

僕は三崎さんに訊いてみたんだ――。

「どこに行こうか、ずっと考えてたんだけど、三崎さんはどこか行きたいとこ、ある？」

二人のインターハイが終わった後の夏休み、一緒にどこか行こうと約束していた。

「ううん、月城くんが決めて」

そのとき、ふと頭によぎった。ずっと昔、幼稚園の頃から、毎年、夏の終わりになると、近所の河川敷で開かれる花火大会をアカと観に行っていた。

夏の夜に華々しく散る花火が、僕らは大好きだった。

まっ暗な夜闇に浮かぶ一輪の花が、一瞬で花畑になるような、そんな光の渦が、アカも僕も大好きだったんだ。

「花火大会、行こうか」

ほとんど思いつきだったけど、気がつけば声になっていた。

「うん、それすっごくいいかも。なんだか素敵ね。夏の終わりの花火大会」

彼女は躍るような楽しげな口調で賛成してくれた。

――あ、あれ、ここがどこで、僕、なにをしてたんだっけな。

現実の思惟と過去の記憶の境目が曖昧になっていくような、深いまどろみを覚える。

もう、このまま眠りたい。倒れたまま休みたい。僕は重い瞼を閉じていく。

と、次の瞬間だ。

「立て！　シロ！　まだ終わりじゃねえっ！　終わってねえっ！　諦めんじゃねえっ！」

ハッとする。閉じかけた瞼を見開く。

両手でロープを掴んで半身を乗り出し、懸命に声を限りに叫ぶ守屋がいる。

そして、その後ろに映りこむ光景を見て、僕は目を疑う。

え？

何度も瞬きして見つめ直す。

いや、見間違いなんかじゃない。信じられなくて息が止まりそうになる。

「に、兄ちゃん――」

観客席の真ん中あたり、兄が座ってじっと僕に顔を向けている。真っ赤な眼を見開いて、全身を強張らせて。その両隣には父さんと母さんまで。

三人は真剣な面持ちでリングに倒れたままの僕に視線を定め、必死に訴えてる。

「立て、シロウ！　負けるんじゃない、シロウ！」

そう心で叫んでる。家族だからわかる。

「立つんだ、シロ！　負けんじゃねえ！　シロ！」

またも守屋の怒声が耳をつんざく。家族の想いを代弁するように。

ハッとして、そこで我に返る。

「そうだ。試合だ――」

立たなきゃ。立つんだ。起き上がらなきゃ。

僕は両手をマットに突き立てて、ぶるぶる震える膝頭と大腿に渾身の力をこめ、よろめきながらもなんとか起き上がる。

致命打に近いアッパーを受け、それでも立ち上がった僕に会場がどよめく。

「やれるか？」

両手で僕のグローブを握り締めて、レフェリーが訊いてくる。

ファイティングポーズを取り、こくっと僕は肯く。鼻呼吸すると血の臭(にお)いしかしない。

カウント9で試合が再開される。

「見てなよ、兄ちゃん、父さん、母さん。強くなった僕を。絶対に逃げない僕の闘いを」

「ハーフタイム」

誰かの声。直後、左脇腹に猛烈な右フックをもらう。一瞬、呼吸が止まる。ロープ際まで吹っ飛ぶ。必死の思いでなんとかロープにしがみつく。辛うじてダウンを免れる。

と、すでに目の前にファイティングポーズを取ったアカがいる。

なんという動き。なんという踏みこみ。すかさずまたも剛腕の右フックが放たれる。

「うおおおおおおおおらああああああっ！」

右拳を打ち抜きながらアカが雄叫(おたけ)びを上げる。この試合、初めてアカが叫んだ。

倒れろ。倒れてくれ——血まみれの凄絶で苦しげな面持ちがそう吠えている。

辛くもサイドステップで避けて僕は体勢を立て直す。執拗にアカが追ってくる。

死にもの狂いのその顔に、僕は幼い頃のアカを見る。

殴られても、蹴られても、号泣しながら相手に立ち向かっていった幼馴染み。

臆病で気弱で、動くことすらできなかった僕。

僕らはお互い弱虫だった。あの頃のアカが、いま時空を超え、目の前に屹立(きつりつ)している。

必死の形相になって、左拳でふたたび右脇腹を狙ってくる。凄まじい左フック。

ガァシッッッ！　それを僕は右肘で受ける。

直後、逆に右フックをアカの横っ面に叩きこむ。ビシュッ。血が舞い飛ぶ。それでもアカは退かない。右ストレートを打ち返してくる。それが僕の顔面を捉える。

ドゴッ！　眼球が潰されるほどの衝撃。視界が振れる。視点が濁る。

この局面、ますますパワーが上がってくる。

すげえ、こいつこそ最強で最高のファイターだ！

「ぐぅっおおっおおおぅらあああああ！」

ありったけの声で僕も叫ぶ。右足を深く踏みこむ。と同時、左ストレートを貫く。

グジャッ！

アカの顎に左拳がめりこむ。パンチを打ちながら、僕のなかで記憶が蘇る。

「強くなりてえなあ。めっちゃ強く――」アカがそう言った、八歳のあの夏のことが。

あの言葉通り、幼いあのときに心を決めて、アカはここまで必死に闘いつづけてきたんだ。走りつづけてきたんだ。

覚悟と執念を背負った拳と魂のせめぎ合いで、無敗ノーダウンを貫いてきたんだ。

やっぱすげえ。アカはすごい。

「ラスト十秒！」誰かの声が聞こえる。

ドグッ！　猛烈なアカの右フックが左脇腹に突き刺さる。

ぐっ！　僕は両足でこらえて踏ん張る。あと一回倒れた時点で試合は終了する。

まだだ。

まだ僕は負けてない。

どこまでもあがきもがいて、絶対に白星を捥ぎ取ってやる。

白い光に満ちるリング上、アカが右フックを放つ。

僕は左ストレートを打ち返す。

またも相打ち。

ドガ！　ゴグッ！

消え入りそうになる意識をこらえて、身体が吹っ飛びそうなくらいの衝撃をアキレス腱で耐えて、ぐぐっとリング中央から退くことなく両足で踏ん張る。

「シローッ！」幼馴染みが僕の名を呼ぶ。

「アカァッ！」僕も幼馴染みの名を呼ぶ。

その瞬間、アカが笑ったみたいに、ぼやけた視界に映る。

僕は双眸の奥に熱を覚える。

そうして、ありったけの力をこめた最後の一撃を貫く。

ガツッ!!

ほぼ同時だ。かつてない衝撃を自分の左拳に感じる。かつてない衝撃を頭部に受ける。

カチッ。新たな一秒が刻まれる。

その先の自分を信じて、僕らはここまで闘ってきたんだ。

刹那、スローモーションで静謐な世界へといざなわれていく。

倒れながら僕は、リングを照らしてきらきらきらきらと輝く、眩い光の渦にまなざしをすがめる。

それは一瞬で花畑になるような、夏の夜に華々しく散る花火みたいに、やがて緩やかに闇へと音なく溶けこんでいった。

エピローグ

昨夜、突然アカから電話があった。

番号はレンさん経由で新垣先生から聞いたとのこと。

「ずいぶん急だね」驚きながら僕が言うと、

「明日しかもう時間がないんだよ」

電話口でアカはそう言い切った。

指定された新宿駅近くの公園に着くと、スポーツバッグを肩に担いだ、白Tシャツにカットオフデニム姿のアカがすでに待っていた。右拳にぐるぐる包帯を巻いて。

島に帰る、と昨夜の電話で聞かされていたけど、てっきり冗談だと高を括っていた。

「マジで行くわけ？」

「ああ、もう決めたことなんだ。武校もやめたし」

「なんでだよ？」

「最後にシロと決勝で闘えれば、それでよかったんだ」

僕もおんなじように思ってたよ。そう言おうとする前にアカは言葉をつづけた。

「悪いな、いきなり呼び出して。今日の深夜バスで出発するからさ」

3R一分五十九秒。ダブルノックダウン。

遡るこ(さかのぼ)とちょうど二週間前のインターハイバンタム級決勝戦。

僕の左ストレートがアカの顎を貫き、アカの右ロングフックが僕のこめかみを捉えた。

ほぼ同時に両選手とも倒れ、その時点で僕は四度のダウンを喫してRSC負けとなる。

あと一秒、というところで僕は敗北した。

遥か空高くで輝く偉大な一番星に手は届いたんだろうか――思いながらも後悔はない。

アカのパンチをもらいすぎた僕は、昏倒したまま救急車で病院に運ばれて入院する事態になり、試合後はアカに会えないまま、東京に戻ってきてドタバタの日々が経過した。

あれほど凄絶な試合を繰り広げたのに、普通に僕らは再会して、普通に話す。それもまたボクシングのいいところかもしれない、って思う。

ボクシングを始めたきっかけとか、突然引っ越した理由とか、なんでそんな強くなれたんだとか、また島に戻る理由とか、右拳は大丈夫なのかよとか、訊きたいこと、話したいことは山のようにあったけど、思いに反してそれらはすぐに言葉にならない。

当たり障りのない話題から始まる。

試合のことを振り返り、お互いの部活の練習メニューを語り、減量方法を暴露し合い、強敵だった奴との激闘を言い合ううち、あっという間にタイムアップになってしまった。

結局、ボクシングの話しかできなかった。

それでよかった。決勝戦3Rを闘い抜いた時点で、もう僕らはお互いに認め合っていたから。

八年もの絶交のブランクは、時空を超え、あの試合の六分足らずで埋められたんだ。

それにしても僕らの顔ときたら、紫色や赤色の痣、腫れや無数の切り傷で、二週間経ったのに、いまだひどすぎる。会ってすぐ、お互いの顔を見て、ププッて吹き出し、「なんだそのひっでぇ面」って腹を抱えて笑い出してしまったほどだ。

公園を出て、深夜バス乗り場へ二人して向かう途中だった。

車道の路肩に真っ黒い大きなワンボックスカーと薄緑色のポップな軽自動車が二台並んで停めてあって、僕らの目と足がぴたりと止まる。

「ナメてんじゃねえぞ。クラクション鳴らしやがって、ざけやがって、このババアが」

見れば二十代後半の母親風のカジュアルな服装でショートカットの女性が、グレーの作業服を着たハタチ前後の太った丸坊主にすごい剣幕で怒鳴られている。

「俺がどんなひでぇ運転してたっていうんだよ。え、コラ？　言ってみろよ、ああ？」

「だって、交差点手前の黄色の実線なのに、いきなり割りこんで車線変更してくるから、ぶつかりそうになって、危いって思ってクラクションをちょっと鳴らしただけです」

「だりいこと言ってんじゃねえぞ、おら。誰がいきなり割りこんだよ。ちゃんとウィンカー出して、白線で車線を変更しただろうが！　てめえ、免許持ってんのか、おう、ちょい、免許証貸せよ！　ほら早く」

掴みかからんばかりの勢いで怒鳴り散らす丸坊主。よく見れば、薄緑色の軽自動車の後部座席の窓ガラスに小さな女の子が張り付いて泣いている。

すぐさま動こうとするアカを僕は手で制する。そしてアカのかわりに丸坊主のほうへまっすぐ進んで大声を放つ。

「おい、おっさん。そのへんにしとけよ」

揉めている二人がこっちに顔を向けると同時、

「あ、なんだとコラ、ガキ！」

たちまち丸坊主が食ってかかる。次の一瞬、ぼこぼこに腫れて、切り傷だらけの僕とアカの顔に目を見張り、わずかに怯んだのがわかる。

女性のほうは意外な展開に驚きながら、潤んだ目を点にして、震える唇をつぐむ。

「横からしゃしゃり出てんじゃねえよ、おら！」

気を取り直したように丸坊主が僕に近づき、ワイシャツの胸倉をぐいと掴んできた。

「おっさん、やめといたほうがいいぜ。そいつ、ボクシングで日本二位だぞ」

背後にいるアカが楽しげに言う。

すると丸坊主は、ぎょっとして僕の顔をまじまじ見つめてきた。

「離せよ」

至近距離で両目を直視し、低い声で僕が短く命じると、怒気を帯びていた丸坊主の片頰が引きつりかけ、ぴくぴくと動き始める。

「聞こえないのか！　その手を離せって言ってんだろがっ！」

睨みを利かせて叫ぶ。弾かれたように丸坊主はワイシャツを摑んでいる手をぱっと離す。

「相手は女の人だろ。それに、そんな脅すようなことじゃないだろが。くっだらねえ」

言いながら僕は両拳を握ってファイティングポーズを取り、いっそう鋭く睨みつける。

丸坊主の表情が次第に青ざめていく。

「弱い者いじめして楽しいのか？　やるんなら、いま、ここで相手してやるよ！」

語気を荒らげて僕は啖呵を切る。丸坊主は無言のまま、中空に目を泳がせる。

「こいよっ！」

ダンッと僕が右足を踏みこむと、ビクンと反射的に丸坊主が背を仰け反らせて走り出し、黒いワンボックスカーに乗りこむやエンジンをかけて一目散に去っていく。

あっという間の出来事だった。拍子抜けして僕は拳を解いた。

「あ、あの、本当にありがとうございます。助けていただいて――」

気を取り直した女性が涙目で深々と頭を下げる。

「お礼なんて。それよりおチビちゃん、泣いてるから早くあやしてあげてください」

僕は「行こう」と、アカの二の腕をとんと叩く。

「強くなったな、シロ。マジでめっちゃ強くなったんだな」

目を細めて僕の顔を眺めながら、うれしそうにアカが言う。

やった。初めて褒められた。

幼馴染みのそのひと言をずっと聞きたかった。この八年来ずっと。高らかに胸が躍る。うれしかったのはそれだけじゃない。その後の話で、アカは守屋のことに触れてくれた。だから僕はレンさんへの正直な気持ちも伝えられた。

ゆっくりと僕らの輪が広がっていることが本当にうれしかった。

あの闘いは誰にとっても意味と意義のある大切なものだったと思えた。

直後だ。ビュッ。南からのビル風が吹きすさび、僕らの間をすり抜ける。

湿り気と排気ガスがごちゃ混ぜになった大都会の空気が頬を撫でる。

ビルとビルのてっぺんを入道雲がぐんぐんと凄い勢いで動いていく。

西の方角にうっすらと夕焼けが重なる。その情景に季節の変わり目を感じてしまう。

夏の終わりはいつだって切ない。つい立ち止まって天を仰いでると、

「俺、行くわ。そろそろ時間だし。湿っぽいの嫌だし、見送りはここまででいい。こっちを離れる前に会えてよかったよ、シロ。サンキューな」

いきなりアカが別れを告げる。

「え?」

僕が顔を向けると、アカは昔と変わらない幼馴染みの笑顔でこくんと肯いた。

とっさに僕は訊く。

「お前、ボクシング、つづけるよな? なあ、アカ」

ずっと本心から確かめたかったことが、最後の最後で思わず声になった。

一拍の間の後、アカはニヤッと笑う。

決勝戦の3R後半。お互いがハンパないダメージの相打ちとなり、目と目が合った数瞬、不敵にニヤッと笑った、あの顔だ。

「なあ、シロ。あの試合、1R百二十秒じゃなくて。百八十秒なら、どうだったかな？」

僕の質問に答えることなくそれだけ言うと、アカは駆け出しながらつづける。

「じゃあな、シロ。元気でな！　お前こそボクシングやめんなよ」

お、おい、待てって——すぐには言葉が出ない。

僕の話は終わってない。

もっと一緒にいたいんだ、アカ。伝えたいこととかもあるんだ。

明日、花火大会に行くんだよ。昔、お前と一緒に行ってた、あの河川敷の花火大会に。

とうとう言えなかった。

生まれて初めてのガールフレンドができつつある、ってことも。

その子、すっごい可愛(かわい)くて、しかもすっごい水泳の選手なんだ、って自慢も。

それから僕らって、大好きだったよな。夏の夜に華々しく散る、あの花火が。

まっ暗な夜闇に浮かぶ一輪の花が、一瞬で花畑になるような、そんな光の渦が。

決勝戦の最終ラウンド、気を失う寸前、忘れかけてたあの景色が待ってくれてたんだ。

一秒で決まった、相打ちの瞬間に。

「アカ、お前も見てただろ？　一緒にダウンしながら、僕とおんなじ景色を」

ひび割れたアスファルトの路傍に立ち、あいつの背を目で追いながら、あのときのことをありありと色鮮やかに思い出すうち、自然と声になる。

そして、言い残したアカの台詞をなにげに振り返る。

「1Rが百八十秒って、それ、プロボクシングのこと?」

もしかして、それが答えってことなのか?

なあ、どういう意味なんだよ? ちゃんと教えてくれよ。

けど、あいつはもう行ってしまった。またしても一陣の風が去るように。

ま、いっか。今度でいい。いろいろ話したりするのは。

これからも僕らはずっと友だちだし。またそう遠くないうちに会えるだろう。

みるみる夕焼けに染まる大都会の摩天楼に吸いこまれるように、どんどん小さくなっていく、幼馴染みの白い後ろ姿から目を離し、僕もまた勢いよく一歩を踏み出してみる。

ぎゅっとふたつの拳を握りしめ、まっすぐな途を前へと進む。

その一秒先、リングに立っている自分を信じるように。

きらきら眩しい光の渦が頭上から降り注ぐ、新しい世界を目指して。


(了)

この物語はフィクションです。実在の人物・団体・事件等とは一切関係ありません。

また、ボクシングの大会日程やルールが細部において現実の最新のものと異なっている部分がありますが、これは小説上の演出によるものです。

本書は書き下ろしです。

〈著者紹介〉

秀島 迅（ひでしま・じん）

青山学院大学卒。広告代理店や外資系IT企業での勤務を経て独立し、現在コピーライターとして活躍している。『さよなら、君のいない海』（KADOKAWA）でデビュー。瑞々しい筆致で描かれる青春小説の書き手として期待されている。

その一秒先を信じて

シロの篇

2020年3月17日 第1刷発行　　定価はカバーに表示してあります

著者…………秀島 迅

発行者…………渡瀬昌彦
発行所…………株式会社 講談社
〒112-8001 東京都文京区音羽2-12-21
編集03-5395-3510
販売03-5395-5817
業務03-5395-3615

本文データ制作…………講談社デジタル製作
印刷…………豊国印刷株式会社
製本…………株式会社国宝社
カバー印刷…………株式会社新藤慶昌堂
装丁フォーマット…………ムシカゴグラフィクス
本文フォーマット…………next door design

ISBN978-4-06-519168-2　N.D.C.913　351p　15cm